Chloe Neill

Les morsures sont éternelles

Les Vampires de Chicago

Traduit de l'anglais (États-Unis) par Clémentine Curie

Milady

Milady est un label des éditions Bragelonne

ISBN : 978-2-8112-3137-8

Bragelonne – Milady
60-62, rue d'Hauteville – 75010 Paris

E-mail : info@milady.fr
Site Internet : www.milady.fr

Sommaire

Morsures et bottes de cuir 7

Tout est bien qui mord bien 59

Vacances mordantes 145

La morsure fantôme 265

Morsures et bottes de cuir

Une aventure de Luc et Lindsey

C'étaient les boucles qui me tuaient. Ces boucles châtain clair en bataille. C'était presque comme si elles ne demandaient qu'à ce qu'on y glisse des doigts aux ongles manucurés.

Ce n'était pas la manucure, le problème. Cette nuit-là, j'arborais un motif complexe, noir mat et gris foncé, différent sur chaque ongle. C'était sans doute plus approprié pour une femme du monde que pour une garde vétérane d'une Maison de vampires, mais j'avais décidé depuis longtemps que ce n'était pas parce que j'avais des crocs de vampire que je devais renoncer à avoir du style. C'était une partie de mon credo. J'étais fermement convaincue que l'immortalité devait être enjolivée et mise en valeur, comme une jeunette à son entrée dans la haute société. J'étais vampire depuis plus d'un siècle, et j'étais fière de mes gènes. Et de mes cheveux blonds jusqu'à mes escarpins préférés, j'essayais de le montrer.

Mais là n'était pas la question.

Le problème, c'étaient les boucles, et le vampire auquel elles appartenaient. Luc, le Capitaine de la Garde de la Maison Cadogan. J'étais une garde, ce qui signifiait qu'il était mon supérieur depuis des années. Mon collègue. Mon ami.

Il était devenu quelque chose de plus que ça.

Je cherchais toujours à mettre un nom sur ce « quelque chose ».

Luc, lui, ne partageait pas mon embarras. Raison pour laquelle il était campé devant moi dans ma petite chambre du dortoir de la Maison Cadogan, avec à la main une boîte à chaussures d'un noir brillant et la paire de bottes la plus sexy que j'aie jamais vue. En cuir noir et lisse, presque aux genoux, avec un bout pointu et des talons aiguilles si longs et fins qu'ils étaient des armes à part entière.

Je les couvais clairement du regard, mais je gardais les bras croisés et les doigts loin du cuir que je devinais doux comme de la soie.

— Tu m'as acheté des bottes, dis-je pour la quatrième fois.

— Tu as peut-être trouvé chaussure à ton pied…, répondit Luc, avec un sourire en coin aussi ravageur que ses boucles.

— Je n'ai pas besoin de bottes.

Il me regarda d'un air impassible.

— Depuis quand est-ce que ça t'empêche d'acheter quoi que ce soit ? Tu as cinq paires de chaussures noires à talons.

— Et j'ai expliqué ça cent fois. (Je comptai sur mes doigts.) Une paire d'escarpins, une paire de petits talons, une paire vernie, une paire à bout rond, une paire à bout ouvert. Quand on est une fille, il faut avoir le choix.

— Ce qu'il y a, reprit-il, c'est que je me moque que tu aies ou non besoin de ces bottes. J'ai juste envie de te voir les porter. Et c'est totalement facultatif que tu gardes tes vêtements.

— Mais tu n'avais pas besoin de m'acheter quoi que ce soit.

— Ce n'est pas une question de besoin, renchérit-il. C'est une question d'envie. J'avais envie de te les acheter, alors je te les ai achetées. Je ne te demande rien en échange, Linds.

Je sus qu'il disait la vérité. C'était évident dans l'expression de son visage, dans sa magie, dans sa façon de me regarder.

J'étais douée d'empathie… Ou maudite, question de point de vue. C'était un don rare pour un vampire, et qui n'était pas toujours le bienvenu. Dès que quelqu'un était de mauvaise humeur dans la Maison, ça s'immisçait dans mon subconscient, et j'avais dû apprendre à filtrer les émotions des autres pour éviter qu'elles me submergent.

Donc oui, Luc était sincère, et je le sentais.

Mais ce n'était pas si simple.

— Luc…, commençai-je, mais il secoua la tête.

— Je ne veux pas en reparler. Je ne veux pas qu'on parle d'aller trop vite ou trop lentement.

Il referma la boîte, et la posa sur le lit qui ne se trouvait qu'à quelques pas de là. Puis, d'un geste digne d'un cowboy, il passa une main autour de ma taille et me plaqua contre lui.

Il me gratifia d'un sourire impertinent.

— Tes problèmes ne m'effraient pas, Linds.

— Je n'ai pas de problèmes, rétorquai-je. Et il faut qu'on descende. On devrait peut-être parler de ça plus tard.

— Tu es un problème sur pattes, dit Luc en me mordillant le lobe de l'oreille avant de me relâcher. Par chance, tu es aussi une bombe et une très bonne garde.

— Je suis ta meilleure garde.

Il haussa nonchalamment les épaules, cherchant de toute évidence à m'agacer.

— Tu te défends. (Il s'avança vers la porte, l'ouvrit et m'invita à sortir dans le couloir.) Allons-y.

La Maison Cadogan, c'était plusieurs étages d'opulence à l'européenne et de mélodrames vampiriques. Située dans le quartier de Hyde Park à Chicago, elle hébergeait près de quatre-vingt-dix vampires. Ou plus exactement, quatre-vingt-dix vampires et le bouillon psychique qu'ils mettaient à mijoter chaque nuit. Leur bonheur, leur tristesse. Leur angoisse. Leur peur. Je vivais dans un chaudron d'émotions vampiriques, dans un voisinage d'émotions humaines, dans la troisième métropole du pays.

Ça faisait beaucoup d'émotions.

J'étais vampire depuis assez longtemps pour avoir appris à baisser le son, mais l'humeur de chaque personne continuait de s'agiter comme une bouée dans mon cerveau. De petites astuces me permettaient de rester saine d'esprit. Le « bazar » – faute d'un meilleur terme – m'aidait à filtrer le bruit superflu. Raison pour laquelle, à voir ma chambre, on aurait cru que j'y gardais tous les souvenirs de mes cent quinze années en tant que vampire. Les babioles, les oreillers, les posters et autres objets divers et variés servaient d'isolants, et c'était aussi pour ça que je passais tant de temps au sous-sol de la Maison.

D'accord, j'y travaillais aussi, mais c'était pour l'essentiel une coïncidence.

Le rez-de-chaussée de la Maison abritait les bureaux et les pièces communes, tandis que les premier et deuxième étages étaient principalement des dortoirs. Mais c'était au sous-sol que la magie se produisait. Il y avait là la salle des opérations de Luc, ainsi que la salle d'entraînement lambrissée à l'ancienne, et ma pièce préférée, l'arsenal de la Maison. Des armes à foison… Et encore plus d'isolants.

Luc et moi entrâmes dans la salle d'entraînement. Les autres gardes officielles, Kelley et Juliet, étaient déjà là et s'échauffaient en vue d'une session avec Merit, la Sentinelle de la Maison. Elle n'était pas une garde à proprement parler, mais son travail se rapprochait assez du nôtre pour qu'elle s'entraîne avec nous. On pouvait plus ou moins dire que Merit était une petite nouvelle dans le monde des vampires… Elle n'était l'une des nôtres que depuis dix mois. Elle commençait à se faire sa place en tant que Sentinelle et petite amie du Maître, Ethan Sullivan, mais elle prenait encore ses marques. Elle avait appris les mouvements du duel vampirique remarquablement vite, sans doute grâce à la combinaison parfaite des gènes vampires d'Ethan, transmis quand il l'avait changée en vampire, et de sa formation de danseuse.

Dans la salle lui aussi, Ethan était torse nu et vêtu d'un pantalon noir d'arts martiaux du type de ceux que Luc préférait. Alors que Merit, Juliet et Kelley étaient assises au bord des tatamis tissés qui tapissaient le sol, Ethan se tenait au centre, les bras étirés au-dessus de la tête et le ventre plat tandis que ses abdominaux se contractaient au rythme de ses mouvements.

Je ne pouvais rien redire aux goûts de Merit en matière d'hommes. Ethan était grand, blond et superbe, et bon sang, qu'est-ce qu'il était impérieux ! J'appréciais les trois premières qualités, mais dans mes relations, je préférais quelqu'un de moins dominant.

Luc m'assena une tape sur les fesses et s'avança sur les tapis.

— On regarde par ici, ma belle.

Je levai les yeux au ciel et pris place à côté de Merit. Avec ses longs cheveux sombres et sa frange qui lui barrait le front, elle était d'une beauté presque classique. Majestueuse, comme une princesse venue d'une autre époque. C'était sans doute approprié qu'elle ait été étudiante en littérature médiévale avant qu'Ethan fasse d'elle une vampire.

— Tu es bien tombée, tu sais, dis-je en indiquant Ethan.

— Oh, je sais, répondit-elle. Il ne manque pas une occasion de me le rappeler. En détail.

Visiblement peu disposé à se faire damer le pion par Ethan, Luc dénoua la ceinture de sa veste d'arts martiaux, qu'il laissa tomber au sol pour révéler la toison de son torse parfait, ses tétons très appétissants, et les muscles à la base de ses hanches qui ne demandaient qu'à être soulignés par des doigts baladeurs.

Je lui en faisais baver. Je le savais. Nous étions amis depuis très longtemps, et je n'avais pas envie de perdre cette connexion. D'expérience, je savais que les sentiments amoureux allaient et venaient. L'attirance aussi. Oui, nous passions beaucoup de temps ensemble. Et techniquement, c'était une relation exclusive. Mais je ne voulais pas mettre d'étiquette là-dessus, quelque chose qui allait créer des attentes et nous amener à nous détester l'un l'autre quand nous ne serions pas à la hauteur de ces attentes.

J'étais plus intelligente que ça ; je ne nous laisserais pas tomber dans ce piège.

Luc choisit ce moment pour accrocher mon regard et m'adresser un clin d'œil. J'en fus ravie… tout en me sentant coupable.

Il examina notre petit groupe et frappa dans ses mains pour obtenir notre attention. Non que ç'ait été nécessaire.

Son audience était constituée de femmes clairement intriguées par les deux athlètes campés devant nous, torse et pieds nus, et prêts à en découdre. Qui voudrait perdre une miette de ça ?

— Bonsoir, mes sbires, dit-il en nous observant. Ce soir, nous allons parler des manœuvres d'esquive. À savoir comment échapper à des ennemis en combat rapproché, plutôt qu'essayer de se soustraire à la corvée de patrouille de la Maison sous prétexte qu'on « a mal aux crocs ».

Il alla jusqu'à mimer des guillemets. En plus de me regarder avec insistance, car c'était moi qui avais tenté cette excuse.

Les vampires étaient dotés d'une capacité de guérison rapide, ce qui expliquait pourquoi je m'étais retrouvée à me geler mes petites fesses en patrouille quelques minutes après ladite tentative.

— Déjà, il est crucial de garder en tête que les manœuvres d'esquive – se sortir d'une bagarre, briser une étreinte – reposent entièrement sur la physique. Il s'agit de se servir à son avantage de la masse corporelle et des faiblesses de son adversaire.

— Et si ça ne marche pas, un coup de genou dans la grappe, marmonna Kelley.

Je réprimai un gloussement, mais pas très bien. Ça n'eut pas l'air de déranger Ethan.

— Une stratégie qui a fait ses preuves, acquiesça Luc. Et si un ennemi vous a attaquées, il a d'office renoncé au droit de se plaindre que sa grappe est sacrée.

— Grappe sacrée, chuchota Merit. On dirait le nom du pire vin bénit du monde.

— Le corps humain présente des points de pression divers et variés, reprit Luc en levant la main pour les indiquer, mais il interrompit son geste, le regard tourné vers la porte.

Nous jetâmes toutes un coup d'œil derrière nous et vîmes une jeune fille dans l'embrasure.

Elle était vêtue d'un jean et d'un sweat-shirt de l'université de Loyola, et portait une sacoche gris foncé en bandoulière. Elle était grande et bien bâtie, avec de longs cheveux blonds, le teint pâle et pas de maquillage... Artifice dont elle n'avait absolument pas besoin.

J'étais si surprise de voir une humaine sur le pas de la porte que je mis un moment à reconnaître un membre de ma famille.

De ma famille humaine.

— Ray ?

Je me levai et trottinai jusqu'à la porte, abasourdie.

Ray m'étreignit de toutes ses forces, à tel point que je m'inquiétai de ce qui avait bien pu l'amener là.

— Tante Lindsey. Dieu merci.

Je n'étais pas vraiment sa tante ; j'étais vampire depuis bien trop longtemps pour ça. Elle était mon arrière-arrière-nièce... L'arrière-petite-fille de ma sœur. J'avais gardé un œil sur la famille de celle-ci lorsqu'ils avaient quitté notre ville natale dans l'Iowa pour se disperser dans tout le pays, y compris Ray qui étudiait alors à Loyola, dans la partie nord de Chicago.

Je m'écartai juste assez pour voir son visage. Même si je n'avais pas été empathique, ce n'était pas difficile de remarquer qu'elle était préoccupée.

— Que se passe-t-il ?

Elle parut soudain se rendre compte qu'elle était dans une salle pleine de vampires qui l'observaient avec curiosité.

— Est-ce qu'on peut aller quelque part pour parler ?

— Bien sûr.

Je me retournai vers le groupe dans l'intention de dire à Luc que j'allais sortir. Mais ils affluaient déjà comme des paparazzis autour d'une starlette.

— Qui est-ce ? demanda Luc, mains sur les hanches.

— C'est Ray, commençai-je.

— Rachel, en fait, m'interrompit-elle d'un air navré. Je préfère Rachel, ces temps-ci.

Elle avait un peu de rose aux joues, mais elle avait carré les épaules. Ray ou Rachel, c'était bien ma nièce.

— Rachel est un membre de ma famille, expliquai-je. Une descendante de ma sœur. Qu'est-ce que tu fais ici ?

— J'ai un problème, tante Linds. Et je pense que tu es la seule qui puisse m'aider.

Après avoir demandé au groupe de nous excuser, Luc, Rachel et moi passâmes dans la pièce voisine, la salle des opérations. Rachel s'assit dans un fauteuil à un bout de la grande table de conférence, sa sacoche sur les genoux. Je m'installai à côté d'elle, et Luc appuya une hanche contre le meuble, en face de nous.

— Une nièce de Lindsey, c'est comme ma nièce, déclara-t-il.

— Arrière-arrière-nièce, clarifiai-je.

— Ça te fait passer pour plus vieille que tu ne l'es, dit Rachel avec un sourire.

C'était le sourire de ma sœur, ou une trace de ce sourire qui avait subsisté au fil des générations. En le voyant, mon cœur se serra et un sentiment de nostalgie m'envahit.

— Pourquoi ne t'a-t-on pas rencontrée avant, alors ? demanda Luc.

— J'essaie de garder ma famille en dehors de nos histoires, dis-je en adressant à Rachel un sourire complice. C'est un vrai feuilleton de vampires, ici. *Les Crocs de l'amour.*

— C'est un peu ça, le truc, dit-elle en faisant courir nerveusement le doigt sur la surface de la table. Il s'est passé quelque chose, et je ne sais pas bien quoi faire. Je pense que c'est de ton ressort.

— Commence par le début, suggérai-je.

Elle hocha la tête, et s'agita dans son fauteuil.

— Tu sais que je suis en colocation dans une maison près du campus avec mes amies Emily et Georgia, n'est-ce pas ?

— Oui, dis-je, même si je n'étais pas sûre de me souvenir d'Emily et de Georgia.

Comme la plupart des filles de son âge, elle n'avait pas toujours les mêmes colocataires. Mais vu que ce n'était pas la question, j'acquiesçai.

— Je viens de finir un devoir de physique-chimie très important. Je n'ai même pas quitté le campus pendant vingt-quatre heures. Je suis rentrée à la maison la nuit dernière, et c'est à ce moment-là que j'ai trouvé ça.

Elle ouvrit sa sacoche et en sortit un magazine, qu'elle posa sur la table.

C'était une copie du *Chicago World Weekly*, un magazine people. Les vampires ayant plus que jamais la cote, le *Weekly* envoyait des paparazzis faire le pied de grue devant la Maison et nous suivre partout en ville. Sur la couverture de ce numéro-là, je tombai sur mon visage. J'avais les yeux cachés par des lunettes sombres, et je portais des escarpins et un jean qui n'aurait pas pu être plus moulant ni plus flatteur.

Mais ce n'était pas le jean, le sujet.

Quelqu'un avait aspergé la page d'encre rouge et épaisse, si bien que mon corps semblait criblé de balles. Et, griffonné en bas de la couverture, il y avait un message :

Très chère Rose,

Les fous ne savent rien, mais je sais tout.
Rentre à la maison, Rose.

Je refoulai une résurgence de souvenirs… Et de peur. C'était un nom que je n'avais pas entendu depuis longtemps, que je ne m'attendais pas à revoir et que je n'aurais pas dû voir maintenant.

Je poussai le magazine vers Luc pour qu'il l'examine.

— Où as-tu trouvé ça ? demandai-je à Rachel.

— Sur mon lit, dit Rachel en se mordillant nerveusement la lèvre. Chez moi. Pourquoi, tante Lindsey ? Tu as des ennuis ? Comment ont-ils su qu'on est de la même famille ? Et qui est Rose ?

— Je n'ai pas d'ennuis, dis-je fermement. Ça, ça vient de quelqu'un qui cherche à en créer. Quelqu'un de mon passé. Ils te l'ont laissé parce qu'ils savaient que tu viendrais me trouver, et ils savaient que j'y prêterais attention.

— Quel genre d'ennuis ? demanda-t-elle.

— Je ne suis pas sûre. Pas exactement.

Mais c'était du sérieux, pour qu'ils gribouillent sur un magazine et le livrent à ma nièce. Je pris une décision rapide.

— Comment es-tu venue ici ?

Elle ouvrit la bouche puis la referma, perturbée par le changement soudain de sujet.

— En voiture. Emily m'a laissée prendre la sienne. Pourquoi ?

— Parce que je veux que tu restes à la Maison quelques jours pendant que je règle ça.

Je posai ma main sur la sienne et la sentis trembler de peur, ce qui me déchira. Mon passé et mes problèmes n'auraient pas dû être utilisés contre elle. Ce n'était pas juste.

Ce n'était pas comme ça que ça marchait.

— Va faire démarrer ta voiture, dis-je. (Ses émotions désordonnées – sa peur pour elle-même, son inquiétude pour moi, et un poil de curiosité – s'agitaient à la lisière de ma conscience.) Amène-la juste devant le portail de la Maison. Je vais chercher la mienne et te suivre jusqu'à chez toi. Tu pourras y laisser la voiture d'Emily et prendre quelques vêtements.

Rachel était une fille bien – une fille intelligente –, et elle savait s'activer quand il le fallait. Elle se leva et hocha la tête tandis qu'elle passait la sangle de la sacoche par-dessus son épaule.

— On se retrouve devant.

J'attendis qu'elle ait disparu dans le couloir avant de me retourner vers Luc.

— Maudite couverture de magazine, lâchai-je alors qu'une migraine commençait à pulser derrière mes yeux. J'aurais dû savoir que ça allait mal tourner. J'aurais dû être plus prudente.

— Tu sais de quoi il s'agit, dit Luc d'une voix infiniment plus calme que la mienne.

Mais c'était son boulot, après tout… Gérer les crises.

— J'en ai une vague idée.

Il me regarda un moment.

— Ça a un rapport avec New York, conclut-il. L'époque où tu étais encore « Rose ».

Je hochai la tête. J'étais née dans l'Iowa, mais le Midwest n'avait pas été assez excitant pour Delilah, la vampire qui m'avait changée. Elle préférait la liberté et l'effervescence de New York. Les vampires de New York avaient rejeté le Présidium de Greenwich, notre ancien chef suprême européen, et le système de Maisons qu'il avait engendré. De l'avis de Delilah, la vie était plus belle quand on était libre. J'avais donc appris à être une vampire dans une Maison qui ne se souciait de personne d'autre, qu'il s'agisse d'humains ou de vampires. Nous faisions la fête jusqu'à l'aube, buvions du gin de contrebande dans des bars clandestins, dansions avec des écrivains et des artistes. Je prenais mon immortalité à cœur, et j'en avais testé les limites.

Luc et moi nous connaissions depuis assez longtemps pour que je lui aie donné un aperçu de mon passé à New York, en lui parlant de la Prohibition, des gangsters, du jazz.

— Je n'arrive toujours pas à t'imaginer en bébé vamp, à New York ou ailleurs. Tu as une vieille âme.

— J'ai une vieille âme parce que je suis vieille, dis-je. Enfin, pour quelqu'un qui a vingt-neuf ans, je veux dire.

— Bien sûr, convint Luc sur un ton léger, mais il avait étréci les yeux, inquiet. Et cette menace, alors ?

Ça, je n'étais pas prête à en parler. Ni à y penser.

— C'est une longue histoire, et il faut que j'y aille.

— En ce cas, tu peux me raconter pendant le trajet pour aller chez Rachel.

— Ce n'est pas nécessaire, dis-je sèchement.

Je me renfermais sur moi-même, je le savais. Et je le repoussais par la même occasion, me préparant à me concentrer sur la tâche qui m'attendait.

Mais Luc insista.

— N'envisage même pas d'y aller sans moi. (Il se leva et prit son manteau sur le dossier du fauteuil derrière son bureau.) Allons-y.

— Raconte-moi l'histoire, insista-t-il après avoir obtenu d'Ethan la permission que Rachel réside temporairement à la Maison.

Nous étions sur la route, et nous longions le lac Michigan en nous dirigeant vers le nord.

J'hésitai. Mon passé était peu reluisant, et je n'aimais pas en parler. Revenir dessus ne serait bon pour personne, comme le prouvait le magazine.

— Ça t'affecte encore, dit Luc, avec ce don troublant qu'il avait de cerner mes pensées et mes préoccupations.

Un talent qui m'agaçait autant qu'il me soulageait.

— Ça ne devrait pas, dis-je.

Luc ricana.

— C'est bien joli, ma belle, mais j'ai un magazine en papier glacé et maculé de peinture qui dit le contraire. Soit tu m'expliques, soit je vais devoir appeler Helen pour réclamer ton dossier personnel et obtenir tous les détails sordides. Et tu sais qu'elle me le donnera.

Helen était la secrétaire de Cadogan, une femme qui avait des goûts très spécifiques en matière de vampires. Luc était dans ses petits papiers ; je ne l'avais jamais été. Ce qui lui donnait donc raison au sujet de mon dossier personnel.

Je hochai la tête en gardant un œil sur la route… Et sur les feux arrière de Rachel devant nous.

— La première ligne du message, « Les fous ne savent rien »... Ça vient du « Cœur révélateur ».

— La nouvelle de Poe ?

— Celle-là même. C'était aussi le mot de passe de notre bar clandestin préféré.

Luc hocha la tête.

— Le *Sapphire*. C'était toi et les demoiselles fleurs, n'est-ce pas ?

Il avait pris l'habitude d'appeler comme ça les vampires avec lesquelles je traînais. Violet, Daisy, Iris et moi, Rose.

— Ça a un rapport avec elles ?

— Elles sont mortes, dis-je à voix basse au bout d'un moment. Elles se sont retrouvées prises dans la fusillade de deux gangs rivaux.

— Les balles ne tuent pas les vampires, souligna Luc.

— Quelques balles, non. Ça ne s'est pas limité à ça. C'était excessif. Jamais je n'avais été témoin d'une telle profusion de violence.

— C'est à ce moment-là que tu es venue à Chicago, dit-il.

Je hochai la tête.

— J'ai pris un train et je suis repartie de zéro. Et grâce à ton enseignement plein de douceur et d'humilité, j'ai appris la discipline. Le respect de soi. J'ai essayé de laisser le passé derrière moi. J'imagine que c'était naïf de ma part.

— Merci de m'avoir raconté ça, dit-il. De m'avoir mis dans la confidence.

Il semblait sincère... Je le sentais sincère. Il ne m'avait donné aucune raison de douter de lui. Mais c'était curieux, la confiance. Je n'y connaissais pas grand-chose, et je n'étais pas prête pour ça.

Restait à savoir si je serais prête un jour.

La maison des filles ressemblait à la plupart des autres demeures du quartier. Une bâtisse compacte d'un étage, avec un perron soutenu par d'épaisses colonnes carrées. Elle avait sans doute été construite durant la Seconde Guerre mondiale, quand des familles vivaient là. Elle abritait désormais trois étudiantes, et, d'un côté du perron, un canapé vichy élimé.

Nous sortîmes de la voiture, gravîmes les marches à la suite de Rachel et entrâmes dans le salon, qui comportait du parquet, des meubles dépareillés et des plantes qui avaient l'air de voir aussi peu le soleil que moi. La maison sentait le renfermé et une odeur de parfum fruité.

— Ma chambre est là-bas, au fond, dit-elle en nous conduisant dans un couloir étroit.

Contrairement au reste de la maison, la chambre de Rachel était impeccable. Un petit lit. Une table de chevet. Une étagère de livres. Une grande commode avec un miroir dessus, dont le style s'accordait au reste des meubles. Des paniers en osier contenaient des bricoles bien rangées, et le lit était soigneusement fait.

— Où as-tu trouvé le magazine ? demandai-je.

— Il était sur le lit. Je l'ai pris, j'ai vu ce que ça disait, et je suis montée dans la voiture.

— Tu as la tête sur les épaules, commenta Luc. (Il s'avança vers le bureau et se pencha sur quelques cadres.) Tiens, qu'avons-nous là ? demanda-t-il pensivement avant d'orienter la photographie de façon que nous puissions tous la voir.

Nous étions là toutes les quatre, sur ce tirage en noir et blanc défraîchi qui avait connu des jours meilleurs. Je vins vers Luc pour la regarder de plus près.

— Tu ne cesses de me surprendre, chuchota-t-il, les yeux écarquillés tandis qu'il examinait l'image.

Je portais une robe sans manches qui m'arrivait aux genoux, couverte de franges qui scintillaient et s'agitaient quand je me mouvais, ce que je faisais avec assurance. Le collier de perles, si long qu'il me frôlait l'abdomen, avait été un cadeau d'un gangster particulièrement généreux. Mes cheveux courts aux ondulations parfaites encadraient mon visage.

Trois femmes se tenaient là avec moi. C'étaient les demoiselles fleurs : Daisy, Iris et Violet. Nous avions passé les bras autour de la taille les unes des autres et replié nos jambes droites ornées de jarretières pour la caméra, des escarpins à bride aux pieds.

— Où as-tu trouvé ça ? demandai-je en jetant un coup d'œil à Rachel.

Elle rougit, juste un peu.

— C'était dans un carton de trucs que m'a donnés maman… De vieilles photos de famille.

— Pour être vieille, elle l'est, dis-je. C'était il y a longtemps. Et on ferait mieux de se dépêcher.

Elle hocha la tête, puis prit un sac en toile et commença à le remplir de vêtements de la commode. Je la suivis consciencieusement des yeux, mais je sentais le regard de Luc sur moi. Il était intrigué… au sujet de mon passé, et de ce que je ne lui avais pas encore dit.

Mais il y avait presque trop à raconter.

Rachel ferma les tiroirs du meuble et se dirigea vers une porte que je supposai être celle d'un placard.

— Une ou deux paires de chaussures, dit-elle, et je devrais être prête.

Elle tourna la poignée, et j'entendis le cliquetis.

Mon cœur s'arrêta de battre.

— Rachel ! hurlai-je en me jetant sur elle pour la plaquer au sol.

Je couvris son corps du mien juste au moment où elle ouvrait la porte… Et la détente s'enclencha.

Elle cria lorsqu'un coup de feu retentit dans la chambre. La balle siffla au-dessus de nos têtes et transperça un poster encadré sur le mur opposé.

La peur soudaine ressentie par Luc et Rachel m'agressa, et je tâchai de maîtriser ma respiration. *Je suis une professionnelle*, me rappelai-je. Mais ça n'arrêta pas les battements douloureux de mon cœur. Je levai la tête et vis le mécanisme dans le placard. C'était un fusil piégé, une bonne vieille combine pour blesser – ou tuer – un intrus.

— Bon sang ! s'exclama Luc en redressant la tête, accroupi. Qu'est-ce que c'était que ce truc ?

— Un fusil piégé, dis-je, et il braqua les yeux sur les miens, une question évidente dans le regard : *Comment Lindsey a-t-elle su ce que c'était, et que la balle allait partir ?*

En me levant, j'aperçus un éclat doré sur le sol du placard. Je me rapprochai avec prudence.

Sous le fusil piégé, devant une collection de chaussures bien ordonnées, il y avait une pièce d'or. Je la ramassai et passai le doigt sur l'image gravée que je m'attendais à trouver dessus… Les contours d'un trèfle, et le logo du *Green Clare*.

Je la glissai dans ma poche.

— Qu'as-tu trouvé ?

— Une carte de visite, dis-je en me redressant et en aidant Rachel à se mettre debout.

Luc se rapprocha du placard pour inspecter le mécanisme.

— Ça s'est déclenché quand elle a ouvert la porte. (Il me regarda de nouveau.) Tu as entendu ?

Je hochai la tête.

— Un coup de chance, dis-je, mais nous savions tous les deux que je mentais.

Rachel se tourna vers moi, les yeux écarquillés. Des larmes s'accumulaient au bord de ses cils tandis que sa peur et son choc imprégnaient la pièce.

Elle était en danger à cause de moi… Elle avait failli être tuée à cause de moi. Elle n'aurait pas dû être mêlée à ça. Et elle ne l'aurait pas été si les responsables avaient eu le moindre sens de l'honneur. On ne se vengeait pas sur des innocents.

— Tante Linds ?

— Tu vas bien, répondis-je en l'enlaçant.

— Ils ont essayé de me tuer, dit-elle. Ils ont essayé de me tuer.

J'entendais le choc s'infiltrer.

— Et le magazine aurait été là pour que tu le trouves, conclut Luc en soutenant mon regard par-dessus la tête de Rachel. Pour te rappeler à New York.

Je m'écartai juste assez pour voir le visage de ma nièce. J'avais le cœur serré, et je refoulai ma douleur pour me focaliser à la place sur la tâche qui m'attendait et le voyage que j'allais devoir faire. Ils me rappelaient à New York, et j'allais répondre.

— Je vais découvrir le fin mot de cette histoire, assurai-je Rachel, et tout ira bien.

D'une façon ou d'une autre, tout irait bien.

Nous rentrâmes en silence, avec Rachel sur la banquette arrière de la voiture. Je lui jetai sans arrêt des coups d'œil dans le rétroviseur, comme si elle risquait d'être enlevée. Mais elle regardait par la vitre, l'air absent et les mains crispées sur son sac en toile comme si c'était la dernière chose qu'elle possédait au monde.

Luc décida d'appeler Chuck, le grand-père de Merit et l'ancien chef des affaires surnaturelles de la ville. Il consentit à parler à ses contacts de la police départementale de Chicago, afin qu'ils vident la maison et trouvent un endroit sûr aux autres filles en attendant qu'on se soit occupés du problème.

Nous nous garâmes et entrâmes dans la Maison, où Helen nous accueillit dans le vestibule. Elle avait l'allure d'un chef militaire futuriste. Tailleur chic. Carré argenté, sans un cheveu qui dépassait. Elle avait les mains croisées devant elle, et des chaussures à talons parfaitement cirées. Elle me mettait mal à l'aise.

— Tu dois être Rachel, dit-elle avec un sourire professionnel. Nous avons préparé la suite d'amis au deuxième étage. Tu dois être fatiguée. Je peux t'emmener là-haut si tu souhaites t'installer.

— Bien sûr, répondit Rachel, mais elle me jeta un regard.

— C'est bon, lui assurai-je avec un sourire. C'est une suite très agréable. Mieux que n'importe laquelle de nos chambres, à vrai dire. Ça va être la belle vie pour toi.

Rachel sourit, juste un peu, ce qui était sans doute le mieux que je pouvais espérer après qu'elle avait failli être tuée par l'un de mes ennemis.

— Merci, Helen, dis-je alors qu'elle conduisait Rachel à l'escalier.

Je les laissai prendre de l'avance – pour donner un peu d'espace à Rachel – avant de monter à leur suite.

— Quelle est la prochaine étape ? demanda Luc en m'emboîtant le pas.

— Il faut que j'aille à New York. Sinon, ça n'en finira jamais. Soit je vais là-bas et j'affronte le problème, soit Rachel devra regarder par-dessus son épaule tout le reste de sa vie.

— Tu ne m'as pas tout dit, reprit-il sur un ton qui ne tolérait ni la contradiction, ni la moindre possibilité qu'il ait tort. Raconte-moi le reste. Et ne saute pas les passages croustillants.

J'attendis qu'on soit de retour dans ma chambre, puis je fermai la porte et la verrouillai.

Je me dirigeai vers le placard et pris un sac en toile par terre, que je posai sur le lit et dézippai. Alors que je retournai au placard, Luc me saisit la main et m'arrêta.

— Hé, dit-il avec douceur quand je résistai. Parle-moi, Linds.

Le regarder dans les yeux avait quelque chose de trop intime. Le danger était passé trop près chez Rachel, et je marchais sur la corde raide de la peur. Il ne suffirait peut-être que d'un faux pas pour que je craque.

— Elle est le dernier membre de ma famille, dis-je. La fille unique d'une fille unique d'une fille unique. Je dois la protéger.

— La protéger de quoi ?

— Je ne sais pas.

— Lindsey, commença-t-il, mais je secouai la tête et le regardai enfin.

Il y avait de l'inquiétude et de la peur dans ses yeux. Ça m'effrayait. Ces émotions étaient lourdes, et elles me pesaient plus que toute autre. Plus que le bonheur, plus que la joie. Je ne voulais pas du poids de sa peur ; je n'arrivais pas à le supporter.

— C'est la guerre des gangs, je crois. Avec les filles.

Il hocha la tête, et croisa les bras.

— D'accord.

— Violet… Elle était la plus jeune quand elle a été changée. Dix-neuf ans seulement. Elle est tombée amoureuse d'un gangster humain du nom de Tommy DiLucca. Il gérait le trafic d'alcool dans toute la ville, et il était propriétaire du *Sapphire*. Il était en conflit avec un autre gang pour des questions de territoire, et pour les réserves de liqueur. Ce groupe-là était mené par un type appelé Danny O'Hare. C'était un vampire, et une brute. Violent. D'une violence désinvolte. Tommy a mis le feu à un camion d'alcool de Danny, et Danny lui a rendu la monnaie de sa pièce.

— Il les a tous tués ?

Je hochai la tête.

— Les humains et les vampires. Nous – les filles, je veux dire – étions toutes au bar. O'Hare a enfoncé la porte d'un coup de pied et a commencé à tirer. Danny était en colère. Il était offensé. Il a continué de tirer jusqu'à ce que les corps soient à peine reconnaissables. Jusqu'à ce que les filles ne puissent plus se régénérer.

— Comment t'en es-tu sortie ? demanda Luc, tout bas cette fois.

— Il y avait une pièce secrète dans le bar clandestin, à laquelle on pouvait accéder par une trappe. C'est comme ça que j'ai su pour le fusil piégé… Ils étaient illégaux, mais le personnel s'en servait pour se protéger, pour garder l'alcool en sécurité. Il y avait des bouteilles en bas… De vieux vin. De bon vin. De vin d'avant la Prohibition. J'étais en train d'en chiper une quand Danny et ses hommes ont débarqué. J'ai regardé par la trappe – juste assez longtemps pour voir ce qui se passait –, mais je suis restée là jusqu'à la fin de la fusillade. Je savais que je ne pouvais rien faire.

— Bien sûr que non, renchérit Luc, et il changea de ton. Tu penses que Danny a vu le magazine, qu'il a découvert que tu es vivante et qu'il veut régler de vieux comptes ?

Je sortis la pièce de ma poche et la tendis à Luc pour qu'il l'inspecte. Il l'examina en détail.

— Qu'est-ce que c'est ?

— C'est une pièce du *Green Clare*, le pub de Danny. Il les donnait aux gens qu'il aimait bien. Comme une sorte de reconnaissance de dette dont ils pouvaient se servir pour obtenir une faveur. Je l'ai trouvée par terre dans le placard. Je pense qu'il veut terminer ce qu'il a commencé. C'est la seule explication. Il me croyait morte, mais il s'est rendu compte que je ne l'étais pas quand il a vu ça.

— Mais le magazine est sorti il y a des mois, fit remarquer Luc.

— Et ça a dû lui prendre du temps, de trouver le moyen de me nuire. Et de trouver Rachel.

Luc hocha la tête, déposa un baiser sur mes lèvres avec douceur et me relâcha.

— Qu'est-ce qu'il faut que je prenne avec moi ?

Je ne compris pas la question.

— Hein ?

— Qu'est-ce que je dois mettre dans mon sac ?

— Tu ne viens pas. J'y vais seule.

Je sentis son inquiétude discordante.

— Comment ça, tu y vas seule ? Il te faut des renforts.

Je n'avais pas envie de parler de renforts. Je n'avais envie de parler de rien, et c'est ce que je fis.

J'allai à mon placard et pris des vêtements sur des cintres, que je fourrai pêle-mêle dans le sac en toile. Ce que j'emportais avec moi n'avait pas vraiment d'importance.

Tout ce qui comptait, c'était que j'y aille, et seule. Je n'avais qu'un seul but : assurer la sécurité de Rachel.

— C'est ma bataille. Je la mènerai seule.

Mais les émotions de Luc ne firent que se hérisser davantage, ce qui aggrava ma migraine.

— Foutaises, Lindsey.

Je me figeai et lui glissai un regard.

— Je te demande pardon ?

— Tu as bien entendu. Tu es une bonne garde… Une garde intelligente. Assez pour savoir que ce n'est pas judicieux de te rendre à New York pour en découdre avec quelqu'un qui est de toute évidence fou et qui veut te tuer.

— C'est trop dangereux, protestai-je.

— Foutaises, ça aussi. Tu sais que je suis capable de me défendre, et je serais un atout. Tu te renfermes sur toi-même. Et c'est lâche.

Je le dévisageai, hors de moi.

— Tu me traites de lâche ?

— Non, en fait, mais maintenant oui. Tu sais pourquoi ? Parce que c'est exactement ce que tu es. Une lâche. Tu me repousses parce que tu as peur. Peur de me perdre. Peur de te perdre. Peur de perdre notre amitié.

— C'est une raison valable d'être prudente.

— Tu n'es pas prudente. Tu es dans le déni.

— On va se disputer à ce sujet-là maintenant ? Tout de suite ?

Luc leva les mains en l'air, clairement exaspéré. Son geste envoya une onde de choc magique à travers la pièce.

— À quel autre moment est-ce qu'on se disputerait à ce sujet, Lindsey ? Je croyais qu'on avait dépassé ça. Je croyais avoir enfin réussi à escalader le mur que tu as construit autour de toi. Mais apparemment pas. Parce que tu veux aller à New York, en sachant que tu vas devoir affronter quelque chose de gros et de méchant... toute seule. Parce que tu ne veux pas que je sois là-bas avec toi ? Non ! dit-il. Non, tu tiens expressément à ce que je reste ici. Tu ne t'imagines même pas m'emmener.

— Ça ne te concerne pas. C'est de moi qu'il s'agit. (Je plaquai une main sur ma poitrine.) Moi.

— Non, répliqua-t-il avec une tristesse dans le regard qui me noua le ventre. C'est de nous qu'il s'agit. (Il baissa la tête, et la pression dans la pièce changea si vite que je faillis avoir un mouvement de recul.) Je vais dire à Ethan que tu pars.

— Ce n'est pas de nous qu'il s'agit, insistai-je, mais là encore, nous savions tous deux que je mentais.

— Au revoir, Lindsey, dit-il.

Puis il se détourna et sortit de la pièce, laissant la porte entrebâillée.

Je clignai des yeux pour chasser mes larmes et relâchai mon souffle, tâchant de reprendre contenance. Ce qui s'était passé là avec lui n'avait pas d'importance. Ce qui comptait, c'était que je retourne à New York et que je règle cette histoire.

Je m'accroupis, retournai le tapis qui couvrait le parquet et délogeai une planche que j'avais descellée bien des années plus tôt. Dans la cavité, je conservais quelques souvenirs de mon passé de vampire, dont un dossier qui renfermait des informations au sujet de Danny O'Hare et du Rookery, le quartier où Tommy DiLucca et lui avaient eu l'habitude de se montrer. Le Rookery hébergeait une bonne partie de la population surnaturelle de la ville, et à en juger d'après mes recherches, ça n'avait guère changé au fil des décennies. Que ç'ait été à cause de la magie des surnats ou de la peur des humains, le Rookery et ses occupants avaient été livrés eux-mêmes.

Le quartier abritait toujours le *Green Clare*, qui d'après les registres d'État appartenait encore à « William Daniel O'Hare ». Ce n'était pas que je m'attendais à ce que O'Hare ou qui que ce soit d'autre du Rookery se mette à ma recherche après toutes ces années – ils n'avaient jamais su que j'étais toujours vivante, après tout –, mais j'étais une garde Cadogan. Luc m'avait formée à me préparer à tout, aussi improbable que fût la menace.

Alors que les larmes menaçaient de nouveau de couler, je zippai mon sac en toile et passai la sangle sur mon épaule.

— Règle cette histoire, me murmurai-je.

Je me répétai ces mots en boucle, en descendant l'escalier, en marchant jusqu'à la porte d'entrée puis sur le trottoir, et en franchissant le portail pour rejoindre le taxi qui m'attendait.

Sans y croire une seule fois.

Des lumières rouges, blanches, ambrées et vertes passaient en un éclair dans le brouillard tandis que le taxi filait vers l'aéroport. Je baissai à peine la vitre, juste assez pour sentir le vent me fouetter le visage. Ça n'atténua ni la culpabilité que j'éprouvais au sujet de la dispute, ni le sentiment tenace que j'avais eu tort sur toute la ligne. Mais ce qui était fait était fait.

Et apparemment, Luc et moi, c'était fini.

J'essuyai mes joues, remontai la vitre et croisai les jambes. J'étais une vampire Cadogan, une fashionista, une battante. Une femme qui en avait vu plus en dix ans que la plupart des humains n'en voyaient en une vie entière. Je n'avais pas besoin d'un chaperon de plus... Ni de quelqu'un qui valide mon existence.

Et c'était ce que je continuai de me dire.

Je parvins à monter à bord de l'avion – le dernier en partance du Midway pour la nuit – juste avant qu'ils ferment les portes, et je me glissai sur mon siège en première classe. J'avais économisé assez d'argent au fil des années pour pouvoir me payer ce luxe. J'avais enregistré mon sac en toile, car il contenait la seule arme que j'avais amenée avec moi, une petite dague qui tiendrait pile à l'intérieur d'une botte.

Seule la moitié des sièges de l'avion étaient occupés. Les passagers avaient l'air épuisé et dormaient profondément, la tête appuyée contre les hublots ou les appuie-tête de leurs sièges inclinés. Pendant ce temps, je regardais par le hublot, bien réveillée et le cœur brisé. J'observais la terre sombre qui défilait en dessous de nous, les villes qui brillaient comme des circuits ambrés dans le noir.

L'aéroport était désert quand nous atterrîmes, à l'exception de quelques passagers échoués et du personnel des boutiques qui renflouaient leur stock en prévision des vols du lendemain.

Je pris un taxi et me rendis au Rookery. C'était un quartier lugubre en forme de rectangle étroit près d'East River, et ce qui à New York se rapprochait le plus de Gotham. Le taxi me déposa à l'angle d'une rue sinistre. De la vapeur montait des bouches de métro et l'air était chargé d'un relent de fumée et de bâtiments délabrés.

L'odeur de cet endroit n'avait pas beaucoup changé, elle non plus.

Il était tard, et le soleil allait bientôt se lever. J'allais être presque inconsciente et totalement exposée à ses rayons. Il fallait donc que je trouve un endroit où me reposer.

D'après Internet, l'hôtel le plus proche se trouvait à six pâtés de maisons. Il s'appelait le *Wellington Arms*, et une pancarte au-dessus de la porte indiquait : « TOUS SURNATS BIENVENUS ».

Le nom de l'hôtel était beaucoup plus princier que l'intérieur. Le hall était petit et miteux, mais propre. Un homme aux cheveux grossièrement coupés et au visage porcin que seule une mère pouvait aimer était assis derrière un comptoir en piètre état, occupé à regarder une partie de hockey sur une télévision portable dont l'antenne faisait trois fois sa taille.

Un carillon retentit quand j'entrai. Il releva la tête et me scruta du regard.

— Bienvenue au *Wellington Arms*, annonça-t-il d'une voix nasillarde, avec un accent marqué. Là où tous vos rêves les plus fous se réalisent. Puis-je vous proposer la suite nuptiale ?

Je rejoignis le comptoir et laissai tomber mon sac par terre.

— Vous avez une suite nuptiale ?

— Cet établissement ne vous semble pas du genre à avoir une suite nuptiale ?

Il avait dit ça d'une voix monocorde, imprégnée de sarcasme, et je souris pour la première fois depuis des heures.

— Pas vraiment. Mais ça a l'air d'être le genre d'établissement où il y a des punaises de lit de la taille de mes fesses.

Il haussa le sourcil et se pencha au-dessus du comptoir, juste assez pour avoir un aperçu desdites fesses.

— Bah ! Elles sont petites. Ça ne leur rend peut-être pas justice. Je suppose qu'il vous faut une chambre avant que le soleil se lève.

— Vous supposez bien.

— Une vamp classe comme vous ne peut pas se payer un endroit plus chic ?

— Une vamp classe comme moi n'a pas besoin d'un endroit plus chic.

— Cent pour la chambre. Cent cinquante si vous en voulez une avec vue.

— Vue sur quoi ? m'enquis-je, songeant aux allées enfumées et aux escaliers de secours qui rouillaient dehors.

— Notre quartier pittoresque et ses environs verdoyants. Espèces uniquement.

Par chance, j'en avais retiré à l'aéroport. Je sortis six billets de 20 de ma poche et les posai sur le comptoir. Il écarquilla les yeux.

— Cent pour la chambre, dis-je. Vingt pour votre approche rafraîchissante du service. Vingt de plus quand je partirai, si vous ne m'avez jamais vue entrer.

Il maugréa, mais il faisait déjà glisser sur le comptoir un porte-clé trapézoïdal en plastique avec une clé en laiton.

— Si vous étiez pas si classe, on pourrait penser que vous êtes du coin.

Je saisis la clé et retirai ma main des billets, qu'il transféra dans sa poche.

— Si « on » pense trop, « on » perdra son pourboire. C'est par où ?

En grommelant, il indiqua de la tête un couloir défraîchi sur ma gauche. Je soulevai mon sac en toile et me dirigeai vers la chambre.

Comme la réception, la chambre était miteuse mais étonnamment propre. Le sol était carrelé, et les meubles et la décoration dataient d'une époque où le disco était roi ; beaucoup de jaune, d'orange et de vert assemblés sous forme de motifs floraux psychédéliques. Je me demandai s'il y avait eu une Mme *Wellington Arms* qui choisissait le mobilier pendant que son mari tenait la réception. Auquel cas, elle avait peut-être été vampire, car les rideaux à fleurs étaient doublés et soigneusement attachés ensemble pour empêcher le soleil d'entrer.

Je me lavai le visage et me brossai les cheveux et les dents, mais je gardai mes vêtements au cas où ma journée serait interrompue. Je mis la chaîne sur la porte et trouvai deux verres à côté du lavabo, que je plaçai avec précaution devant la porte. Ils ne la renforceraient pas, mais ils feraient assez de bruit pour me réveiller si quelqu'un essayait d'entrer.

Je songeai que Luc aurait été fier de ces mesures un peu paranoïaques. Mais je me sentis d'autant plus misérable à cette idée.

— Concentre-toi sur ta tâche, me chuchotai-je. Complète la mission. Puis rentre à la maison et ramasse les morceaux qui restent.

En parlant de maison, il me parut judicieux d'informer quelqu'un que j'étais bien arrivée à New York. Je choisis Merit ; c'était celle qui semblait la moins susceptible de faire des histoires. Je grimpai dans le lit et arrangeai les oreillers déformés derrière ma tête, puis lui envoyai un message.

À NY, écrivis-je. Au lit.

Elle ne mit qu'une seconde à répondre.

Contente que tu sois en sécurité. Du nouveau au sujet d'O'Hare ?

J'en déduisis que l'information avait circulé.

Pas encore. C'est lui que je vais voir en premier demain. J'ai tâté le terrain cette nuit ; tour d'horizon.

Il s'écoula quelques secondes avant qu'elle réponde.

Et Luc ?

J'entendais presque l'hésitation dans sa voix. Elle ne devait pas avoir envie de soulever un sujet déplaisant – Merit était comme ça –, mais elle n'en restait pas moins une amie, et elle s'inquiétait sûrement.

Je m'interrompis, les doigts en suspens au-dessus du clavier, peu encline à confesser la vérité.

On a décidé de ne pas donner suite à la relation.

Ça paraissait parfaitement logique, comme réponse. Je m'y tins donc.

Mais Merit n'était pas dupe.

Vous êtes déjà en couple.

Certainement pas, répondis-je, mais une chaleur perturbante se diffusa dans ma poitrine.

Un pressentiment émotionnel.

Oh que si, écrivit-elle. Tu l'aimes. Tu le respectes. Vous passez votre temps ensemble, pour le travail comme pour le reste. C'est ça, un couple.

Ce n'était pas vrai, songeai-je. Ça ne pouvait pas l'être. Car si ça l'était, j'avais commis une terrible erreur.

Le soleil se leva et se coucha, et je me réveillai comme je m'étais endormie, tout habillée avec la dague à côté de moi. Je m'aspergeai le visage d'eau et consultai mon téléphone, qui n'affichait aucun message, même de Luc. La responsabilité de ce silence me revenait complètement – et je l'avais choisi –, mais il ne m'en blessait pas moins. Je m'étais habituée à lui. À ses blagues. À ses émotions. À sa présence. J'avais renoncé à ça pour une chambre d'hôtel exiguë et pour m'attaquer à un homme qui menaçait ma famille.

J'ouvris la porte, et trouvai à côté une bouteille de *Sang pour sang*, le sang manufacturé que la plupart des vampires américains consommaient pour des raisons pratiques – et de facilité d'assimilation –, accompagnée d'une note : « Bonne nuit, la vamp classe. »

— Vous de même, murmurai-je en décapsulant la bouteille, que je vidai d'un trait en quelques secondes.

D'habitude, je prenais davantage soin de boire du sang régulièrement, mais le voyage ne me l'avait pas permis, et j'avais été trop paniquée la veille pour y songer.

La frayeur poussait à prendre de mauvaises décisions, ou du moins, c'était ce que Luc nous avait appris.

Et voilà, il envahissait de nouveau mes pensées.

Le hall était vide quand je le traversai. La télévision était toujours à fond, et diffusait des images de sport pixelisées en noir et blanc. Je déposai comme promis le billet de 20 sur le comptoir et ma clé par-dessus, puis m'acheminai vers le *Green Clare*.

Le pub était difficile à manquer, petit et compact comme il l'était au milieu des bâtiments à plusieurs étages du quartier. Devant le bâtiment, la rue était estampillée d'un trèfle vert vif qui mesurait six mètres de bout en bout. C'était la seule chose dans tout le Rookery qui n'était ni sale, ni éraflée, ni écaillée.

J'ouvris la porte, laissant entrer une brise fraîche qui fit remonter des odeurs de sang, d'alcool et de fumée. Surpris par mon interruption, des clients se retournèrent pour me jeter des coups d'œil méfiants. La plupart d'entre eux étaient des surnaturels, mais leur magie et leurs visages étaient ternis par l'alcool, et leurs émotions tout aussi passives. De la peur et de la tristesse flottaient dans l'air, et le jukebox qui passait du Delta blues à plein volume n'aidait pas beaucoup.

Sans prêter attention à leurs regards, je me dirigeai vers le bar au rail de cuivre, où un homme au torse puissant d'une cinquantaine d'années essuyait le comptoir.

— Un verre ? demanda-t-il par-dessus la musique, sans lever la tête.

— Non, merci. Je cherche O'Hare.

Il s'immobilisa et me dévisagea, l'orbite de son œil manquant couverte par un affreux bout de peau.

— Qui le demande ?

— Rose. Il doit s'attendre à ma visite.

Le barman m'examina de la tête aux pieds, me jaugeant rapidement. Ses émotions étaient relativement lisses. Il avait sans doute déterminé que j'étais une vampire, mais pas une grande menace. Si Danny cherchait à terminer son projet, ce type n'en savait pas grand-chose.

Ce qui ne me rendit que plus méfiante.

— À votre guise, dit-il. Il est dans son bureau.

Il m'indiqua d'un geste un couloir qui partait du bar.

— Merci, répondis-je, et je me frayai un chemin entre les tables et les regards.

Peint en noir, le couloir ne sentait pas meilleur que le reste du bar. Les toilettes étaient situées d'un côté, et la sortie de secours au bout.

Ce qui ne laissait qu'une seule porte ouverte sur ma gauche.

Je tâtai la dague que j'avais glissée dans ma botte, relâchai mon souffle et m'avançai dans l'embrasure.

Danny O'Hare était bel homme. Large d'épaules, avec un sourire insolent et le teint rougeaud. Ses yeux bleus se mirent à pétiller lorsqu'il me vit.

Il était assis derrière un bureau, dans une pièce minuscule et pleine à craquer de paperasse et de cartons d'alcool. Je songeai que c'était ironique que tout cet alcool soit désormais légal, mais il avait sans doute été acheté avec l'argent de la Prohibition.

— Regardez-moi qui vient de passer le pas de ma porte, dit-il avec un accent qui fleurait l'Irlande. Une Rose d'Irlande.

— Je ne suis pas irlandaise, lui rappelai-je. Et tu savais que j'allais venir.

Je laissai tomber la pièce sur son bureau, où elle tourna sur elle-même un moment avant de s'immobiliser de nouveau à plat. Mon appât tendu, j'attendis que ses émotions remontent à la surface. Mais je ne sentais qu'un vague intérêt et un enthousiasme enfantin. Ça ressemblait bien à Danny, qui avait toujours eu l'air d'aborder la vie comme un adolescent tyrannique. Le monde était divisé entre ce qu'il possédait et ce qu'il ne possédait pas encore. Tout ce qui entrait dans la seconde catégorie était une cible légitime.

— J'ai entendu dire que tu étais vivante, dit-il. Et j'ai vu ton visage dans le magazine. Mais ce n'est pas moi qui t'ai fait venir.

Comme avant, sa voix avait un côté chantant qui cachait son goût pour la violence. Mais il ne me semblait pas qu'il mentait. Comment était-ce possible ? Si ce n'était pas lui qui m'avait attirée ici pour m'éliminer, pour achever de détruire ceux qui avaient été proches de Tommy DiLucca – ou ma famille, à défaut de réussir à m'atteindre assez vite –, de qui s'agissait-il ?

— Qui est à ma recherche ?

Je refoulai le léger accent de panique que j'entendis dans ma voix. J'étais maître de mon sort. Mais c'était celui de Rachel qui m'inquiétait.

— Les temps ont changé, chérie. Je ne contrôle plus le monde comme avant. Je suis un simple homme d'affaires qui exerce sa profession dans cet établissement public.

Je n'y croyais pas une seconde. Il était peut-être un homme d'affaires, mais je doutais que ce soit aussi simple que ça.

— Tu sais forcément quelque chose, insistai-je, en sortant une liasse de billets de 20 que je laissai tomber sur le bureau devant lui.

Il darda les yeux sur l'argent, juste un instant.

— J'ai entendu parler d'une femme qui aimerait discuter avec toi de cette fameuse nuit.

Il se cala dans son fauteuil qui grinçait et joignit les mains derrière sa tête, exactement comme Luc le faisait souvent, mais avec un air beaucoup plus malveillant.

Je fus envahie par la confusion.

— Une femme ? Qui ça ? Je ne connais aucune femme de cette époque-là. Pas qui soit encore vivante.

— Vivante ou morte, c'est une notion très changeante ces temps-ci, ma Rose. Quelle main macabre serait assez forte pour faucher une demoiselle dans la fleur de l'âge ?

Seul le regard qu'il porta furtivement sur un point derrière moi m'avertit du danger que je n'avais pas entendu à cause de la musique qui s'échappait du bar. Je n'eus qu'une seconde pour jeter un coup d'œil derrière moi et apercevoir le visage du barman, avant de sentir une vive douleur dans le dos.

Tout devint noir, et je succombai à la gravité.

Je me réveillai en proie à la douleur. Une douleur intense, qui me parcourait le corps entier. Je voyais flou, ma tête pulsait, et j'avais le goût du sang dans la bouche.

Lentement, le monde cessa de tourner, et les contours d'une chose en tissu se précisèrent.

Le jean que je portais. J'étais assise sur une chaise et je regardais mes jambes, la tête relâchée en avant.

Mes pieds étaient sous moi, attachés avec une chaîne impressionnante à un sol en béton nu tacheté de sang, le mien sans doute.

J'avais les épaules endolories et les doigts gourds, les mains dans le dos et les poignets solidement liés derrière la chaise. Avec de multiples colliers de serrage, à en juger d'après la douleur mordante.

Je levai la tête et clignai des yeux pour chasser les taches noires. Une lampe à pied était braquée sur mon visage. Je me serais crue dans la scène d'interrogatoire d'un film que Luc aurait pris un peu trop de plaisir à regarder… Et dont il aurait sans doute cité des passages après.

Je fus prise de nostalgie, mais je la refoulai.

D'abord, tu restes en vie, m'intimai je. *Tu pourras penser à tes sentiments après.*

J'entendis quelqu'un marcher d'un pas traînant devant moi.

— Hé, qui est là ?

Personne ne répondit, mais je perçus ce qui ressemblait à une berceuse pour enfants.

— « Dors, mon enfant », chantait-elle. « Dors, mon enfant. Car si tu te réveilles, les monstres t'emmèneront dans le Rookery. »

Je plissai les yeux pour scruter du regard les ténèbres au-delà de la lumière, tâchant de deviner les formes et les distances.

— Qui est là ? Montre-toi. Danny ? C'est toi ?

Mais ce n'était pas Danny. Quand elle s'avança dans la lumière, le cauchemar empira. C'était Iris, et elle ressemblait beaucoup trop à la dernière image que j'avais gardée d'elle.

Telle une version surnaturelle de Miss Havisham[1], elle semblait ne pas avoir changé de vêtements depuis des décennies. Sa robe était déchirée, avait perdu ses franges et était élimée par endroits comme la peau d'un animal galeux. Ses cheveux étaient plats et emmêlés, parsemés de bijoux en verre taillé montés en barrettes et en broches. Elle avait la peau couverte de cicatrices, déformée et grêlée aux endroits où des balles avaient dû la transpercer.

Était-elle dans cet endroit depuis près d'un siècle ? Cachée du monde, à revivre ce qu'elle avait vu ? La violence, ou l'expérience qu'elle en avait faite, l'avait-elle rendue folle ? Peut-être pas folle au point de ne pas être capable de signer un pacte avec le diable, de payer Danny et ses hommes de main pour qu'ils m'attirent ici.

Qu'importe comment elle s'y était prise. Comment n'avais-je pas su ? Pourquoi ne l'avais-je pas sauvée ?

— Iris, dis-je, le souffle court.

J'eus soudain la tête qui tournait. Une décennie d'histoire était en train de se réécrire, et ma culpabilité s'accumulait rapidement.

— Tu es vivante.

— Toi aussi, à ce que je vois.

Elle tendit la main et me gifla violemment. Ma joue s'embrasa, et j'eus de nouveau le goût du sang frais dans la bouche.

— J'étais dans la pièce secrète, me défendis-je. J'étais partie chercher du brandy, tu te souviens ?

— Tu m'as laissée là-bas. Tu *l*'as laissée là-bas. Et tu es sortie de là comme si tu étais vraiment spéciale. La crème de la crème.

Elle me jeta une copie du magazine.

---

1. Personnage de vieille fille dans *Les Grandes Espérances* de Dickens (*NdT*).

— Tout ce temps, espèce de petite garce, j'ai cru que tu étais morte. J'ai fini par découvrir que tu es à Chicago. Où tu te planques et te pavanes. Où tu montres tes jolis petits seins à la caméra. Tu nous as laissées mourir là-bas !

— Je pensais que tout le monde était mort, Iris. Tout le monde l'était.

Je sondai tout de même ma mémoire, à la recherche d'un indice que j'avais eu tort, que je l'avais laissée là-bas pour que Danny O'Hare la récupère, ou pour m'en tirer vivante. Mais je ne trouvai rien. Il n'y avait eu que l'odeur et l'immobilité absolue de la mort, et le son métallique de sirènes au loin.

J'avais commis une erreur. Mais Iris ne s'en souciait guère.

Elle me gifla de nouveau, de l'autre côté cette fois. La douleur me mit les larmes aux yeux.

— Ce soir, on va rejouer cette nuit-là.

Elle s'écarta de la lumière, et j'entendis le bruit d'un liquide qui s'écoulait d'une bouteille. Quand je reniflai, je sentis de l'alcool.

Elle masqua le rayon de la lampe lorsqu'elle s'avança et m'en jeta un verre à la figure. *Du gin*, songeai-je en le sentant tandis qu'il coulait dans mes yeux et dans des coupures que je n'avais pas encore vues, ce qui infligea une nouvelle torture à mes nerfs déjà à vif.

— De l'alcool, dit-elle. Pour que tu te souviennes. La boisson du diable, que tu as savourée à d'innombrables reprises. Et maintenant, tu vas être punie pour ça.

Elle disparut de nouveau, et mon cœur s'emballa. Si elle avait l'intention de rejouer cette nuit-là, avait-elle trouvé un fusil ? Comptait-elle m'abattre sur place, comme un animal ?

Sous le coup de l'adrénaline, je bougeai d'avant en arrière pour lutter contre les menottes à mes pieds et les liens qui retenaient mes mains. Mais aucun ne se desserra.

C'est officiel, je suis dans un sale pétrin, songeai-je. Je regrettai de ne pas avoir été plus attentive au cours de Luc sur les manœuvres d'esquive avant de me retrouver dans cette histoire.

— Tu ne voyais rien, déclara-t-elle en s'avançant de nouveau devant moi, avec cette fois une barrette à plumes à la main.

Elle se rapprocha et la planta dans mes cheveux, m'éraflant le crâne par la même occasion.

— Je parie que tu ne savais même pas que j'aimais Violet.

Je tâchai de me concentrer malgré la douleur.

— Violet ? Elle et toi, vous… ?

— On s'aimait, dit-elle. Ce n'est pas comme si tu avais remarqué, occupée comme tu l'étais à flirter et tapiner avec tous les hommes que tu trouvais. Encore une raison pour laquelle tu mérites ce qui va t'arriver.

J'en déduisis qu'Iris n'avait pas eu beaucoup d'estime pour mes choix de vie.

— Je suis désolée qu'elle soit morte, Iris. Mais j'ignorais qu'elle était encore vivante. J'ignorais qu'il y avait qui que ce soit de vivant. Je pensais que tout le monde était mort. Nous étions meilleures amies. Est-ce que tu crois vraiment que je ne serais pas revenue vous chercher si j'avais su ? Que je ne vous aurais pas aidées à sortir de là ?

Elle parut décontenancée un moment, et je crus que je commençais à lui faire entendre raison. Mais le voile du traumatisme et de la folie retomba sur ses yeux.

Elle se pencha en avant.

— Tu mens ! Tout ce qui m'est arrivé, c'est ta faute. Forcément.

C'était donc ça. Elle cherchait quelqu'un à qui faire porter le chapeau, même si c'était injustifié. Même si elle était capable de comprendre ce qui s'était réellement passé.

Elle m'avait attirée là, et il n'y avait aucun doute qu'elle comptait terminer l'histoire cette nuit. Mais j'avais besoin de temps. Pour réfléchir à un plan, et pour me libérer.

— Tu as payé Danny ? demandai-je, essayant de l'occuper pendant que je me démenais contre les liens de mes poignets.

Je sentais le plastique m'entailler la peau, mais j'étais indifférente à la douleur. Survivre était la seule chose qui comptait.

— Danny O'Hare est un vrai fils de pute, dit-elle en crachant par terre à côté de moi. Il se moque de ce qui s'est passé dans le bar cette nuit-là – pour lui, le passé, c'est le passé –, mais il est toujours intéressé par de l'argent. Il m'a donc trouvé un homme, et cet homme a rempli son office. Ça m'a coûté jusqu'au dernier sou que j'avais économisé pour qu'il accepte de se charger de cette tâche, vu comme tu es devenue puissante. Mais ça valait le coup, non ? Parce que tu es là.

Elle se rapprocha, et je vis un éclat d'acier dans sa main. Un pistolet, calibre 9 mm. Je n'avais que peu de doutes quant au fait qu'elle allait me le décharger dans le corps, et ce n'était sûrement que le début de ce qu'elle me réservait.

Hélas, en dépit de ma force de vampire, mes liens ne bougeaient pas d'un poil.

J'étais vampire depuis longtemps, et j'avais déjà affronté la mort. J'avais rarement eu des regrets. Mais cette fois, je regrettais. *Je suis désolée, Luc*, songeai-je en envoyant ces mots à des kilomètres de là, comme s'il pouvait m'entendre. *Je suis désolée de t'avoir repoussé. Je t'aime. Je t'aime plus que tout.*

Les larmes se mirent à couler pour de bon, mais je n'étais pas lâche. Je levai la tête vers Iris et la regardai droit dans les yeux.

Sa main tremblait, et elle pointa le pistolet sur moi.

— Et cette fois, on sera quittes, dit-elle.

Des coups de feu retentirent comme des explosions, et je me préparai d'instinct à encaisser les balles.

Mais je ne sentis rien.

Profondément ébranlée, je baissai la tête. Des taches de sang apparurent sur la robe d'Iris, et elle s'écroula à genoux en se tenant le ventre.

— Lindsey ?

C'était la voix de Luc.

Seigneur, c'était Luc. Il était là. Il était venu pour moi.

Il apparut derrière elle, dans son uniforme composé d'un jean et de bottes, et quand le pistolet tomba par terre avec fracas, il l'éjecta d'un coup de pied hors de la portée d'Iris.

— Bon sang, Linds !

Luc se précipita vers moi, prit mon visage entre ses mains et pressa ses lèvres sur les miennes. Il sortit un bandana de sa poche et essuya ce que je supposais être du sang sur mon visage.

— Tu aimes jouer avec le feu, toi.

Au même moment, quatre hommes en costume noir entrèrent calmement à l'intérieur. Le visage allongé et la mine sévère, le premier rangeait dans son étui le pistolet qui avait terrassé Iris, et adressa un hochement de tête à Luc. Ils la soulevèrent, avec plus de douceur que je l'aurais peut-être fait, et commencèrent à l'escorter hors de la pièce.

— Qui était-ce ? demandai-je, perplexe, tandis que Luc détachait les menottes et les colliers de serrage.

— Le département surnat de New York. Ils contrôlent la situation.

— Demande-leur de fouiller le *Green Clare*, et de trouver Danny, dis-je. Veille à ce que ce soit fait. Pour que Rachel soit hors de danger.

— Les gars ? fit Luc.

— On s'en occupe, acquiesça l'homme au visage allongé.

Je regardai Luc, à genoux à côté de moi. J'arrivais à peine à croire qu'il était là, et à la veine que j'avais qu'il soit venu. Que j'avais une seconde chance, que j'étais vivante.

Mais mon cerveau ne transmit pas ces pensées à ma bouche, toujours bloquée sur cette bonne vieille Lindsey qui avait peur de l'engagement.

— Je t'avais dit de ne pas venir !

— Oui, dit Luc. Je ne t'ai pas écoutée.

— Tu aurais dû.

— Auquel cas, tu serais criblée de balles, ce que je ne trouve pas attirant chez une femme.

Je ne pus m'empêcher de sourire.

— Comment m'as-tu trouvée ?

— Ton téléphone. J'y ai ajouté un GPS, tu te souviens ? Jeff m'a aidé à te pister. Il est particulièrement doué pour ça.

Jeff Christopher était un ami de la Maison et un employé du grand-père de Merit, qui avait auparavant été le Médiateur surnaturel de la ville.

J'entendis une série de bruits secs et me retrouvai avec les poignets libres, ce qui envoya une décharge de douleur dans mes épaules. Quand j'eus les pieds détachés, je posai une main sur Luc pour me lever.

— Euh, non, dit-il en se baissant pour me prendre dans ses bras.

Je nouai les doigts autour de son cou.

— Tu comptes réellement me porter ?

— Sans l'ombre d'un doute, Lindsey Rose. (Il me regarda, l'inquiétude inscrite sur son visage.) Est-ce que ça va ?

— Ça va aller, lui assurai-je, mais les larmes coulaient encore. Je croyais qu'elle était morte, Luc. Je croyais qu'elles étaient toutes mortes. Je ne serais jamais partie…

— Chut, m'interrompit-il. Chut. Bien sûr que tu ne les aurais pas abandonnées. Tu aurais fait tout ce que tu aurais pu pour les aider, pour les sortir de là vivantes. Ce malgré ta jeunesse. Et même avant d'avoir bénéficié de ma tutelle d'expert.

— Tu es en train de gâcher ce joli moment.

Il rit, juste un peu.

— Allez, Rose. On va te faire prendre un bain. Tu sens comme un gin tonic ambulant.

— Ce ne serait pas de refus, un gin tonic.

— Je peux accéder à cette requête.

Cette fois, l'hôtel était nettement plus chic. Nous délaissâmes le Rookery pour le *Plaza*, un cadeau d'Ethan et de Merit pour m'aider à me remettre plus vite. Je récupérai sous la douche, où je lavai le sang, la crasse et l'odeur du gin.

Lorsque j'émergeai de la salle de bains grande comme des vestiaires, mes blessures se résorbaient déjà. Je trouvai Luc à l'autre bout de la chambre, debout devant une table tandis qu'il mangeait des fraises déguisées sur un plateau d'argent.

Je portais le seul pyjama que j'avais amené, un débardeur en dentelle assorti à un short en soie couleur pêche clair. Luc reposa le journal et soutint mon regard.

L'atmosphère était au mieux inconfortable.

— Je t'ai repoussé, dis-je.

— En effet, répondit-il prudemment.

— Tu es venu quand même.

Il passa une main dans ses boucles.

— Je ne peux pas te lâcher, Linds. Tu auras beau me repousser, je ne peux pas. Je ne veux pas. Je te veux, toi… tout entière. Si je ne peux pas avoir ça, alors je ne sais pas…

Ce n'était pas important qu'il ne sache pas.

J'en savais assez pour nous deux.

Je courus vers lui, sautai dans ses bras ouverts et passai mes jambes autour de sa taille et mes bras autour de son cou. Puis je l'embrassai comme si l'occasion n'allait plus jamais se représenter.

— Ne t'avise… plus jamais… de me laisser, exigeai-je entre deux baisers.

— Tu m'as dit de te laisser, souligna-t-il tandis qu'il me pressait contre son érection grandissante – et impressionnante – et me mordillait les lèvres.

Notre baiser devint plus profond, et le souffle nous manqua. Ce n'était pas que de l'amour. C'était un besoin.

Des larmes m'échappèrent quand je compris – non, quand j'admis – à quel point j'avais besoin de lui, à quel point il me centrait, à quel point j'étais meilleure lorsque nous étions ensemble.

— Je t'aime, dis-je en m'écartant et en posant les mains sur ses joues, pour qu'il me regarde et voie l'émotion qui se reflétait sur mon visage.

Et je la sentis chez lui aussi, magnifiée et illuminée. Pas seulement parce qu'il m'aimait, mais parce qu'il était enfin pleinement convaincu que je l'aimais en retour et que son cœur était autant en sécurité entre mes mains que le mien entre les siennes.

Il avait l'air ému au plus haut point.

— Mince, Lindsey. Je t'aime, moi aussi.

Nous nous regardâmes un moment, jusqu'à ce qu'il pose les yeux sur mes lèvres et que nous recommençâmes à nous attaquer. J'empoignai ses cheveux et tirai jusqu'à ce qu'un grondement vibre dans sa gorge, ce qui diffusa une chaleur ardente dans mon corps entier. Luc focalisa sa bouche sur la mienne – en la suçant, la mordant, la goûtant – et me déplaça jusqu'à ce que je sois dos au mur et que la friction entre nous m'amène à la limite d'un orgasme brutal.

Sans crier gare, il explosa dans mon corps comme du feu, et je prononçai le nom de Luc dans un gémissement tremblant.

— Oui, dit-il. J'en veux encore.

Mon corps toujours enveloppé autour du sien, il revint vers le lit et m'allongea dessus. Mes vêtements disparurent en un éclair. Les siens ne tardèrent pas à en faire autant, puis il se retrouva au-dessus de moi, chaud, affamé et dur.

Il referma la main sur mon sein pour me titiller et m'allumer de nouveau, me mettant au défi d'aller plus loin.

— Encore, répéta-t-il.

— Je n'ai plus rien, dis-je d'une voix d'amante comblée.

— Menteuse.

Je n'avais pas menti, mais il me fit mentir. D'un seul coup de reins puissant, il chassa tous mes doutes, et ses hanches expertes me prouvèrent qu'il pouvait jouer de mon corps comme un virtuose.

Je repassai les jambes autour de sa taille, regardant ses yeux devenir argentés et ses crocs s'allonger, et je ployai le cou pour lui offrir le plus grand cadeau qu'un vampire puisse offrir.

Du sang.

Il me transperça la peau, ce qui libéra une nouvelle vague de jouissance dans mon corps, et gémit de plaisir au creux de mon cou. Il se mit à bouger plus vite, les mains toujours sur moi tandis qu'il m'éprouvait, me titillait, me soulevait, jusqu'à ce que dans un ultime gémissement il nous anéantisse tous les deux.

Quelques secondes plus tard, il s'effondra à côté de moi, mais entremêla nos doigts.

Quand ma respiration redevint normale, je lui jetai un coup d'œil.

— Comment est-ce qu'on va faire ? Pour protéger ça ?

Luc sourit, une boucle en travers du front, et me mordilla le dos de la main.

— Comme pour tout quand on est un vampire, dit-il. On se prépare aux imprévus, et on prend les choses une nuit après l'autre.

Comme Luc avait obtenu la permission de se servir du jet Cadogan, mon second vol fut nettement plus luxueux que le premier. Beaucoup de cuir épais et de suggestions de boissons, de nourriture et de lecture de la part du steward.

Avec Luc à côté de moi et un espoir d'un genre nouveau dans le cœur, il y avait pire façon de voyager.

De retour à la Maison, nous trouvâmes Rachel dans le hall d'entrée, où elle attendait impatiemment notre arrivée avec Ethan et Merit. Ma nièce s'élança vers moi et m'étreignit, et je me retins de mon mieux de grimacer.

— Dieu merci, tante Lindsey. J'étais tellement inquiète !

— Ce n'est pas très flatteur pour mes talents, fis-je remarquer.

— Qui sont impressionnants, murmura Luc, une main sur mon dos.

Ray s'écarta et sourit.

— Oncle Luc a dit que tu t'en sortirais. Et ça, c'était avant qu'il parte te sauver.

Il y avait tellement de choses qui n'allaient pas dans ces deux phrases que je la regardai avec des yeux ronds.

— Oncle Luc ? répétai-je. Et avant qu'il vienne me « sauver » ?

Merit réprima un ricanement sans grand succès, et même Ethan gloussa.

— Les enfants disent de ces choses, dit Luc de sa voix la plus innocente, à laquelle il recourait en s'imaginant généralement qu'elle le tirerait d'affaire.

— On parlera de ça plus tard, dis-je avec bonhomie en me retournant vers Rachel. Ça va ?

— Très bien. Tout le monde a été vraiment gentil. Helen m'a fait visiter la maison et m'a autorisée à me servir de la bibliothèque pour étudier, ce qui était génial. Et Merit m'a laissée goûter ces petits desserts appelés Mallocakes, que je n'avais jamais vus mais que je vais maintenant chercher sur Internet. Mais si ça ne vous fait rien, je crois que je suis prête à rentrer chez moi.

Elle grimaça, et adressa un regard d'excuse à Merit et Ethan.

— Même l'hôtel le plus chic ne vaut pas son propre lit, déclara Ethan. Ça a été un plaisir de t'avoir ici, Rachel. (Il me jeta un coup d'œil.) Et content que tu nous sois revenue en pleine forme, Lindsey.

— Seigneur, dis-je avec un hochement de tête, puis je regardai Luc. Est-ce qu'elle peut rentrer chez elle sans risque ?

— Maintenant, oui, confirma-t-il. On s'est occupé de ton ami du *Green Clare*, et la police départementale de Chicago a inspecté la maison, au cas où il y aurait eu d'autres pièges.

— Ont-ils trouvé quelque chose ?

— Rien du tout. C'était une attaque ciblée, dont le but était surtout d'obtenir ton attention. Et ça a marché.

En effet, convins-je.

— J'ai demandé au chauffeur de la berline d'attendre, au cas où Rachel serait prête, nous informa Luc en indiquant la porte du pouce.

— Elle l'est, dit Rachel en pointant du doigt son sac, par terre à côté d'elle.

— En ce cas, je t'accompagne dehors. (Je jetai un coup d'œil à Luc.) Peux-tu nous laisser une minute ?

— Bien sûr.

Il tint la porte ouverte et attendit que Rachel et moi sortions.

— Comment s'est passé ton séjour ? demanda-t-elle.

— C'était instructif, je crois. Le passé n'est jamais tout à fait tel qu'on l'imaginait.

— C'est terriblement philosophique, dit-elle.

— C'est l'effet New York.

Nous atteignîmes la voiture, et le chauffeur mit le sac de Rachel dans le coffre et lui ouvrit la portière.

— Je suis vraiment désolée que tu te sois retrouvée mêlée à ça, dis-je. C'était une chose du passé que je ne me serais jamais attendue à voir resurgir, et on t'a entraînée là-dedans. Tu aurais pu être blessée à cause de moi. Je suis désolée pour ça.

— Hé, répondit-elle avec un sourire, toutes les familles ont des cadavres dans le placard. C'est juste que les tiens seraient plutôt des supergoules animées, ou quelque chose comme ça.

— Je ne pense pas que ça existe.

— Ça, c'est ce que tu penses maintenant, dit-elle en me pointant du doigt. Mais la vie nous prouve en général qu'on a tort.

Nous échangeâmes une dernière étreinte, puis elle s'installa sur la banquette arrière. Le chauffeur ferma la portière, me salua en relevant sa casquette, et la voiture disparut dans les ténèbres de la rue.

Il ne restait plus que quelques heures avant l'aube, mais Ethan nous accorda la fin de la nuit, à Luc et moi, en promettant que Merit et lui se tiendraient à l'affût d'intrus éventuels. Comme ça allait exiger d'eux qu'ils s'abstiennent de se peloter, cette offre me parut douteuse. Mais les deux dernières nuits avaient été longues, et je ne protestai pas à voix haute.

Luc et moi nous retirâmes dans ma chambre, où j'offris un cadeau à l'homme qui avait traversé la moitié du continent pour me sauver, même si j'avais été certaine de ne pas avoir besoin qu'on me sauve.

Il était étendu sur le lit, en boxer et le sourire aux lèvres. Quand je sortis du dressing, il écarquilla les yeux exactement comme je l'avais espéré.

— Tu portes les bottes. Et pas grand-chose d'autre.

Je mis les mains sur les hanches, juste au-dessus du sous-vêtement en dentelle qui ne couvrait que ce qu'il fallait, et le gratifiai d'un sourire malicieux.

— Je me disais que quitte à être dans une vraie relation, autant partir du bon pied.

— Oh ! que oui, murmura Luc en m'invitant à le rejoindre d'une main tendue.

Pour une fois dans ma très longue vie, je n'hésitai pas.

Tout est bien qui mord bien

« Fou encore est celui qui se fie à la douceur d'un loup…[1] »
William Shakespeare

1. Œuvres complètes de William Shakespeare, traduction François-Victor Hugo, Pagnerre, 1865. (*NdT*)

Chapitre premier

Chicago, Illinois.

Tension et magie tourbillonnaient autour de nous, comme de la fumée invisible chargée du poids de mystères anciens. Assis l'un en face de l'autre à la petite table, nous nous dévisagions comme des ennemis sur un champ de bataille, armes affûtées au poing.

Mais nous n'étions pas des ennemis.

Nous n'étions juste pas tout à fait autre chose non plus.

— Tu comptes te décider à jouer, ce soir ? me provoqua-t-il. Parce que bon, si tu as peur, je peux te laisser un peu plus de temps.

— On ne peut pas presser le génie, dis-je en contemplant l'homme assis en face de moi par-dessus l'éventail de cartes que j'avais à la main.

Il était grand et mince, avec des cheveux châtain clair assez longs pour qu'il les ramène derrière les oreilles ou pour qu'ils lui tombent devant les yeux. Ses yeux bleus et généralement pétillants étaient rieurs lorsqu'il me rendit mon regard. Il avait l'air jeune, avec son teint frais et son enthousiasme, mais il avait les talents d'un guerrier et le cœur d'un tigre. Littéralement.

Jeff Christopher était un métamorphe et un membre de la Meute de ma famille, la Meute des Grandes Plaines.

Je croisai une jambe sur l'autre ; ma jupe, mes collants et mes bottes sombres étaient loin de suffire à me protéger de la fraîcheur de l'air. *Little Red*, le bar où nous jouions aux cartes, était très apprécié de la Meute des Grandes Plaines. Mais il était vieux, miteux, et il y faisait excessivement froid.

Nous étions presque seuls ce soir-là, en dehors de ma tante Berna qui lisait discrètement – ou du moins, c'était ce qu'elle croyait – *Twilight* pour la quatorzième fois derrière le bar, et de Robert Johnson dont la voix plaintive s'échappait du jukebox à l'autre bout de la salle. Mais le soleil venait à peine de se coucher. Bien vite, d'autres métamorphes de la ville allaient emplir le bar de cuir, de magie et de muscles.

Je tirai le quatre de trèfle de mon jeu et le laissai tomber sur la première des trois piles de cartes sur la table. Jeff y jeta un coup d'œil, puis m'observa d'un air calculateur.

— Un problème ? demandai-je.

— Je n'ai pas envie de perdre encore. (Il se fendit d'un large sourire.) C'est trop pour mon ego de mâle.

— Ton ego de mâle s'en moque, tant que je ne te bats pas à *Jacob's Quest*.

C'était son jeu vidéo préféré. Jeff était un maître en la matière, comme pour la plupart des choses en rapport avec la technologie.

— C'est vrai, concéda-t-il. Mais on en est à combien, maintenant, douze à neuf ?

— Douze à huit, dis-je en réprimant un sourire. (Et vu les cartes que j'avais dans mon jeu, il n'arriverait pas jusqu'à neuf.) Mais bien essayé.

En ricanant, il ramassa le quatre de trèfle et le fourra dans son jeu, puis hésita sur la carte à poser. Il ne devait pas avoir beaucoup d'options pour ramasser un quatre, une carte pour ainsi dire inutile.

Sa décision prise, Jeff abattit un trois sur la table. C'était un bon choix ; les trois étaient encore plus inutiles que les quatre. Mais ça n'allait malgré tout pas suffire.

Cette fois, songeai-je, c'était le moment d'appuyer sur la détente et de lui porter le coup de grâce.

Je fis glisser une carte de mon jeu, et la plaquai sur la pile du milieu avec un bruit sec.

— J'appelle la couronne, dis-je avec un sourire tandis que l'as de carreau brillait victorieusement.

Un éclair de surprise passa dans les yeux de Jeff ; il ne savait pas que je détenais l'as… Encore moins l'as de carreau, l'avant-dernière carte dans *Call the Crown*, l'un des jeux préférés de la Meute.

Jeff me regarda de nouveau, et un sourire naquit sur ses lèvres.

— J'étais sûr que ce truc était dans la pioche.

— Il l'était. Je l'ai pioché au troisième tour.

Ses yeux se mirent à briller de plaisir. Il avait un visage d'une beauté si innocente, mais qui dissimulait sa force et son tempérament passionné. Comme moi, il vouait à la Meute une loyauté féroce.

J'étais Fallon, la fille unique de la famille Keene. Gabriel, l'aîné, était le Meneur de la Meute. J'étais la deuxième, et j'étais suivie en âge – et en ordre alphabétique, car ma mère avait eu un curieux sens de l'humour – par Eli, Derek, Christopher et Ben. Adam avait autrefois été le bébé, mais il avait trahi Gabriel, la famille et la Meute. Il n'était plus un Keene.

S'il arrivait quoi que ce soit à Gabriel, j'étais la suivante sur la liste pour la couronne. Ce qui faisait de moi la première Meneuse potentielle dans l'histoire de la Meute des Grandes Plaines. Techniquement, le fils de Gabriel, Connor, était l'héritier présomptif. Mais il n'avait même pas encore un an, et le contrôle de la Meute ne pouvait pas être transmis à un nourrisson. Pour l'heure, j'étais donc la deuxième.

Et par la même occasion, j'étais le plus gros trophée métamorphe du pays.

Je posai le reste de mes cartes sur la table et ramassai mes gains. La table, l'une des dix ou quinze qu'il y avait autour de nous, était marquée par le temps et par des décennies de bière et de whisky. Je dus m'y reprendre à deux fois pour réussir à rassembler toutes les pièces de 25 cents que nous avions mises en jeu.

— Et de treize, dis-je en les glissant dans la poche de ma veste.

— Je suis presque certain d'en avoir remporté neuf, répliqua Jeff avec un sourire, en empilant soigneusement le reste des cartes. En tout cas, on est proches. On fait presque la paire.

Il parlait des cartes… et de nous. Du jeu dans lequel nous étions tous les deux des pions. Mon estomac se noua.

— Je suis désolé, dit-il en tendant la main pour la poser sur la mienne.

Il avait dû sentir mon désarroi.

À son contact, une décharge de magie et d'émotion me parcourut le corps, ce sentiment d'appartenance et de familiarité que Jeff Christopher provoquait chez moi chaque fois qu'il me touchait ou m'adressait l'un de ses sourires bouleversants.

Mais il n'était pas pour moi. Et c'était à ça que ça se résumait.

Je dégageai la main et jetai un coup d'œil à ma montre.

— Ne t'en fais pas. Mais il vaut mieux que j'y aille.

Il essaya de sourire, sans grande conviction.

— Tu vas te transformer en citrouille ?

— Je dois rencontrer quelqu'un, expliquai-je, et ces quelques mots suffirent à chasser la gaieté dans ses yeux.

Il n'hésita qu'un instant ; d'un air déterminé, il durcit le regard et le braqua sur moi.

— Quelqu'un ? demanda-t-il, mais il n'attendit pas que je réponde. Un compagnon potentiel, tu veux dire.

La Meute soutenait que chaque Meneur avait besoin d'un compagnon ou d'une compagne, quelqu'un d'assez fort pour l'aider à garder la Meute soudée. Puisqu'il se pouvait que je sois Meneuse un jour, il incombait à ma famille d'identifier des compagnons potentiels. Un calvaire sous forme de rendez-vous galants.

L'intelligence et la force physique étaient des caractéristiques recherchées, mais pas les seules qualifications requises. Chaque famille de métamorphes prenait une forme animale spécifique. Les Keene étaient des loups, la forme des premiers métamorphes connus, Romulus et Remus, et donc la plus prestigieuse. Les loups étaient les Premiers Animaux de la Première Meute.

La métamorphose était magique, mais la forme dépendait entièrement des gènes. Et c'était à ça que ça se résumait vraiment.

Aussi brillant que charmant, Jeff Christopher était un bel et puissant animal au pelage lisse, aux grands yeux de prédateur, aux lourdes pattes et à la longue queue qui se balançait.

Jeff était un tigre.

Selon le protocole et la tradition de la Meute, les métamorphes aux formes animales différentes n'étaient pas censés être ensemble. Bien sûr, certains outrepassaient les règles. Mais ceux-là n'étaient pas membres de la famille du Meneur, et encore moins deuxième prétendant au trône. Je ne pouvais pas me payer le luxe de me rebeller.

Gabe et Jeff étaient amis depuis un moment. Je l'avais rencontré quelques mois plus tôt. Il avait la confiance et le respect de Gabe, et travaillait avec Chuck Merit, un ex-flic qui avait été embauché par un ancien maire pour aider les surnaturels à Chicago. L'Agence de Chuck Merit n'était plus officielle, mais Jeff et son collègue sorcier, Catcher Bell, continuaient de se porter volontaires pour résoudre des dilemmes surnaturels.

Gabe n'avait pas mis de frein à notre amitié et ne s'était pas plaint du temps que nous passions ensemble, croyant que nous finirions par nous éloigner. Et à chaque saison qui passait, le nombre de compagnons potentiels que Gabe faisait défiler devant moi augmentait. Jeff était quelqu'un de bien. Mais il y avait des règles.

— Le prix à payer pour Jeff Christopher est trop élevé, se plaisait à dire Gabriel. Tu ne peux pas avoir et la Meute, et lui.

Jeff était au fait de cette tradition ; tous les métamorphes l'étaient. Il avait sans doute espéré que Gabriel ou la Meute changeraient d'avis. Ça n'était pas arrivé. Mais l'impitoyable réalité n'avait en rien atténué l'étincelle qui crépitait entre nous.

— N'y va pas, dit-il en se glissant hors de sa chaise pour s'installer sur celle à côté de moi.

Son odeur unique se déplaça avec lui ; les arômes intenses et entêtants de la jungle, et le parfum chaud et velouté de son eau de Cologne. Sa magie aussi. Elle était vive d'habitude, presque joyeuse, scintillante comme des rayons de soleil qui ondulaient sur de l'eau. Mais son humeur s'était assombrie, et sa magie avec elle. Sa puissance rendait l'atmosphère électrique et m'évoquait l'instant qui précède la tempête.

Il me toucha de nouveau la main, ce qui envoya une décharge de magie le long de ma colonne vertébrale. Je luttai de toutes mes forces contre la promesse qu'elle contenait. Notre relation n'avait pas franchement été platonique, mais il y avait des limites que nous n'avions pas dépassées.

— Je suis une Keene, lui rappelai-je… autant que je me le rappelais à moi-même. C'est la tradition. Ça fait partie de la Meute, de qui nous sommes.

— C'est une tradition stupide. Et je vais le dire à Gabe en face.

En dépit de son air emporté, je savais à quoi m'en tenir. Jeff Christopher était loyal comme pas deux.

— C'est le bon choix, dis-je, mais j'entendais moi-même le léger accent de doute dans ma voix.

Il tendit la main pour repousser une mèche de mes cheveux ondulés derrière mon oreille.

— Tu n'es pas qu'une Keene. Tu as le droit d'être Fallon, aussi.

La magie fleurit entre nous, un arc invisible qui nous enveloppa tous les deux et couvrit mes bras de chair de poule.

Je réprimai un sursaut de désir, et étouffai l'intérêt évident de la louve qui rôdait au fond de moi. Je sentis sa vive déception quand je me levai et reculai ma chaise, qui émit un crissement de protestation contre le sol en linoléum poisseux et couvert de taches. La louve se moquait de la forme de Jeff Christopher. Il était magique, une magie féroce et masculine, et ça lui suffisait.

On ne pouvait pas nier que la magie passait bien entre Jeff Christopher et moi. Mais la magie ne remportait pas toutes les batailles. Parfois, la famille devait gagner, car c'était la seule victoire qu'une fille comme moi pouvait se permettre.

— Ils comptent sur moi, dis-je en évitant son regard. (J'avais peur qu'il voie mes doutes, même si je les avais enfouis aussi profondément que je le pouvais.) Et tu sais quelle est l'autre option.

L'abdication. Je pouvais avoir Jeff Christopher si je renonçais à mes droits sur la Meute, à ma place dans la ligne de succession. Mais ce serait aussi renoncer à ma famille, en rejetant la formation et l'éducation que j'avais reçues en tant que Meneuse potentielle.

Je tenais à Jeff, mais il n'était pas pour moi. Nous n'étions pas destinés à être ensemble. C'était peut-être l'une des plus grandes tragédies de mon petit monde, mais ça n'en était pas moins vrai.

— Un de ces quatre, je vais commencer à prendre tes rejets personnellement, déclara Jeff d'une voix assurée, mais il y avait de la douleur dans son regard. (Il faisait néanmoins bonne figure.) Ce ne sera pas aujourd'hui. À plus tard, Fallon.

Comme aimantée par sa voix, je le regardai de nouveau, et la promesse dans ses yeux était limpide.

— À plus tard, répéta-t-il.

C'était sa garantie.

Chapitre 2

La Meute était basée à Memphis, mais notre famille s'était relocalisée à Chicago plus tôt dans l'année. Nous avions promis d'aider les vampires de Chicago à gérer les crises surnaturelles qui étaient survenues depuis qu'ils avaient révélé leur existence au monde.

À la recherche d'un endroit qui nous rappelait notre chez-nous, nous avions trouvé une ferme défraîchie, mais où il y avait beaucoup de place pour se mouvoir et des chambres pour tout le monde. L'état de la maison laissait à désirer – jadis vive, la peinture bleue avait viré au bleu-gris délavé –, mais, même si elle avait vu des jours meilleurs, elle était belle. Un gigantesque perron rond entourait presque la moitié de la façade de la maison – indispensable pour une famille qui avait ses racines dans le Sud – et une tourelle au toit conique saillait fièrement d'un côté. Le reste de la façade était un méli-mélo de fenêtres, de volets et de lucarnes.

L'intérieur de la maison était encore imprégné des odeurs des générations passées. Après chaque occupant, et chaque année, les odeurs se superposaient comme des strates géologiques. De petites bottes d'herbes aromatiques, mises à sécher dans la cuisine. Une eau de toilette délicate et surannée. De la terre et de l'herbe après de longues journées de travail.

Au final, ça devait être pour ça que Gabe avait choisi cet endroit… Parce que les souvenirs s'accrochaient encore à cette maison, et qu'ils prenaient la place des membres de la Meute que nous avions laissés à Memphis.

J'entrai à l'intérieur, accrochai mon manteau noir sur le portant baroque à côté de la porte d'entrée, et jetai un coup d'œil au miroir ancien qui était suspendu là afin de procéder à une dernière inspection.

J'étais piercée et tatouée de partout, et mes goûts vestimentaires s'orientaient vers le noir et le gris, les couleurs discrètes et les superpositions intéressantes. J'avais des cheveux blond foncé qui bouclaient légèrement, comme ceux de ma mère. Mes yeux couleur brandy étaient soulignés de khôl, et je portais un pull à col boule foncé avec de longues manches en pointe, qui descendait presque jusqu'à l'ourlet de ma jupe noire et plissée.

Alors que je m'apprêtais à rencontrer un autre compagnon potentiel, un loup en habits d'humain, je m'évaluai avec honnêteté. Mes yeux étaient vifs et clairs, ma bouche juste assez grande pour sembler mutine. J'avais de bonnes dents, un super-rire, et j'avais reçu une instruction publique qui m'avait été très bénéfique. Ça ne garantissait pas que le potentiel fiancé serait de même avis. Et même si la perspective de cette rencontre ne m'enchantait pas, personne n'aimait être rejeté.

Je glissai une boucle de cheveux derrière mon oreille, relâchai mon souffle et passai au salon.

Toute la famille se trouvait là, au milieu des meubles recouverts de velours élimé : mes frères – de Gabriel à Ben –, ainsi que Tanya, la femme de Gabe, et Connor, son fils et le futur prince. Mais tandis que je les recensais mentalement, je m'aperçus qu'il n'y avait aucun soupirant en vue. *Peut-être a-t-il changé d'avis*, songeai-je, ravie.

Je pourrais aller manger des crêpes avec Jeff, ou bien on pourrait regarder un film chez lui.

La famille était agglutinée autour de Gabriel, un grand homme aux cheveux mordorés et large d'épaules, avec des yeux ambrés dans lesquels des volutes de magie apparaissaient parfois. Il avait une vraie présence, toujours. S'il était parfois celui qu'on remarquait le plus par sa taille, il était toujours celui qui en imposait le plus.

Eli avait les cheveux foncés et les yeux bleus de notre mère. Gabe, Ben et Christopher étaient dotés des cheveux blond-châtain et des yeux ambrés qui venaient du côté paternel, tandis que Derek était un mélange des deux avec ses cheveux foncés et ses yeux dorés. Mes parents avaient été un couple aussi beau qu'inhabituel ; lui, athlétique et bronzé, elle, une petite femme à la beauté exotique.

Comme mes parents, Tanya était physiquement à l'opposé de Gabriel. Belle à tomber, douce et naturelle, avec des joues qui semblaient toujours briller d'un éclat de rose et des cheveux foncés qu'elle avait alors ramenés en chignon. Elle fit sauter Connor dans ses bras et m'adressa un clin d'œil.

— Hé, sœurette, m'accueillit Ben en m'entourant d'un bras. Je pensais que tu sortais avec Jeff ce soir.

Ben n'était pas adepte de la traditionnelle parade des potentiels fiancés.

— Gabe voulait que je rencontre quelqu'un, dis-je en glissant un regard à mon frère aîné.

Sans relever ma pique, celui-ci garda les yeux rivés sur la boîte posée sur la table à pied central devant lui.

— Un compagnon potentiel ? demanda Ben en jetant un coup d'œil à Gabriel. Tu n'as pas mentionné ça.

— Il n'est pas là pour toi, dit Gabriel, puis il me regarda. Tu arrives juste à temps pour le dévoilement.

— Que dévoile-t-on ?

— Le vieux a sorti la couronne du placard, expliqua Eli en s'avançant.

— Ah, fis-je avec un sourire. Pour l'initiation de Connor.

L'initiation, c'était une autre tradition de la Meute, l'occasion pour l'héritier présomptif d'être formellement établi au sein de la Meute des Grandes Plaines. Demain, Connor aurait une couronne. Ce soir, j'avais un rendez-vous arrangé.

Le prince remportait cette manche.

Sans un mot, Gabriel ouvrit la boîte. Délicate et dorée, avec des arcs sur toute la partie supérieure, la couronne scintillait comme une étoile, nichée au creux d'un coussin de velours violet.

Une magie pesante et ancienne se déversa dans la pièce.

Gabe leva la couronne, et les gravures tout autour accrochèrent la lumière et la disséminèrent partout dans la pièce. L'histoire du monde était inscrite là, l'histoire de l'origine des hommes et des femmes dont les ombres unifiaient le monde des hommes et celui des animaux. L'artiste était oublié depuis longtemps, mais son ouvrage perdurait. De même que la magie dont il avait été infusé.

— Je pense que Connor est peut-être un peu petit pour elle, fit remarquer Christopher.

— Pas s'il a le melon gigantesque de Gabe, dit Ben, en s'avançant pour tapoter du poing la tête de Gabe.

Il n'y avait que Ben qui pouvait se permettre un tel geste sans écoper d'une bosse. Il était le plus heureux des Keene, celui qui souriait le plus. Et depuis qu'Adam était parti, il était le petit dernier.

— Tous les melons de ma famille sont parfaits, dit Gabe, en me tendant la couronne le temps de passer une main dans ses cheveux pour les discipliner de nouveau.

La couronne était plus lourde que ce à quoi je m'attendais, et le métal plus chaud. Elle avait paré des générations de Meneurs de la Meute, de la famille des Keene ou non, et on racontait qu'elle avait absorbé leur magie au passage. Ça expliquait peut-être son poids.

— Vous pensez qu'on arrivera à lui retirer la girafe le temps de lui mettre ce truc sur la tête ? demanda Christopher.

La girafe était devenue le jouet préféré de Connor. Il prenait son bain avec, dormait avec, jouait avec. Et quand on la lui retirait pour la laver ou pour dîner, le jeune prince exprimait son mécontentement à tout le monde.

Gabriel le jaugea du regard. Connor répondit par un sourire, en agitant joyeusement les pieds contre sa mère tandis qu'il tenait sa girafe de ses doigts de bébé potelés et baveux.

— J'en doute, dit Gabriel. Mais ça a coûté une fortune de la faire venir de Memphis par coursier sécurisé. Il la portera, avec ou sans la girafe.

Quand Gabe tendit la main, je lui repassai la couronne, heureuse d'en être débarrassée. Nous n'avions ni sceptre, ni manteau d'hermine, ni bijoux royaux. Mais nous avions la couronne. Et tant que la famille Keene détenait la couronne, nous tenions les rênes de la Meute.

Ce n'était pas qu'un symbole de la Meute des Grandes Plaines ; c'était le cœur du pouvoir du Meneur. Elle permettait au Meneur d'atteindre chaque membre de la Meute et de les rassembler. C'était un pouvoir considérable que celui d'être capable de convoquer des métamorphes auprès de leur chef, et il devait être utilisé avec discernement. Il y avait d'ailleurs peu de gens qui savaient ce que la couronne pouvait faire ; il n'y avait pas grand-chose à gagner à proclamer sa puissance.

De nombreux membres de la Meute étaient restés à Memphis, dont notre famille élargie. Nous avions laissé la couronne et son pouvoir colossal à leurs bons soins. Maintenant qu'elle était là, c'était à nous qu'il incombait de protéger ce fardeau.

— Vas-tu la mettre dans le coffre-fort ? demanda Christopher.

Pour les situations d'urgence, nous avions entreposé des réserves dans un coffre-fort ancien en fer que nous avions récupéré dans un bâtiment en cours de démolition à Memphis.

— Ça me semble être l'endroit idéal, acquiesça Gabe en la reposant sur son coussin avant de refermer la boîte. Même s'il y a des araignées au sous-sol. Je n'aime pas les araignées.

Gabe avait affronté des métamorphes hargneux, des vampires mal lunés et pire encore. Mais les araignées étaient ses ennemies jurées. Pour sa défense, les araignées du sous-sol étaient grosses et faisaient la loi.

— On sait, dit Ben en lui donnant une tape dans le dos. On a tous nos fardeaux à porter.

— Assez, assena Gabriel. On a de la compagnie.

Nous regardâmes tous en direction de l'embrasure de la porte, qu'un homme barrait presque entièrement.

Il était bâti comme un joueur de football américain. Des épaules larges comme des montagnes, des muscles qui ressortaient dans leurs moindres détails sous sa veste en cuir, son tee-shirt en coton moulant et son jean. Il avait des cheveux foncés et ondulés, et des yeux gris sous son front saillant ; sa bouche était charnue. Il était d'une beauté qu'on pouvait qualifier de « brute », et il avait clairement l'air d'être capable de se défendre.

Il retira ses gants en cuir et les fourra dans les poches de sa veste.

— Patrick York, dit Gabe.

Gabriel ne m'avait pas dit qui j'allais rencontrer ce jour-là, et je n'avais pas pris la peine de demander. Mais je ne m'attendais pas du tout à ça.

Il y avait trois autres Meutes aux États-Unis : la Meute de l'Atlantique, la Meute de la Côte Ouest, et la Meute du Grand Nord. Au sein de ces Meutes, on comptait plusieurs grandes familles anciennes, dont la nôtre et celle des York, qui était dirigée par le patriarche Richard, le père de Patrick. Mais tandis que nous contrôlions une Meute, les York n'en étaient que des membres, et ils n'étaient pas très actifs. Leur famille vivait dans le Wisconsin, ce qui les plaçait sur le territoire de la Meute des Grandes Plaines, mais cela faisait des années qu'ils n'avaient pas participé à une convention de la Meute.

Si Patrick York était venu pour me rencontrer, ça voulait dire que c'était en train de changer. Et ça me mettait la pression.

— Patrick, je te présente ma famille, dit Gabriel. (Il nous pointa tour à tour du doigt.) Christopher, Ben, Eli, Derek, Tanya, Connor. Et Fallon.

J'adressai à Patrick un signe de la main tandis que l'anxiété me nouait l'estomac.

Posant sur moi son regard gris intense, il me sourit.

— Enchanté.

— De même.

— Comment s'est passé le trajet ? demanda Ben.

— Bien, merci. Il n'a pas encore commencé à neiger, même si je pense que ça va venir. (Son regard tomba sur la boîte posée sur la table, et il écarquilla les yeux.) Est-ce que c'est ce que je pense ?

— Elle-même et ses deux kilos, confirma Gabe en le jaugeant du regard. Veux-tu la tenir ?

— Oh ! non, dit Patrick avec un sourire, en levant les mains et en reculant. Certainement pas. Je ne veux rien avoir à faire avec ça.

— Qui ne voudrait pas avoir à faire avec une couronne ? demanda Ben en tapotant le dos de Gabe. Tout ce pouvoir. Toute cette gloire. (Il balaya du regard le salon qui avait vu des jours meilleurs.) Tout ce glamour.

— Je suis sûre qu'elle est très jolie, mais je suis heureux de vous croire sur parole. Vous vous préparez à l'initiation de Connor ?

— En effet. Souhaites-tu te joindre à nous ?

Les initiations étaient en règle générale une affaire de famille, mais Gabe savait quand tendre le rameau de la paix.

Patrick secoua la tête.

— Merci, mais je ne veux pas m'imposer. Et je ne suis en ville que pour la nuit. Je pars demain matin.

Ce qu'il voulait dire, c'était qu'il n'était en ville que pour me rencontrer. Le goût de cette histoire de compagnon potentiel ne m'en semblait que plus mauvais.

Gabriel sourit.

— Il faut que tu restes plus longtemps la prochaine fois, pour découvrir Chicago. C'est une ville géniale.

— C'est l'impression que j'ai eue en arrivant, acquiesça-t-il. Du moins, à en juger d'après ce que j'ai vu de la voiture. J'en verrai un peu plus en allant à l'hôtel.

Gabe hocha la tête.

— Puisque tu n'es que de passage, on ferait mieux de vous laisser de l'air.

Gabe regarda les autres membres de la famille, qui se raclèrent la gorge, embarrassés, et quittèrent le salon. Ben m'adressa un clin d'œil, prit la boîte et sortit de la pièce.

L'atmosphère et la magie qu'elle contenait s'allégèrent.

— Ils ont… une forte présence, dit Patrick.

Je haussai les épaules.

— J'ai beaucoup de frères. C'est le pire cas de figure pour des compagnons potentiels.

Il me regarda avec curiosité.

— Tu n'es pas du tout comme je m'y attendais.

Je ne savais pas bien comment le prendre.

— À quoi est-ce que tu t'attendais ?

— À une débutante, je suppose. (Il m'examina de haut en bas, s'arrêtant sur mes cheveux et mes vêtements.) Moins sérieuse. Plus du genre à glousser.

— Je ne suis clairement pas du genre à glousser. Mais je peux tuer un homme de quarante-deux façons différentes.

— Quarante-deux. C'est impressionnant. J'apprécie qu'une femme sache se défendre. (Il balaya la pièce du regard.) J'ai une voiture dehors. Est-ce que ça te dirait d'aller faire un tour ?

De la magie fraternelle, chargée d'espoir et d'inquiétude, filtra de la pièce d'à côté. Ça semblait une bonne idée de prendre de la distance.

— Tu n'imagines pas à quel point.

Je me dirigeai vers la porte.

Chapitre 3

J'avais enfilé mon manteau en sortant, mais il ne me protégeait guère de la fraîcheur ambiante. Il faisait froid et lourd, et étonnamment, il n'y avait pas de vent. J'étais du même avis que Patrick ; il n'allait pas tarder à neiger.

Un élégant 4x4 noir attendait dans l'allée de graviers devant notre maison. Vêtu d'un costume noir bien coupé, le crâne rasé, le regard sombre et perçant, un homme tenait la portière arrière ouverte.

Patrick indiqua le chauffeur d'un geste.

— Tom, voici Fallon Keene. Fallon, Tom Webb. Il aide la famille depuis de nombreuses années.

Je ne connaissais pas les détails des affaires des York, mais ça avait un rapport avec le bois de construction. Pour que Patrick ait un chauffeur, les affaires devaient marcher.

Webb sourit, mais il continuait de m'évaluer du regard. Je percevais de la loyauté dans ses yeux, dans le fait qu'il me jaugeait et se demandait si j'étais la femme qu'il fallait pour le fils préféré des York.

Je me glissai sur la banquette arrière, et Patrick me suivit.

— Belle voiture, commentai-je quand Tom eut refermé la portière derrière nous.

Patrick m'adressa un sourire penaud.

— Merci. J'ai besoin d'espace.

Il m'indiqua ses longues jambes, qui prenaient toute la place devant lui. Ses épaules occupaient presque toute sa moitié du dossier.

— Où vaut-il mieux qu'on aille ? demanda Patrick.

Il faisait noir, et c'était le mois de février. Ce qu'on pouvait voir de la ville depuis la banquette arrière d'une voiture était restreint.

— Eh bien, si tu n'es jamais venu à Chicago, il en va de mon honneur de te montrer au moins la ligne d'horizon.

Je me penchai vers le siège avant.

— Prenez à gauche, et quand vous aurez rejoint la route principale, tournez à droite. Il y a un repère historique à environ cinq kilomètres. Arrêtez-vous quand vous le verrez.

— C'est noté, dit Tom.

Il remonta la vitre teintée qui séparait les sièges avant et arrière, et nous nous éloignâmes de la maison pour reprendre la longue allée de graviers.

Patrick me regarda avec intérêt.

— Une sortie archéologique ?

— Pas tout à fait, dis-je. Tu verras quand on y sera.

— Je suis toujours partant pour une aventure, déclara-t-il avec un sourire. Parle-moi de toi. Hormis le fait que tu es la prochaine sur la liste pour le contrôle de la Meute des Grandes Plaines.

Il avait dit ça sur un ton sarcastique, ce qui m'aida à me détendre. Les premières questions de bon nombre d'autres potentiels fiancés – des hommes avec qui j'étais allée boire un café ou manger une pizza – avaient été au sujet de Gabriel, de la royauté, de la Meute. Ils étaient passés sous le radar de Gabriel, et ne s'intéressaient à moi que parce que je pouvais les aider à se rapprocher de lui.

Les compagnons potentiels de ce genre rendaient le processus déplaisant. Mais j'avais pris goût à les faire fuir, à me faire passer pour assez folle pour qu'ils changent d'avis. Et s'ils se mettaient à avoir les mains un peu trop baladeuses, il suffisait d'un coup de genou bien placé pour qu'ils rentrent dans le rang.

— J'ai vingt-sept ans. J'aime la musique. J'ai une passion pour le café et les bons bagels. Je crois aux contes de fées, mais pas aux bonnes fées.

— Cette liste semble bien rodée.

— J'ai rencontré mon compte de compagnons potentiels.

— Et personne n'était intéressant ?

— Tout le monde est intéressant à sa façon. (Je haussai les épaules.) Mais pour une relation, il faut que ce soit plus qu'intéressant.

— L'étincelle, dit-il en regardant par la vitre. Il faut l'étincelle.

Au ton de sa voix, j'eus le sentiment qu'il avait déjà connu cette étincelle. Vu qu'il était dans la voiture avec moi, je présumai qu'il n'avait pas réussi à la capturer.

— On peut décrire ça comme ça. Et toi, alors ?

Il haussa les épaules.

— Je dirais que j'aime les activités de plein air. Pêcher. Faire des randonnées. Couper du bois.

— Tu es un bûcheron.

Il rit de bon cœur.

— Oui. J'imagine qu'on peut dire ça. (Il banda un biceps impressionnant.) Ça aide à garder la forme.

— C'est ce que je vois.

— Est-ce que je peux te poser une question ? (Je hochai la tête.) Est-ce que ça… Est-ce que c'est ce que tu veux vraiment ? Toute cette histoire de compagnons potentiels, je veux dire ?

Je regardai par la vitre, et vis défiler des terres cultivées tandis que Tom roulait à une vitesse de croisière.

— Je veux que ma famille soit protégée. Et je veux une Meute solide. Bien portante. Avoir un compagnon que ma famille approuve, ça joue déjà beaucoup.

Pour la quatre centième fois, je regrettai que Jeff ne soit pas un animal différent. Mais il ne pouvait pas davantage changer ce qu'il était que je ne pouvais me changer moi-même, me déplacer dans une famille différente ou faire des Keene une famille ordinaire.

Jeff n'était pas le sujet, me rappelai-je, et je me forçai à me focaliser sur Patrick. Je m'étais engagée à aller au bout de ce rendez-vous, et il méritait donc toute mon attention.

Je me retournai vers Patrick.

— Et toi ? Est-ce que c'est ce que tu veux, toute cette histoire de compagnons potentiels ?

— Je veux créer une alliance. Je veux que ma famille soit heureuse. (Il se mit à jouer avec une chevalière dorée qu'il avait à la main droite, et sur laquelle étaient gravées des armoiries complexes.) Mon père vieillit. Il se porte mal.

— Je suis désolée de l'apprendre.

Les métamorphes étaient généralement dotés d'une bonne santé ; prendre notre forme animale nous guérissait de la plupart des maux dont souffrait notre forme humaine. Mais les animaux tombaient malades, eux aussi, et il n'existait pas de remède simple à ça.

— J'imagine que ça ajoute à la pression de trouver quelqu'un.

Patrick eut un rire forcé.

— On peut dire ça comme ça. Si j'entends le mot « héritage » encore une fois, je vais sans doute balancer un coup de poing à quelqu'un.

— J'ai déjà fait ça.

Il me regarda d'un air amusé.

— Vraiment ?

— Ouaip.

Je croisai les jambes, et celle du dessus sursauta. C'était un réflexe généralement causé par un excès de caféine. Ce jour-là, je pouvais mettre ça sur le compte du bon vieux stress.

— Robin Swift a envoyé un ami de sa famille. (Robin était le Meneur de la Meute de la Côte Ouest.) Il m'a emmenée dîner dans le restaurant le plus cher de Chicago… Ou du moins, c'est ce qu'il m'a dit. Six ou sept fois. Et pendant que nous y étions, il me faisait la leçon sur l'importance de respecter l'héritage.

— Et tu lui as balancé un coup de poing dans ce restaurant ?

Je souris.

— Non, je lui ai balancé un coup de poing quand il m'a dit que ma seule fonction serait de porter ses enfants et qu'il a fourré une main sous mon chemisier.

Patrick sourit à son tour.

— Tu l'as touché ?

— Je lui ai cassé le nez.

— Bien joué.

La voiture ralentit, et lorsque je levai la tête, je vis la plaque en métal familière au bord de la route. Tom engagea la voiture dans la petite allée, qui était barrée au bout par un grillage.

— Qu'est-ce qu'on fait, maintenant ? demanda Patrick.

— C'est toujours une surprise, dis-je en sortant de la voiture quand Tom ouvrit la portière.

Patrick chuchota des instructions à Tom, puis me suivit quand je passai de l'autre côté du portail ouvert. En faisant crisser la neige sous nos pas, nous traversâmes le petit champ où une cheminée recouverte de lierre montait la garde, la seule partie du bâtiment qui était encore debout.

Les mains dans les poches, Patrick leva la tête vers la cheminée.

— C'était quoi, cet endroit ?

— Une mission jésuite, puis une église. Fut un temps, du moins.

Il fit courir les doigts sur la pierre irrégulière, ce que j'avais fait des dizaines de fois.

— Comment l'as-tu trouvé ?

— La pleine lune, confessai-je avec un sourire. Comme je n'arrivais pas à dormir, j'ai couru jusqu'à ce que je ne puisse plus courir. Je me suis retrouvée ici.

— C'est un lieu chargé d'histoire, dit Patrick en jetant des coups d'œil autour de lui. Et de puissance.

Je hochai la tête.

— Parfois, je me demande si je l'ai trouvé ou bien si c'est lui qui m'a trouvée. Mais ce n'est pas ça que je voulais te montrer. Par ici.

Il m'emboîta le pas, et nous marchâmes en silence jusqu'à la petite butte à l'autre bout du champ. Quand nous atteignîmes le sommet, j'étais enfin réchauffée.

— Voilà pourquoi on est ici, déclarai-je quand il s'avança à côté de moi, et je l'entendis prendre une brusque inspiration.

Chicago s'étendait devant nous telle une couverture de lumière, et les immeubles se dressaient à l'horizon comme des pulsations cardiaques qu'on aurait tracées dans le ciel.

Memphis serait toujours mon chez-moi, mais je comprenais tout à fait l'attrait de la Ville des vents. L'architecture, la nourriture, la politique. Elle avait tenu une place importante dans la construction des États-Unis, même si elle en gardait les cicatrices.

— C'est une vue impressionnante.

— Ouais, je l'aime bien. Et j'aime Chicago. Je ne m'y sens pas chez moi, pas encore, mais je m'y plais.

— Beaucoup d'énergie, commenta Patrick.

— Oui, acquiesçai-je. C'est vrai. Tu es du Wisconsin ?

Il hocha la tête.

— Ma famille est de Wausau, au centre de l'État. Ils vivent encore là, pour la plupart. J'ai une cabane sur le lac au nord de Sheboygan. C'est calme, surtout en hiver. Pas de touristes. En parlant de touristes, est-ce qu'il y a beaucoup de monde qui vient demain pour l'initiation ?

À ce changement abrupt de sujet, je me retournai vers lui, me demandant quelle était sa motivation. Mais s'il cherchait à obtenir des détails sur Connor ou l'événement, rien chez lui ne le trahissait. Il avait toujours le regard tourné vers l'horizon.

Je choisis néanmoins mes mots avec soin.

— Des amis proches et de la famille, surtout.

— La cérémonie se tiendra-t-elle dans une église ?

— St. Bridget. (Le lieu n'était pas secret, d'autant que Gabriel l'avait déjà invité.) C'est dans le quartier d'Ukrainian Village.

Nous n'avions pas choisi cet endroit-là en raison de l'affiliation religieuse, mais parce qu'il était au cœur de notre quartier préféré, et que les réunions de la Meute s'y tenaient régulièrement. Nous avions un lien avec.

Il hocha la tête, mais je voyais que cette réponse ne le satisfaisait pas.

— Est-ce que ça te dérange que ce soit lui qui ait la couronne ? Plutôt que toi, je veux dire ?

Je devinai que c'était en réalité ça qui occupait ses pensées.

— Non, dis-je. Ça devrait ?

Il leva de nouveau les mains.

— Je ne voulais pas t'offenser. Je pense juste que si ça avait été moi, je serais en colère. De voir ma chance me passer sous le nez. Tu n'es pas obligée de répondre à ça. Et je ne cherchais pas à te contrarier. Je suis sincèrement curieux.

Il garda le silence un moment, et quand je le regardai de nouveau, je vis qu'il observait la ligne d'horizon en fronçant les sourcils.

— Je suis dans une situation totalement différente, reprit-il. Comme la tienne, ma vie s'est construite autour de la famille, mais la dynamique n'est pas la même. Tu es membre de la famille du Meneur. Pour nous autres, c'est une sacrée affaire. C'est toi, la sacrée affaire. Je me demandais donc juste si le fait qu'on donne la couronne à quelqu'un d'autre, c'est une sacrée affaire pour toi.

C'était une sacrée affaire. Mais pas dans le sens où il l'entendait.

C'était une sacrée affaire que Tanya et Gabriel aient eu un bébé, après plus d'années de deuil que j'en souhaiterais à quiconque. Une sacrée affaire que Connor soit sorti indemne d'une grossesse difficile. Une sacrée affaire que j'aie un neveu heureux et bien portant.

— La famille, c'est la famille, dis-je simplement. Et la Meute, c'est la Meute.

Une heure plus tard, le 4x4 s'arrêtait de nouveau devant la maison.

Patrick me regarda.

— Ça m'a fait plaisir de te rencontrer, Fallon. Je suis descendu à l'hôtel *Meridian*. Ils ont un bar fantastique, et j'aimerais beaucoup t'inviter à prendre un verre.

— Je ne pense pas être d'attaque ce soir, avec l'initiation demain. Mais merci d'avoir proposé.

— Tu es sûre que je ne peux pas te faire changer d'avis ?

Sans attendre de réponse, Patrick se rapprocha, plaqua la bouche contre la mienne et me donna son meilleur argument. Il avait les lèvres douces, et la main qu'il porta à mon visage était assurément puissante. Il la referma sur ma mâchoire quand son baiser se fit plus appuyé.

De la magie se mit à pulser dans mon corps entier, animale et agréable, et mes bras se couvrirent de chair de poule. Ma propre magie s'éleva pour aller à sa rencontre, puis emplit la voiture d'énergie lorsque Patrick m'embrassa avec plus d'ardeur.

Notre magie était clairement compatible. Mais ça n'allait pas plus loin. Il n'y eut pas de chœurs angéliques. Pas de musique soudaine. Pas le moindre picotement ou tressautement d'origine autre que magique.

La part de moi qui voulait continuer de passer du temps avec Jeff était ravie. Encore un compagnon potentiel rencontré et éconduit.

Mais la part qui avait des obligations envers ma famille et la Meute se sentait coupable. Est-ce que je ne me donnais pas assez de mal ? Est-ce que je sabotais toutes les chances que ces hommes auraient pu avoir de me conquérir ?

Patrick s'écarta et me regarda.

— J'ai le sentiment que ton cœur n'y est pas.

Les mots pour lui répondre me manquaient, mais il avait parfaitement raison. Mon cœur était ailleurs, et je pensais surtout à un certain tigre qui était sans doute en train de faire les cent pas dans son appartement.

— Je suis désolée, dis-je.

Il sourit. C'était vraiment un supersourire. C'est juste qu'il ne me faisait pas le moindre effet.

— Sans rancune, m'assura-t-il. On ne peut pas forcer le cœur.

Je me glissai vers la portière, et quand Tom l'ouvrit, je ressortis.

— J'espère que tu trouveras, dit Patrick.

— Toi aussi, murmurai-je.

La maison était sombre et silencieuse. Pour les quelques premiers compagnons potentiels, toute la famille avait attendu dans le petit salon que je rentre et leur fasse un compte-rendu. Au bout de dix, ils avaient cessé de m'attendre.

Le dixième était dépassé depuis longtemps.

Je retirai mes bottes et accrochai mon manteau, puis me rendis à ma chambre au premier étage. Le monde était peut-être chaotique, mais pas ma chambre. Simple, propre et bien rangée, c'était mon refuge à l'écart de la vie de la Meute. À l'image de mes vêtements, ma chambre était décorée dans des tons noirs, blancs et gris. Un lit à baldaquin blanc trônait au centre, à côté d'une commode sur laquelle j'avais peint un motif à chevrons noir et blanc.

J'ouvris le premier tiroir de la commode et passai en revue ce qu'il contenait. Des tee-shirts et des bas de pyjama pour l'hiver, des nuisettes plus légères pour les nuits chaudes ou les occasions spéciales. Hélas, elles avaient encore leurs étiquettes.

— Un jour, grommelai-je en les repoussant et en sortant un tee-shirt gris chiné.

L'odeur persistante de l'eau de Cologne de Jeff se répandit dans la pièce. Ce tee-shirt était l'un des siens, orné devant d'un logo *Jacob's Quest* vert chartreuse. Il m'avait laissé l'emprunter une fois où j'avais été trempée par une averse, et j'avais oublié de le lui rendre.

Ou décidé de ne pas le lui rendre.

Je l'enfilai par la tête, puis marquai une pause alors que j'étais enveloppée dans le coton et l'odeur de Jeff, que je savourai en me demandant comment ç'aurait été s'il avait été là avec moi.

J'avais imaginé la scène mille fois : j'éteignais la lumière, je m'allongeais sur les draps frais, son corps à côté de moi et ses bras prêts à m'enlacer.

Mais ce n'était qu'un fantasme. Ce soir encore, le lit était vide ; Jeff remplacé, comme d'habitude, par le poids et la froideur de la tradition.

Je rêvai que j'étais assise à califourchon sur le toit d'une ferme, une jambe de chaque côté et un marteau à la main. Rendus gris par l'usure du temps, les bardeaux tombaient du toit comme des écailles et flottaient au sol comme des plumes. Je me servais du marteau pour les forcer à rester en place, mais mes efforts étaient vains. Ils se décollaient et s'élevaient dans les airs, laissant derrière eux la charpente nue de la maison.

— Fallon !

J'ouvris les yeux. Je n'étais pas sur un toit. J'étais dans ma chambre, allongée sur le ventre, avec une jambe et un bras qui pendaient d'un côté du lit. Il n'y avait pas de marteau, mais quelqu'un tambourinait violemment à la porte de la chambre.

— Une seconde, dis-je en rejetant le drap et en m'asseyant.

Je fermai les yeux jusqu'à ce que ma tête cesse de tourner. J'avais dormi comme une souche, et ma tête pulsait comme si j'avais la gueule de bois.

— J'arrive, lançai-je quand les coups reprirent, et j'allai à la porte en titubant.

Je l'ouvris et découvris Gabriel dans l'embrasure, l'air hébété. Il avait des cernes sous les yeux.

— Il doit être 6 heures, me plaignis-je en baissant les paupières à demi à cause de la lumière du soleil. (Nous ne dormions pas beaucoup, même si nous avions tendance à dormir durant les premières heures du jour.) Qu'est-ce que tu veux ?

— Que tu ramènes tes fesses en bas. La couronne a disparu.

J'enfilai assez de vêtements par-dessus le tee-shirt pour en faire une tenue décontractée, puis me rendis en bas en pantalon de survêtement et pieds nus.

Avec la montée d'adrénaline, le sang battait dans mes veines et mon cerveau tournait à plein régime. Mais j'étais encore groggy, et le mélange de sensations me donnait l'impression d'être une étudiante de première année après une nuit blanche.

Christopher, Derek et Ben étaient déjà dans le salon, de nouveau rassemblés autour de la boîte ouverte.

— Où est Eli ? demandai-je en rejoignant leur cercle.

— Dans la cuisine, dit Ben.

Je regardai à l'intérieur de la boîte. Elle était vide. Même le coussin violet avait disparu.

J'étais partagée entre la peur, l'irritation et l'épuisement.

— Je croyais qu'on allait mettre la couronne dans le coffre-fort, dis-je.

— On l'a fait. La boîte était en bas, expliqua Gabriel. Vide.

— Au moins, il n'y avait pas d'araignées à la place, ajouta Ben sur un ton léger.

Quand Gabriel lui lança un regard en biais, la pièce sembla devenir glaciale.

— Le coffre-fort était ouvert. Quelqu'un a réussi à crocheter le verrou.

— Qui a découvert qu'elle a disparu ? Et qu'est-ce qu'il ou elle fabriquait au sous-sol à 6 heures, bon sang ?

Je n'étais pas du matin. Et tant que je n'avais pas eu mon café, j'étais franchement grincheuse.

— Personne ne l'a découvert.

Je tournai la tête vers l'embrasure de la porte. Jeff était campé là, les cheveux en bataille, vêtu d'une veste en cuir par-dessus un tee-shirt et un jean. Il semblait énervé, et de la magie déferlait dans la pièce comme un essaim d'insectes furieux. Il s'avança vers nous, mais ne m'accorda pas même un regard.

Je supposai qu'il était en colère parce que je l'avais lâché la veille. Mais j'avais fait ce que j'avais à faire, et je lui avais expliqué. Il savait à quoi s'en tenir. Je n'avais pas le temps pour une scène, surtout pas à ce moment-là. Nous traversions une crise.

Ben nous regarda tour à tour et finit par s'arrêter sur moi. La question dans ses yeux était évidente. Mais je secouai la tête. La couronne avait disparu. Nous devions nous focaliser sur la Meute.

Toujours sur la Meute.

— L'alarme du coffre-fort s'est déclenchée. Elle est programmée pour m'envoyer un message, déclara Jeff.

Ben fronça les sourcils.

— Pourquoi est-ce toi qu'elle a alerté ?

— Parce que je lui ai demandé d'installer le système de sécurité, dit Gabriel.

— Je n'ai pas reçu de message signalant que des portes ou des fenêtres ont été forcées, fit remarquer Jeff en lui lançant un coup d'œil. J'en déduis que les alarmes n'étaient pas activées ?

— On est perdus au milieu de nulle part, ici, marmonna Gabriel. Depuis quand doit-on vivre sous surveillance ?

— Depuis que tu es le Meneur de la Meute et que tu as déplacé la couronne ici, rétorqua Jeff. C'est important.

La magie de Gabe se hérissa.

— J'ai bien conscience de l'importance de cette maudite couronne. Je n'ai pas besoin qu'on me le rappelle.

Jeff eut la sagesse de garder sa repartie pour lui.

Eli entra dans la pièce, deux tasses de café fumantes à la main. J'eus espoir que l'une d'elles était pour moi, et je remerciai ma bonne étoile quand il me la tendit.

La première gorgée fut chaude, corsée, enivrante. Je lui adressai un hochement de tête approbateur. Eli et moi étions les plus proches en âge, et nous avions sans doute passé plus de temps ensemble qu'avec n'importe quel autre membre de la famille. Il était au courant de ma passion pour le café, et il l'encourageait. Je ne l'en aimais que davantage.

— Quand a-t-elle été prise ? demanda Ben.

Jeff consulta son téléphone.

— Il y a quarante-deux minutes.

Christopher se frotta le visage.

— Quoi, à 5 h 30 du matin ? Qui se réveille pour voler une couronne à 5 h 30 du matin, bordel ?

Ben émit un son sarcastique.

—Quelqu'un qui veut une couronne et qui ne veut pas être pris.

—Une liste de suspects ? demanda Eli.

—Tous ceux qui veulent ce satané truc, de la Louisiane jusqu'au Minnesota ? suggéra Christopher.

—Il n'y avait que l'un d'eux ici hier.

Nous regardâmes tous Jeff, qui avait les yeux rivés sur moi. En colère. Trahi. Il avait dû le prendre personnellement, en fin de compte.

Mon estomac se noua à la vue de la douleur dans ses yeux.

Je me forçai à me détourner de lui pour me focaliser sur Gabriel.

—Il veut dire Patrick.

Était-ce pour ça que Patrick était venu ? Pas pour me rencontrer, mais pour se rapprocher de la couronne ? Il n'aurait pas été le premier compagnon potentiel avec une idée derrière la tête.

—Il était là pour rencontrer Fallon, déclara Ben en se rapprochant de moi, comme s'il pouvait me protéger de la douleur.

Jeff regarda Gabriel.

—Il était là parce qu'il voulait se rapprocher de la couronne. Et il y a deux façons de s'y prendre.

Mettre la main sur la couronne… ou sur la fille ?

Gabriel se retourna vers lui, les bras croisés tandis que des ondes agressives de magie irradiaient de son corps.

—Aurais-tu une déclaration à faire, chiot ?

De la magie se dressa entre eux, chaude et furieuse, et se mit à tournoyer dans la pièce comme un derviche. Ils étaient tous les deux en colère, tous les deux inquiets. Mais ni l'un ni l'autre n'avait l'intention de l'admettre à voix haute.

Il ne manquait plus que ça, une dispute au sein de la Meute. Nous avions un problème plus grave sur les bras.

Eli s'interposa entre eux avant que j'aie eu le temps de le faire.

— On va tous respirer un coup. Les York sont des gens bien, des gens de qualité. Patrick n'a même pas voulu regarder la couronne hier. Il semblait tout à fait sincère à ce sujet-là.

— Il sait jouer la comédie, donc, dit Christopher. (Il me regarda.) Tu as passé du temps avec lui. Qu'en penses-tu ?

Tous les regards se tournèrent vers moi, dont deux yeux bleus qui n'avaient pas l'air spécialement ravis.

— Je ne sais pas.

Je repoussai mes cheveux derrière mes oreilles et surpris le coup d'œil que Jeff lança au tee-shirt que j'avais oublié que je portais.

Je sentis sa magie déferler… Possessive et satisfaite. Il ne fit pas de commentaires, mais ce n'était pas nécessaire. J'avais dormi avec son tee-shirt. Ça en disait assez long.

Mais comme ce n'était pas le moment, je la repoussai.

— C'était moins la couronne que mes sentiments à ce sujet qui semblaient l'intéresser, dis-je. Mais allez savoir.

Jeff sortit une tablette électronique de sa poche et commença à pianoter sur l'écran. Il avait toujours un gadget à la main, et ce petit rectangle lisse était son nouveau bébé.

— Je vais vérifier la caméra.

— Il y a une caméra ? demanda Eli.

— Ça fait partie de ma formule de sécurité standard, précisa Jeff, les yeux sur la tablette.

Nous restâmes là en silence pendant qu'il jouait avec l'interface de la caméra.

— C'est parti, dit Jeff au bout d'un moment, et nous nous mîmes en cercle autour de lui.

L'image sur la tablette était déformée par l'objectif fish-eye qui avait été monté au-dessus de la porte, mais il était impossible de ne pas reconnaître l'homme à l'écran : Patrick York, qui s'avançait vers la porte d'entrée et se glissait à l'intérieur. Douze minutes plus tard, il ressortit.

J'avais la nausée. Écœurée par sa trahison, humiliée par sa fourberie. Je passai la main sur mes lèvres, comme si je pouvais essuyer le baiser qu'il m'avait donné. Il m'avait embrassée, puis il était retourné chez nous en douce et avait volé la possession la plus précieuse de la Meute.

Mais tout s'était passé si vite. Je me raccrochai de toutes mes forces à ce qui restait de ma fierté.

— Il n'a sûrement pas pu atteindre le coffre-fort, le déverrouiller et ressortir en douze minutes, si ?

— S'il est entraîné, si, dit Christopher, en haussant les épaules quand nous le regardâmes. Quoi ? Je sais crocheter un verrou, et alors ?

Ben inclina la tête.

— On n'a pas vraiment moyen d'affirmer qu'il a pris quoi que ce soit.

— Qu'est-ce qu'il aurait bien pu prendre d'autre ? demandai-je. Il n'avait aucune raison de retourner dans la maison. Aucune, à part la couronne.

Sans attendre de réponse, j'allai à la fenêtre et soulevai le loquet. La brise était glaciale, mais elle me soulagea quand de chaudes larmes de honte se mirent à couler sur mes joues.

Je les essuyai aussi discrètement que possible. Il était hors de question que l'un d'eux me voie pleurer.

— Je peux appeler Catcher, suggéra Jeff. Ou Merit. Ou la police départementale de Chicago. Mais je suppose que vous voulez que ça reste dans la famille.

Merit était la petite-fille de Chuck Merit, une vampire de la Maison Cadogan de Chicago. Comme son grand-père, elle passait beaucoup de temps à résoudre des problèmes surnaturels.

— Oui, dit Gabe. On va éviter d'attirer l'attention sur nous. (Il poursuivit plus bas, la voix rauque d'inquiétude.) Se peut-il qu'il sache se servir de la couronne ?

En silence, Eli jeta un coup d'œil à Jeff.

— Jeff sait, reprit Gabe. Je lui ai dit.

— Sécurité, fit Jeff.

— En ce cas, dit Eli, je ne vois pas comment il pourrait savoir. C'est une information difficile à obtenir, et les York ne sont plus dans le coup depuis longtemps. Je doute même qu'ils soient amis avec quelqu'un qui soit au courant. T'a-t-il dit quelque chose à ce sujet, Fallon ?

Une fois certaine que mon visage était sec, je me retournai et regardai mes frères.

— Non. Pas un mot.

— C'est un désastre, conclut Ben.

Je savais qu'il parlait du vol, mais je me sentais quand même responsable. Tous ces ennuis, tout ce drame à cause de la tradition. La Meute menacée, Jeff énervé, mes frères inquiets. Notre rôle au sein de la Meute en péril. Tout ça parce que la tradition nous avait mis un voleur sous le nez. Et parce qu'un homme à qui nous avions fait part de cette tradition nous avait tous trahis.

L'humiliation commençait à céder le pas à la colère. Et il n'y avait qu'une seule façon saine de gérer la colère.

— Je vais y aller, annonçai-je en rejoignant le groupe. Je vais le retrouver, lui botter les fesses et ramener la couronne.

— Je viens avec toi, intervint Ben, mais Gabe secoua la tête.

— Les gens vont se demander pourquoi on envoie la moitié de la famille en croisade quelques heures avant l'initiation.

— Je vais avec elle. (Nous regardâmes tous Jeff.) On peut y aller ensemble sans qu'ils aient de soupçons.

Parce que nous étions toujours ensemble. Et ça en disait très long.

Gabriel nous dévisagea tour à tour tandis qu'il réfléchissait.

— Allez-y. Pendant ce temps-là, je vais appeler Richard.

— Est-ce bien sage ? demanda Eli. S'il est impliqué…

— Patrick a dit que son père était malade. Je ne sais pas s'il est en état de manigancer une prise de contrôle de la Meute.

— Ou peut-être est-ce son ultime effort pour devenir Meneur, dit Ben.

— Je l'appelle, trancha Gabe. S'il est impliqué, ça ne lui servirait à rien de le nier maintenant. S'il a la couronne parce qu'il veut la Meute, je doute qu'il garde ça pour lui.

— Patrick est descendu à l'hôtel *Meridian*, dis-je. C'est le premier endroit où aller.

Gabe consulta la grande horloge qui faisait « tic tac » dans un coin de la pièce.

— L'initiation est à 18 heures. Trouvez la couronne, ramenez-la à la maison. Ou nous serons contraints de passer les rênes de la Meute à un autre.

Chapitre 4

Je m'habillai et retrouvai Jeff en bas, où il attendait à côté de la porte d'entrée.

— Je conduis, annonçai-je, et il ne protesta pas.

Ma voiture était petite… Un coupé qu'on pouvait facilement garer à Chicago, mais qui était assez puissant pour se frayer un chemin dans les embouteillages. Ou faucher un compagnon potentiel qui projetait une trahison. Non pas que j'aie des pensées violentes.

Jeff ne répondit pas, et il n'ouvrit plus la bouche jusqu'à ce qu'on soit dans la voiture, dix minutes après être partis. À ce moment-là, il me surprit.

— Je suis désolé, dit-il. Je me suis comporté comme un crétin. Tu ne mérites pas ça. Pas quand tu essaies de faire ce qui est bien aux yeux de ta famille. C'est juste que… Tu n'imagines pas ce que c'est pour moi.

J'écarquillai les yeux. Je savais très bien ce que c'était… Parce que c'était moi qui supportais ce fardeau.

— Je sais parfaitement ce que c'est pour toi. Tu ne sais pas ce que c'est pour moi.

— Dis-moi, alors. Ne t'éloigne pas.

— Je ne m'éloigne pas.

— Si. Tu te caches derrière ta famille.

— Ce n'est pas vrai.

— Si. (Sa voix se radoucit.) Si, Fal.

Je me sentis soudain fatiguée, et je soupirai.

— On est des adultes, pas des enfants. Parfois, les adultes n'ont pas ce qu'ils veulent. Même si c'est douloureux, ajoutai-je au bout d'un moment.

Sa voix était calme quand il répondit. Pleine d'espoir.

— Et qu'est-ce que tu veux ?

Je savais ce qu'il voulait que je dise. Ce qu'il avait besoin que je dise. Mais je ne pouvais pas. Parce que si je le lui avouais, si je m'avouais à moi-même que je le voulais, que je tenais à lui et que j'avais besoin de lui, ce serait avouer que tout le reste avait été un mensonge. Que tous les rendez-vous avec les compagnons potentiels avaient été une farce, que je n'essayais pas vraiment de trouver un compagnon pour le bien de la Meute.

Donc, je ne dis rien.

Jeff gronda tout bas et passa les mains dans ses cheveux.

— Je te jure, Fallon. Parfois…

— Parfois quoi ?

Il poussa un gigantesque soupir.

— Parfois, la vie n'est pas juste. (Il garda le silence un moment, puis me dévisagea et sourit.) Est-ce que je vais avoir des ennuis si je te demande comment s'est passé le rendez-vous ?

— De sérieux ennuis, dis-je, mais je ne pus m'empêcher de lui rendre son sourire. (Et quand je le fis, ce fut comme si tout rentrait dans l'ordre.) C'était barbant jusqu'à ce que, tu sais, il entre par effraction chez moi et vole ce qui revient de droit à ma famille.

— Tu ne vas donc sans doute pas ressortir avec lui. Ce qui signifie que j'ai une chance.

L'hôtel était situé à Gold Coast, un quartier huppé juste au nord de l'animation du Loop. L'immeuble qui l'abritait s'accordait avec les maisons du coin, couvertes de lierre, mais le hall d'accueil était moderne et élégant, décoré dans des tons blancs et crème. Les réceptionnistes, deux hommes aux cheveux gominés, portaient des chemises boutonnées aux manches remontées, des bretelles et des nœuds papillon. C'était soit très branché, soit très prétentieux ; je n'étais pas vraiment sûre.

Nous allâmes au comptoir. Le réceptionniste – Cash, à en croire son badge – nous sourit.

— Bienvenue à l'hôtel *Meridian*. Souhaitez-vous vous enregistrer ?

— Nous cherchons un client, en fait. Patrick York ?

— Ah, oui. (Il regarda son écran, et tapa quelques caractères sur un clavier coulissant.) Je crains que M. York ait déjà libéré sa chambre. Il y a tout juste quelques minutes.

J'étouffai un juron.

Cash leva la tête, l'air navré.

— Puis-je vous aider pour autre chose ?

Jeff et moi nous regardâmes, et j'optai pour la franchise.

— Nous pensons que M. York a pu emporter par inadvertance quelque chose qui appartient à ma famille.

Cash écarquilla les yeux.

— Vraiment ?

Je hochai la tête.

— Puisqu'il est parti, pourrions-nous jeter un œil à sa chambre ? Je sais que c'est gênant, mais ça soulagerait notre famille.

Il grimaça.

— Ce n'est pas vraiment réglementaire.

— Le client a rendu sa chambre, lui rappelai-je. Ce n'est donc pas une infraction au règlement. Nous aimerions juste voir s'il a laissé quelque chose.

Jeff mit la main sur le comptoir, un billet plié de 100 dollars discrètement coincé entre les doigts.

— Nous apprécierions beaucoup.

Le regard de Cash demeura impassible, mais il prit l'argent et nous tendit une clé magnétique.

— Seize cent vingt-huit, dit-il en nous indiquant l'ascenseur d'un geste vif de la main. Faites comme chez vous.

La cabine était vide à notre arrivée, et elle s'éleva lentement mais sûrement le long de l'immeuble, accueillant ou laissant sortir un client çà et là. Parvenus au seizième étage, nous suivîmes les flèches sur la droite en vérifiant les numéros des chambres jusqu'à atteindre la 1628.

— Je m'en charge, déclarai-je en tendant la main pour avoir la clé magnétique.

Jeff me la donna, et je déverrouillai la porte puis l'ouvris d'une poussée.

— Mince alors, lâcha Jeff en entrant derrière moi. Les York ont l'air d'avoir de l'argent.

À en juger d'après cette suite, il avait raison. Un couloir central menait à une salle de bains, une chambre à coucher et un salon avec vue sur le lac. Le mobilier était luxueux, la literie raffinée. Des rideaux en soie aux larges rayures verticales étaient retenus sur les côtés des fenêtres. La chambre n'avait pas encore été nettoyée, ce qui nous donnait de meilleures chances de trouver des indices.

— Sans doute. Il avait un chauffeur hier.

— Classe, dit Jeff. Je prends la chambre. Toi, cherche ici.

J'allai au petit bureau, ouvris le tiroir et passai en revue du papier à lettres gratuit et des magazines consacrés à Chicago. Je trouvai une facture qu'un autre client avait jetée, pour la terrasse panoramique de la Hancock Tower et qui datait de plus d'un mois, et un bonbon à la menthe dans son emballage en Cellophane.

Rien n'était tombé entre les coussins du canapé, rien n'avait été fourré dans les oreillers. Je ne trouvai que des moutons de poussière sous le canapé, et la corbeille était vide.

Le salon inspecté, je me dirigeai vers la porte de la chambre.

Jeff avait enlevé les draps, l'oreiller et la couette du lit, et il les examinait méthodiquement.

— Les tables de chevet ? demandai-je.

— Pas encore, dit-il sans lever la tête.

J'allai de l'autre côté du lit et ouvris le tiroir. L'habituelle Bible était là, ainsi qu'un petit carnet de notes. Rien d'autre. Idem pour l'autre table de chevet.

Lorsque j'eus inspecté les deux, je me redressai, mis les mains sur les hanches et balayai la chambre du regard. Je ne savais pas trop ce que je m'attendais à trouver ; ce n'était pas comme s'il risquait d'oublier de prendre la couronne avec lui, ou de laisser une piste avec des miettes de couronne façon Hansel et Gretel.

— Fallon.

Je levai la tête. Debout de l'autre côté du lit, Jeff me fit signe d'approcher. Le meuble avait quatre colonnes courtes. Et au coin d'une des colonnes, au pied du lit et du côté le plus proche de la porte, il y avait un bout de tissu foncé.

Il était coincé, accroché au bout d'un ressort de lit qui dépassait de la housse. Je le ramassai avec précaution et le brandis.

C'était du velours violet, le même tissu que celui du coussin qui protégeait la couronne.

— Bon sang, dit Jeff. J'espérais que ce n'était qu'une coïncidence. Ça craint vraiment.

— Ouais, acquiesçai-je. Ça craint vraiment beaucoup.

Réprimant les sursauts d'humiliation, je m'assis sur le lit, sortis mon téléphone et envoyai à Gabe une photo du tissu accompagnée d'un compte-rendu. En attendant une réponse, je glissai dans ma poche le bout de tissu, la preuve du crime.

Jeff s'assit à côté de moi.

— Je peux lui botter les fesses, si tu veux.

J'eus un sourire forcé.

— Je veux bien. Mais je continue de trouver ça bizarre. Enfin, je sais que je ne le connais pas très bien, mais je n'aurais pas suspecté ça de sa part. Lui, entrer dans la maison par effraction ? Voler la couronne ? (Je secouai la tête.) Il était si doux de caractère.

— Si votre rendez-vous ne s'est pas bien passé, il s'est peut-être dit que c'était la seule autre option. A-t-il dit quoi que ce soit qui aurait suggéré qu'il avait un plan ?

Je haussai les épaules.

— Il m'a posé des questions au sujet de l'initiation. Il se demandait si ça me dérangeait que Connor ait la couronne à ma place.

Jeff ricana.

— Je suis surpris que tu ne lui aies pas réglé son compte. Ou peut-être qu'il a juste eu droit à ton air revêche.

— Mon « air revêche » ?

— Ouais, tu sais bien.

Il se plaça face à moi, rentra le menton et me lança un regard sévère.

— Je ne fais pas ça.

— Oh que si, m'assura-t-il. Tu es très obstinée.

— Je ne suis pas obstinée. J'ai juste raison. Fréquemment.

— Et tu es très revêche quand tu as tort. Surtout si c'est moi qui ai raison.

Une migraine commençait à pulser derrière mes yeux, et les boutades de Jeff n'aidaient pas. Je baissai les paupières et me frottai les tempes.

— Quelle journée pourrie.

— Royalement pourrie, renchérit Jeff, en ricanant à ce calembour. Mais je peux arranger ça.

Je faillis rire à son ton fanfaron, mais Jeff agit trop vite. Avant que j'aie pu protester, ses lèvres rencontrèrent les miennes et coupèrent court à la discussion. Il se pencha vers moi, la bouche pressante et une main sur ma joue. Il m'embrassa avec avidité, comme un homme qui attendait ça depuis longtemps.

Je le laissai m'embrasser. Je le laissai me séduire avec ses morsures et ses baisers, et sa main qui caressait ma joue. Puis je l'embrassai à mon tour, en glissant les doigts dans ses cheveux et en l'attirant vers moi.

Sa magie déferla. Alors que la magie de Patrick s'était mêlée à la mienne, celle de Jeff dansait, me titillait et me charmait. Elle se dressa pour nous envelopper tous les deux, laissant deviner le feu que nous pourrions si facilement allumer…

Jusqu'à ce que je me rappelle où nous étions, et ce que nous faisions là.

L'étincelle fut étouffée.

Genoux tremblants, je me levai et m'écartai de lui avec le cœur qui cognait dans ma poitrine comme des timbales.

— Jeff, on ne peut pas. Je ne peux pas.

— Si, tu peux, protesta Jeff en se frottant le visage des mains, visiblement frustré. Mais tu ne veux pas.

— Ce n'est pas juste.

Il leva la tête vers moi, le regard chagrin.

— Rien de tout ça n'est juste, Fallon. Ni pour moi, ni pour toi.

Mon téléphone sonna.

Nous nous dévisageâmes jusqu'à la troisième sonnerie, et je me forçai à consulter l'écran. C'était Gabriel.

— Allô ?

— J'ai parlé à Richard. Il ne sait rien au sujet de la couronne ou de l'initiation. Je pense qu'il était sincère. Mais il a admis qu'il se fait du souci au sujet de Patrick.

— Je mets le haut-parleur, le prévins-je. Comment ça, il se fait du souci au sujet de Patrick ?

— Je ne sais pas vraiment. Je ne suis pas sûr non plus qu'il soit très lucide.

— À cause de la maladie ?

— Ouais. Il n'a plus la force qu'il avait. Je ne suis pas certain qu'il ait une bonne mémoire non plus. Il sait qu'il s'étiole, et la façon dont Patrick va gérer ça le préoccupe.

— Si on a raison et qu'il a pris la couronne, il ne gère pas bien, souligna Jeff. Il faut qu'on découvre où il va aller maintenant.

— Richard a dit qu'il rentrait à la maison.

— Laquelle ? demandai-je, repensant à notre conversation. Il en a deux… La maison familiale à Wausau, et une cabane près de Sheboygan.

— Vous êtes plus près de Sheboygan, dit Gabriel. Allez-y. Je vais envoyer Damien à Wausau.

Damien Garza était l'un des membres de la Meute vers qui Gabriel se tournait par défaut, un homme réservé qui avait des dispositions pour résoudre les problèmes épineux de la Meute.

Je regardai Jeff, qui hocha la tête.

— On se met en chemin.

Patrick ne m'avait pas donné son adresse, mais pour ça, j'avais Jeff. En plus de ses talents de gamer, il était un maître d'Internet. Il pouvait trouver une aiguille dans une botte de code binaire, ce qu'il fit, me fournissant l'adresse de Patrick et programmant le GPS.

Jeff et moi n'échangeâmes pas un mot au sujet du baiser, et ne parlâmes guère de tout le trajet vers le nord. Mais la tension dans l'air était évidente. Je savais que nous allions devoir en discuter tôt ou tard, mais pas là. Il fallait d'abord régler cette affaire.

La cabane se trouvait dans un coin boisé en bord de lac, parmi un groupe de maisons et de cabanes qui devaient être utilisées par des habitants de Chicago qui désertaient la ville l'été. Mais c'était l'hiver et le lac était gelé ; la plupart des maisons semblaient vides, avec des tas de neige qui s'amoncelaient encore autour des portes.

La maison de Patrick York, une cabane en rondins en forme de « A », était facile à repérer… L'allée avait été déblayée, et de la fumée montait de la cheminée.

Nous nous garâmes à trente mètres au bord de la route, sortîmes de la voiture et nous regardâmes.

— S'il a la couronne, il va vouloir la garder. On doit être prêts à se battre.

Jeff hocha la tête.

— Tu as amené une arme ?

— C'est moi, l'arme.

Il me décocha un regard perçant.

— Des lames, dis-je. Au cas où, j'ai mes lames. (J'avais glissé deux magnifiques dagues ciselées dans mes bottes.) Et toi ?

— Pareil.

Il zippa sa veste en cuir et hocha la tête, puis nous marchâmes jusqu'à la cabane dans les bois. De la neige se mit alors à tomber, de grands et beaux flocons qui ne tardèrent pas à recouvrir le sol d'une couverture blanche et douce.

Arrivés au bout de l'allée, nous nous arrêtâmes au niveau de la boîte aux lettres.

— Je ne vois pas de porte de derrière, dit Jeff. Soit il s'échappera par une fenêtre, soit il viendra avec nous.

J'acquiesçai et me détournai pour me diriger vers la porte, mais Jeff me saisit le poignet avant que j'aie pu bouger. Un éclair de désir et de magie me transperça, aussitôt suivi par une vague de regret.

— Sois prudente, chuchota-t-il en me relâchant la main et en m'emboîtant le pas.

Patrick York ouvrit la porte en tee-shirt et jean, un torchon blanc à la main. Une odeur de petit déjeuner – du bacon, des œufs, du fromage – flottait dans la pièce.

Mon cerveau mit un moment à réagir. Quel genre de voleur se mettait aux fourneaux après avoir subtilisé une couronne ?

Patrick m'adressa un sourire radieux. La surprise dans son regard céda le pas à la méfiance quand il aperçut Jeff.

— Fallon. Que fais-tu ici ?

— Patrick, voici Jeff Christopher. Il est membre de la Meute des Grandes Plaines et un ami de la famille. Est-ce qu'on peut entrer ? Il faut qu'on parle. Ça concerne la Meute.

Il prit un air déconcerté, et se frotta les mains sur son torchon avant de s'écarter pour nous laisser passer.

— Bien sûr.

Nous pénétrâmes à l'intérieur, et Jeff referma la porte derrière nous. L'intérieur de la cabane était joli, avec ses murs nus en bois taillé et ses meubles en rondins recouverts de tissu à motif écossais. Du matériel de pêche était accroché aux murs à côté de posters anciens qui faisaient de la publicité pour des vacances autour des Grands Lacs.

Patrick posa le torchon sur une table et croisa les bras.

— De quoi s'agit-il, au juste ?

— Nous n'avons pas le temps d'être subtils, alors je vais aller droit au but. La couronne a disparu. Les indices suggèrent que c'est toi qui l'as prise.

Le poids de cette accusation sembla littéralement l'ébranler, et il recula d'un pas tandis que son regard passait de Jeff à moi.

— Pardon… Vous pensez que j'ai volé la couronne ? La couronne de la Meute ?

— L'as-tu volée ? demanda Jeff, avec une hostilité qu'il n'avait pas pris la peine de cacher.

— Non. (Il me regarda.) Je t'ai dit que la couronne ne m'intéressait pas. Et je ne prendrais sûrement pas quelque chose qui ne m'appartient pas. Est-ce que c'est parce qu'on a parlé de l'initiation ?

— C'est parce qu'on a la vidéo de toi qui retournes dans la maison. Qui entres par effraction, et qui repars.

Patrick ferma les yeux et garda le silence un long moment.

— Mince, dit-il enfin. Je savais que ça allait causer des problèmes. Je le savais, et je n'ai pas écouté mon intuition.

Il nous indiqua plusieurs manteaux et vestes accrochés au mur opposé, et lorsque je hochai la tête, il alla vers la veste noire qu'il portait la nuit précédente. Il mit la main dans la poche et en sortit une paire de gants en cuir.

Les mêmes gants en cuir que ceux qu'il avait enlevés quand il était arrivé dans la maison la première fois.

— J'ai dû en laisser tomber un, et je ne m'en suis rendu compte qu'une fois que nous étions presque arrivés en ville. Ils appartenaient à mon père, et je ne voulais pas le laisser là. (Il me regarda d'un air désolé.) Je me suis juste dit que ce serait plus simple si je ne réveillais personne.

S'il n'avait pas à me revoir, plutôt.

Jeff se moquait de la raison ; il ne croyait pas à cette excuse.

— Tu soutiens donc que tu es retourné à la maison et que tu es entré par effraction pour récupérer un gant en cuir.

Patrick fusilla Jeff du regard.

— Je ne le soutiens pas. C'est exactement ce que j'ai fait.

— À en juger d'après notre vidéo, tu es la seule personne qui soit entrée ou sortie de la maison, dis-je.

— Et vous avez des caméras sur toutes les portes et fenêtres ?

Je jetai un coup d'œil à Jeff, qui secoua la tête.

— Juste la porte d'entrée.

— Voilà. Je suis peut-être la seule personne à être passée par la porte d'entrée, mais il y a de toute évidence eu quelqu'un d'autre qui est entré et ressorti de la maison. Écoutez, je suis navré que la couronne ait disparu. Je suis sûr que ça doit être un vrai drame politique pour votre famille. Mais vous tenez le mauvais homme. (Il indiqua la pièce d'un geste.) Est-ce que j'ai l'air d'être sur le point de prendre le contrôle de la Meute ? Est-ce qu'on dirait que je m'apprête à faire un coup d'État ? J'ai de la nourriture dans le four, pour l'amour du ciel.

— Et ça, alors ?

Je sortis le bout de velours de ma poche et le plaçai au creux de ma paume tendue.

Il se pencha pour le regarder.

— Je ne sais pas ce que c'est.

— Ça vient du coussin sur lequel était posée la couronne, dit Jeff.

— Et qu'est-ce que ça a à voir avec moi ?

— C'était dans ta chambre d'hôtel au *Meridian*.

— Ma chambre d'hôtel…, commença-t-il, puis il laissa sa phrase en suspens. (Ses joues s'empourprèrent.) Ah. C'est… gênant.

Il se racla la gorge et me regarda d'un air désolé.

— Quand je suis retourné à l'hôtel, j'ai pris un verre au bar. J'ai rencontré quelqu'un. Je n'avais pas prévu de rencontrer quelqu'un, mais c'est arrivé. (Il marqua une pause.) Je ne suis pas retourné dans ma chambre, si vous voyez ce que je veux dire.

J'allais me mettre à appeler les vingt-quatre dernières heures « la Nuit des mille humiliations ».

Jeff n'était pas humilié, lui. Il était furieux.

— Tu rejettes Fallon Keene pour ensuite aller avec une traînée de bar ?

Nous nous retournâmes tous les deux pour dévisager Jeff.

— Jeff.

— Quoi ? Je me moque qu'il soit un York, un Keene ou le roi Dagobert. Il ferait bien d'apprendre la galanterie.

Patrick pesait au moins trente kilos de plus que Jeff, mais ça n'empêcha pas celui-ci de se rapprocher d'un pas, l'air menaçant.

— Holà, fit Patrick en levant les mains. Il y a méprise. C'est Fallon qui n'était pas intéressée, pas moi.

Jeff haussa les sourcils.

— Ah ?

— Hé, espèces d'idiots, il y a une couronne qui a disparu, leur rappelai-je sans prêter attention au grand sourire qui était soudain apparu sur le visage de Jeff. Est-ce qu'on peut en revenir au sujet ?

Patrick me regarda.

— Là où je veux en venir, c'est que je n'étais pas dans cette chambre.

— Elle était réservée à ton nom, répliqua Jeff. Ils savaient que tu t'étais enregistré et que tu avais rendu la chambre. Si ce n'est pas toi qui y étais, alors qui ?

Les émotions se succédèrent sur le visage de Patrick, déni, confusion, puis colère.

— Tom, dit-il enfin. J'ai donné la chambre à Tom.

— Qui est Tom ? demanda Jeff.

— Le chauffeur, dis-je alors que le poids de la vérité s'abattait sur nous.

Patrick secoua la tête.

— Il ne ferait pas ça à ma famille. Il ne nous mettrait pas dans une telle position, dans un tel danger.

— Peut-être que ce n'est pas quelque chose qu'il fait à ta famille, dit Jeff tout bas. Peut-être qu'il le fait *pour* ta famille. Pour que les York accèdent au pouvoir.

Patrick secoua de nouveau la tête.

— Mon père est malade. Il n'a pas l'énergie nécessaire, et la couronne ne l'intéresse pas.

— Il n'a pas besoin d'être intéressé, soulignai-je. Peut-être que Tom est assez intéressé pour vous deux.

Patrick voulait nier ; ça se lisait clairement sur son visage. Mais il réfléchit, et finit par hocher la tête.

— Je lui ai dit qu'il n'avait pas besoin d'aller en ville avec moi. Mais il me l'a proposé, il voulait venir. Il m'a dit que ce n'était pas rien que j'aie l'opportunité de rencontrer Fallon Keene. J'en déduis que c'était une opportunité pour lui.

— Où est-il maintenant ?

— Il est allé en ville faire des courses.

À point nommé, la portière d'une voiture claqua dehors.

—Comment voulez-vous vous y prendre ? demanda Patrick.

—Amène-le dans la maison. Ce sera plus facile pour nous de nous occuper de lui ici que s'il court le Wisconsin.

Patrick acquiesça. Je me glissai dans la cuisine et Jeff resta dans le salon, dissimulé dans un coin à l'autre bout pour empêcher Tom de s'échapper de nouveau dehors.

La porte s'ouvrit et Tom entra, un sac de courses à la main, de la neige fraîche sur sa casquette et ses épaules.

—J'ai ce qu'il faut, patron.

Il dressa la tête comme une proie qui sent un prédateur, reconnaissant sans doute la magie étrangère qui imprégnait la cabane.

Patrick s'avança dans la pièce. Jeff se déplaça jusqu'à la porte d'entrée, qu'il barra de son corps.

Tom jeta un coup d'œil autour de lui, et son regard devint froid.

—Tom, dit Patrick. Ils sont là pour te parler. Ils disent que tu as la couronne.

Tom prit un air impassible.

—Je ne sais pas de quoi vous parlez.

Je pénétrai dans la pièce.

— Ne rendons pas les choses plus compliquées que nécessaire.

Il me considéra avec dédain, puis se focalisa de nouveau sur Patrick.

—Cette couronne devrait te revenir. Tu la mérites. C'est toi qui devrais l'avoir. Ta famille est plus ancienne. Elle a travaillé plus dur. Elle a accompli davantage.

Patrick semblait totalement abasourdi. Comme je doutais que qui que ce soit puisse feindre une telle surprise, j'éliminai la possibilité qu'il soit complice.

— C'est de trahison que tu parles, dit Patrick.

— Je parle de ce qui est juste, insista Tom en pointant l'index en l'air, comme pour ponctuer ses mots. Tu sais qui est-ce qui devrait diriger la Meute ? Toi. Pas ce maudit Gabriel Keene.

Je me rapprochai de lui.

— Où est-elle, Tom ? Où as-tu mis la couronne ?

Il me regarda, les lèvres pincées.

— Quoi, Gabriel n'est pas capable de mener ses batailles lui-même ? Il faut qu'il envoie sa petite traînée s'en charger ?

Il y eut une explosion de lumière et de magie dans la pièce.

Jeff se métamorphosa, et un tigre émergea du nuage de magie à la place de l'homme, quatre mètres de fourrure noire et blanche et de muscles. Il ouvrit la gueule et rugit, découvrant ses crocs d'ivoire. Le son fit vibrer les vitres des fenêtres.

Je m'avançai d'un autre pas.

— Je t'annonce la couleur, Tom. Voici Jeff Christopher, l'un des métamorphes préférés de Gabriel. C'est un bon ami, et il n'est pas vraiment friand d'insultes. Et je crois qu'il n'a pas mangé depuis quelques heures. (Je jetai un coup d'œil à Jeff.) Un petit creux ?

Il émit un grondement menaçant.

Tom nous regarda tour à tour, puis se jeta sur le meuble le plus proche – une grande étagère – et le poussa vers nous. Du verre, du bois et des bibelots se fracassèrent au sol, tandis que Patrick et moi reculions d'un bond pour éviter qu'ils nous tombent dessus.

Prenant la porte, Tom se rua dehors et descendit l'allée. Dans un nouvel éclair de lumière, il se transforma en un loup noir et mince qui détala dans les ténèbres.

— Vas-y ! intimai-je à Jeff, qui se lança à sa poursuite.

Je me retournai vers Patrick.

— Reste là, au cas où il reviendrait. Et appelle Gabriel… Dis-lui ce qui s'est passé.

Patrick hocha la tête et sortit son téléphone, en prenant soin de détourner le regard tandis que je me débarrassais de mes vêtements et les jetais en tas. Hélas, la magie de la métamorphose n'épargnait pas les vêtements. Si on voulait les garder intacts, il fallait d'abord les retirer.

Nue dans l'embrasure de la porte avec la neige qui me mordait la peau, je sautai… Et laissai la magie m'envelopper. Lorsque je touchai le sol, j'étais sous ma forme animale. Une louve grise, aux iris ambrés comme mes yeux humains. Mon esprit restait humain, mais j'avais les sens de l'animal. Le monde me révéla des odeurs et des sons que je n'aurais pas pu détecter sous ma forme humaine, dont la piste olfactive et magique qui se perdait dans les bois devant nous.

La neige crissa sous mes pattes quand je m'élançai et m'engageai parmi les arbres. Il n'y avait pour seul sentier que celui qu'ils avaient taillé en courant dans les fourrés enneigés, brisant et ployant des branches sur leur passage. Les oreilles dressées, j'accélérai l'allure, à l'affût de bruits venant d'eux… Mais je n'entendis rien, jusqu'à ce que s'élève un rugissement de félin.

Jeff, songeai-je, paniquée, en courant de plus en plus vite sur la neige tandis que mon cœur palpitait comme une caisse claire. Quelques mètres plus loin, je les découvris enchevêtrés, de la fourrure noire et blanche sur la neige fraîchement tombée. Du sang éclaboussait le sol sous eux tandis qu'ils luttaient. Jeff était considérablement plus gros, mais Tom était plus petit et plus agile.

Ils roulèrent, et Tom mordit l'arrière-train de Jeff jusqu'à ce que celui-ci l'éjecte. Tom rebondit par terre tandis que Jeff découvrait les crocs et hurlait sa frustration dans la nuit.

À mon tour, pensai-je. Tête baissée et babines retroussées, je me dirigeai vers eux. Tom se redressa et se secoua, puis montra de nouveau les crocs pour me mettre au défi d'attaquer. Il avait le museau ensanglanté, ce qui ne me rendit que plus furieuse.

D'un bond, j'atterris sur son dos, puis le griffai et le mordis pour l'obliger à se soumettre. Il roula et me plaqua dans la neige, jusqu'à ce qu'il pousse un couinement et s'écarte en sursaut. Un lambeau de fourrure et de peau de Tom pendait de la gueule de Jeff. Quand on jouait avec les gros matous, on finissait toujours blessé.

Je roulai et me redressai au moment où Jeff se jetait de nouveau sur Tom. Il planta les griffes dans sa nuque et le propulsa en avant comme un animal en peluche. Mais Tom ne s'avouait pas vaincu. Il se remit debout avec raideur, les yeux étrécis et les babines retroussées, un simulacre de sourire glaçant. Le regard mauvais, il me fit face et se rapprocha lentement.

Quand il bondit, je me préparai à encaisser le choc. Mais le poids vint d'une autre direction. Jeff s'était élancé pour m'écarter du passage, si bien que leurs corps puissants se percutèrent avec la violence d'un coup de tonnerre, leurs pattes avant dressées pour déchiqueter la fourrure et la chair.

Ces animaux de plusieurs centaines de kilos qui s'affrontaient firent trembler la terre quand ils s'abattirent au sol, lancés à pleine vitesse comme des tanks. J'essayai de les éviter, mais je ne fus pas assez rapide. Je reçus de plein fouet les pattes arrière de Tom quand il rua, ce qui me fit reculer en tournoyant.

Je rencontrai un arbre, et quand ma tête cogna contre l'écorce, le monde entier chavira. Je vis triple, et les sons se fondirent en un raz-de-marée furieux.

Les minutes passèrent tandis que je restais étendue dans la neige, à peine consciente qu'on s'agitait, courait et rugissait autour de moi. Puis, enfin, je sentis qu'on me poussait doucement le flanc.

Je levai la tête. Jeff frotta son museau gigantesque contre moi comme un chat domestique. Il me regardait avec le visage d'un tigre, mais l'inquiétude dans ses yeux était clairement celle de Jeff Christopher.

Il émit un grondement et me poussa de nouveau la hanche. Je roulai et essayai de me mettre debout. Je dus m'y reprendre à deux fois avant de réussir à tenir sur mes quatre pattes.

Les bois étaient paisibles et silencieux avec la neige qui continuait de tomber à gros flocons. Tom avait disparu. Jeff l'avait laissé filer afin de s'assurer que j'allais bien.

Il me poussa encore, avec plus de douceur cette fois, ce hacker dans le corps d'un grand félin qui était venu à mon secours, qui ne tolérait pas qu'on m'insulte, et qui me voulait en dépit de tout le reste.

Quand le bruit dans ma tête s'atténua jusqu'à n'être plus qu'un vrombissement sourd, nous rebroussâmes chemin dans la forêt.

Nous ressortîmes sur la route principale, où l'air était blanc de neige. Le 4x4 noir que Tom avait conduit avait disparu, et toutes les traces qu'il avait pu laisser avaient été recouvertes par la neige.

Nous regagnâmes la maison pour reprendre forme humaine et nous rhabiller.

Patrick était assis sur le canapé écossais, les mains jointes devant lui. Il avait les yeux rivés au sol, le choc toujours visible sur son visage.

— J'ai eu Gabriel, annonça-t-il en relevant la tête quand nous entrâmes dans la pièce. Il a dit qu'il parlerait à mon père. Il va demander à Damien de passer le voir. (Il y avait de la peur dans ses yeux quand il me regarda.) Je ne veux pas qu'on fasse de mal à mon père.

Damien Garza avait la réputation d'être impitoyable.

— Ça n'arrivera pas s'il n'y a pas de raison. Mais si c'est de trahison qu'il s'agit…

Je n'avais pas besoin de finir ma phrase. Tous les métamorphes connaissaient le prix de la trahison. Et certaines familles mieux que d'autres, comme la mienne.

Je m'assis sur le canapé en face de lui, imitée par Jeff.

— Tom a dit qu'il voulait la couronne pour toi. Est-ce que tu penses que ton père l'aurait envoyé ici ? Qu'il aurait cautionné ce qu'il a fait ? Qu'il l'aurait aidé à le planifier ?

— Non ! s'indigna Patrick. Jamais de la vie. Il ne s'intéresse pas à la politique, et même si c'était le cas, il respecte Gabriel. S'il avait quelque chose à dire, il ne le ferait pas comme ça.

— Sa maladie ? demanda Jeff.

Patrick lui jeta un coup d'œil.

— Sa santé se dégrade. Mais pas son esprit. Ni son sens de la loyauté.

Et j'appréciais la loyauté de Patrick envers sa famille, mais il nous fallait plus que sa parole.

Détenir la couronne revenait à détenir le pouvoir de contrôler la Meute. Le risque était trop grand pour que je me fie à mon intuition.

— On verra ce que Damien a à dire. (Je balayai la maison du regard.) Tu as cherché ici ?

— J'ai tout retourné pendant que vous étiez dehors, affirma Patrick.

— Elle devait être dans le véhicule, en déduisit Jeff.

Patrick hocha la tête.

— Je ne l'ai même pas entendu partir. La neige, j'imagine. Où pensez-vous qu'il va aller, maintenant ?

Je jetai un regard à Jeff, qui me répondit par un hochement de tête. Nous pensions tous les deux la même chose.

— Il veut que ce soit ta famille qui soit en charge de la Meute, pas la mienne. Et on est sur le point d'accueillir au sein de la Meute le prétendant au poste de Meneur. Si j'étais lui, dis-je, je débarquerais à l'initiation.

Le temps nous était compté. De retour à la maison, nous trouvâmes les membres de ma famille dans le petit salon, déjà habillés pour la cérémonie qui était dans moins de deux heures.

— Damien garde un œil sur la maison de Wausau, nous informa Gabe en roulant les épaules, mal à l'aise dans sa veste noire de costume qui peinait à contenir sa musculature imposante. Richard est là-bas, ainsi que le reste de la famille. Ils étaient tous choqués et consternés d'apprendre ce que Tom a fait.

— Soupçonnaient-ils quelque chose ? demandai-je.

— D'après Richard, non. Tom a toujours été loyal, mais jamais fou. Damien les a crus.

Et nous n'avions aucune autre idée de l'endroit où Tom pouvait être.

— Bon sang, marmonnai-je.

Gabriel posa sur moi ses yeux aux volutes ambrées.

— Y a-t-il quelque chose que tu voudrais dire, Fallon ?

J'interceptai le regard de Jeff et y lus de la sympathie. Sans savoir pourquoi, je me sentis encore plus coupable.

— Il a toujours la couronne, et c'est ma faute.

— En quoi sa trahison est-elle ta faute ?

— Je n'ai pas réussi à le ramener ici.

— Tu as volé la couronne ? Tu la lui as livrée ? Tu as fui le combat parce que tu avais peur ?

— Non, bien sûr que non.

Gabriel hocha la tête.

— Bon. Tu t'es battue, et tu as perdu. Ça arrive. On est des métamorphes... Pas des superhéros. Ce qui compte, c'est de se relever après l'échec et de se préparer au combat suivant. Te flageller parce que tu n'as pas gagné, c'est une perte de temps et d'énergie. Il s'est terré. Mais il se montrera ce soir.

J'avais bien l'intention de veiller à ce que ce soit le cas.

— On peut aller inspecter le périmètre, suggérai-je. Chercher les failles dans l'église.

— Et il va nous falloir des gardes supplémentaires dans le sanctuaire, ajouta Eli.

— À vrai dire, je pense que c'est une mauvaise idée.

Nous regardâmes tous Jeff.

— Tu penses que des gardes, c'est une mauvaise idée ? demanda Gabe. Pourquoi ?

— Parce qu'ils risquent de l'effrayer. Écoutez, il a la couronne. Il doit avoir prévu de faire une déclaration... Sinon, à quoi bon s'être donné tout ce mal ? Et oui, c'est logique qu'il profite de la cérémonie.

Il se pencha en avant.

— On sait où et quand il va essayer de se servir de la couronne pour revendiquer le contrôle de la Meute. Ça nous donne l'avantage de jouer sur notre terrain. Laissez-le venir. On sera prêts.

Gabriel le regarda, les yeux brillants comme de l'ambre au soleil.

— On sera prêts, confirma-t-il.

Chapitre 5

St. Bridget était magnifique, une église de conte de fées à l'architecture fantastique. Située dans Ukrainian Village, la bâtisse était construite en pierres rose pêche avec des tourelles turquoise, et l'intérieur était tout aussi coloré, avec du bois, du marbre et des incrustations de pierre à foison.

Ce soir, elle était le théâtre d'un complot digne de vampires. Nous avions deviné que Tom allait intervenir. Au lieu d'essayer de l'empêcher d'entrer, nous allions le laisser venir, la couronne en main. Puis nous allions le neutraliser.

Comme Jeff l'avait suggéré, une petite équipe de métamorphes de confiance se postèrent dehors dans le noir, pour surveiller l'église et ses points d'accès tout en étant à l'abri des regards. Si Tom tentait quoi que ce soit, nous l'aurions à l'œil.

À l'intérieur de l'église, le piège était le même. Quelques amis de la famille, tous des métamorphes, assis sur les bancs comme s'ils se préparaient à assister à l'initiation de Connor. Mais ils étaient armés et prévenus… Et aussi excités que des métamorphes pouvaient l'être à la perspective d'une bonne bagarre.

Vêtus de tenues noires respectables, Jeff et moi nous tenions sur les marches devant l'église et sondions les ténèbres du regard. La neige qui tombait toujours recouvrait le quartier de poudre blanche.

— Tu es nerveuse, dit Jeff.

— Ce n'est pas tous les jours que j'utilise ma famille comme appât.

— Ils sont capables de se défendre, m'assura-t-il. C'est un bon plan.

— Je sais. Et il vient de toi, ce bon plan.

Il hocha la tête, et nous restâmes là en silence. Il y avait tant de non-dits entre nous.

— On devrait aller à l'intérieur, dit Jeff.

Je me détournai pour me diriger vers l'église, mais il me prit la main et m'attira contre lui. Avant que j'aie pu protester, il avait posé les lèvres sur les miennes, la bouche avide.

Il m'embrassa là, sur les marches de l'église, avec la neige qui tombait comme des larmes autour de nous. Quand il s'écarta un instant plus tard, j'avais le souffle court.

— Jeff, dis-je, mais il secoua la tête et appuya le front contre le mien.

— Chaque fois que je respire, je respire pour toi. Chaque fois que je parle, je parle pour toi. Et chaque fois que je hurle, je hurle pour toi. (Avec une infinie douceur, il pressa les lèvres contre les miennes.) Ce n'est pas terminé, ajouta-t-il, et il alla à l'intérieur.

Les mains et les genoux tremblants, je le suivis.

Gabriel se tenait au fond de l'église avec Eli. En costume, le reste de mes frères avaient pris leurs places comme si tout allait se dérouler comme prévu. Mais Tanya et Connor étaient en sécurité dans une antichambre avec Berna et quelques-uns de ses sbires. Trapue et les cheveux décolorés, elle n'avait pas l'air bien redoutable, mais comme Gabriel aimait le dire, elle était une vraie tigresse quand il s'agissait de sa famille.

— Des signes ? nous demanda Gabriel.

— Pas encore, dit Jeff. Mais je pense qu'il ne va pas tarder.

— Il va venir, acquiesça Gabriel. S'il est assez effronté pour s'emparer de la couronne, il le sera aussi pour essayer de détourner l'initiation. À vos postes.

Jeff hocha la tête et prit place de l'autre côté de l'allée. J'allai au deuxième banc et me glissai sur le bois lisse pour me joindre à Ben et Christopher.

Gabriel s'avança jusqu'à l'estrade à l'avant de l'église, et regarda les métamorphes qui étaient venus assister à ce moment historique.

— La Meute n'existe que par la grâce de ses membres. Les Keene ne sont au pouvoir que par la grâce de la Meute. Mon père a protégé cette Meute, et nous devons essayer d'en faire autant, de faire respecter la volonté de la Meute. Nous avons la chance d'avoir donné naissance à une nouvelle génération. À la douzième génération de Keene à la tête de la Meute. (Son regard devint froid.) Et, d'une façon ou d'une autre, il sera établi au sein de la Meute à la place qui lui revient de droit.

Les portes s'ouvrirent brusquement, et de la magie déferla à l'intérieur comme de l'eau. La magie de la couronne était reconnaissable entre toutes. Mais quand je me retournai, ce ne fut pas Tom que je vis avec la couronne sur la tête.

C'était Patrick.

J'étais trop stupéfaite pour bouger ou parler. Il m'avait bernée. Il nous avait tous bernés. Il avait feint l'innocence, fait semblant d'être choqué par la réaction de Tom et de s'intéresser à moi. Je sentis monter la colère, brûlante et aiguisée.

— Patrick, dit Gabriel. Je suis déçu.

Patrick s'avança en bombant le torse et avec la couronne qui brillait, posée sur ses cheveux foncés.

— Pourquoi ? Parce que quelqu'un a été plus malin que toi ? Parce que tu n'es pas le seul à te penser capable de diriger la Meute ?

Gabriel resta impassible, mais sa magie s'était déployée et emplissait l'air de chaleur et de puissance.

— Parce que tu t'es servi des gens. Parce que tu as trahi ton père et ta Meute. Et parce que tu crois qu'avec tout ça, tu es qualifié pour être Meneur.

Patrick eut un sourire pincé.

— Je porte la couronne. C'est la seule qualification dont j'ai besoin.

— C'est hélas une vision limitée des choses. Un leader a besoin de soldats. Où est Tom ? Où est le reste de ta famille ?

Patrick étrécit les yeux, mais juste un instant.

— Tom a rempli son office. Son rôle est terminé. Et ma famille n'est pas concernée.

— La famille est toujours concernée, dit Gabriel. La famille, c'est la Meute, et la Meute, c'est la famille.

— À ce propos, renchérit Patrick, où est la tienne ? Pas de femme ? Pas d'enfant ? Je suppose qu'il ne peut pas y avoir d'initiation sans couronne.

— Oh, fit Gabriel sur un ton faussement calme, ne t'inquiète pas pour ça, chiot. Il y aura bien une initiation.

Il émit un sifflement strident, et nous prîmes nos postes. Les métamorphes émergèrent du vestibule, du balcon, des ailes cachées du sanctuaire, et encerclèrent Patrick et la couronne.

L'expression de celui-ci ne changea pas. Il semblait même plutôt excité par ce défi.

— Vingt contre un, dit-il. Veux-tu appeler cinq ou dix métamorphes de plus en renfort, pour que ce soit égal ?

Son arrogance était sidérante. C'était donc ça, l'idée qu'il se faisait d'un bon Meneur ? Surenchère et force brute ?

Mais Gabriel ne bougea pas. Ce fut Jeff qui s'avança pour affronter Patrick.

Gabriel sourit.

— J'ai peur de devoir attendre mon tour. M. Christopher est prioritaire, mon ami.

— Le tigre apprivoisé de Fallon ? Ça promet d'être amusant.

Le regard de Jeff était dur et froid.

— Pas aussi amusant qu'incroyablement satisfaisant.

L'air menaçant, il fit craquer ses doigts et roula les épaules.

— Tu veux qu'on se batte comme des humains ? demanda Patrick, vaguement amusé.

Il s'imaginait que c'était son jour de chance. Qu'il lui serait plus aisé de vaincre Jeff sous sa forme humaine que sous sa forme de tigre.

Comme si l'homme pouvait être moins coriace, songeai-je, un infime sourire aux lèvres.

— Oh, je ne voudrais pas que tu fasses tomber la couronne en te transformant, dit Jeff. Je pense qu'on peut régler ça à l'ancienne.

— Je suis partant, déclara Patrick en l'invitant à se rapprocher.

Jeff ne perdit pas de temps. Patrick se prépara à son assaut en se tournant sur le côté.

— Je mise vingt sur Jeff, murmura Ben à Christopher, tous les deux assis sur le banc devant moi.

— Je ne marche pas, dit Christopher. Je ne parie pas contre la Maison.

Sage décision. J'avais déjà vu Jeff se battre, et je savais qu'il était un soldat compétent. Mais ce combat, c'était une affaire d'émotions. Ça concernait Gabriel, la Meute, la couronne… et moi.

Ils commencèrent par se tourner autour comme des boxeurs, les poings serrés et parés au combat. Optant pour la force brute, Patrick essaya à trois reprises de lui donner un coup de poing avant de se rendre compte que Jeff était plus rapide. Patrick tenta un uppercut, et Jeff s'en servit contre lui en assenant un coup de pied dans son côté droit exposé.

Patrick cracha un juron, mais il resta debout.

— Tu es une petite bête coriace, toi, non ?

— C'est toi qui le dis, souligna Jeff en s'écartant pour éviter une nouvelle frappe. Pas moi.

Il décocha à Patrick un coup de poing dans l'estomac qui le propulsa en arrière.

Mais ça ne fit qu'exciter la fureur de Patrick. Il retrouva son équilibre, fit un bond en avant et entraîna Jeff au sol. Ils s'empoignèrent et roulèrent dans l'allée, en renversant des pots de fleurs et des livres de cantiques.

Patrick lui donna un coup au visage qui lui ouvrit la lèvre, et l'odeur du sang se répandit dans l'air.

Prise d'une peur soudaine, je commençai à me lever, mais Ben posa une main sur la mienne et secoua la tête.

— Laisse Jeff s'occuper de ça.

Jeff pesa sur Patrick pour le renverser, et se retrouva au-dessus de lui… Puis lui balança un coup de poing dans la figure.

Les yeux de Patrick roulèrent dans leurs orbites, et sa tête rebondit sur le sol de marbre dans un bruit écœurant.

Le souffle court, Jeff se releva et arracha la couronne du front de Patrick.

— Il me semble que ça appartient à quelqu'un d'autre, espèce d'enfoiré.

Après qu'on eut emmené Patrick et que Jeff se fut nettoyé, Berna escorta Tanya et Connor dans le sanctuaire. Avec Gabriel, ils s'avancèrent ensemble jusqu'à l'avant de l'église.

Tandis que Tanya tenait Connor, Gabriel avait la couronne au creux des deux paumes, comme pour la soupeser. Le silence dans l'église était total ; nous attendions tous que notre chef prenne la parole.

Au bout d'un moment, il leva la tête vers nous.

— J'avais prévu de dire un certain nombre de choses. Des choses auxquelles j'ai longuement réfléchi. Des choses que je pensais finir par dire à ma sœur, ou peut-être à ma fille. Aujourd'hui, c'est à mon fils. Ça, ce n'est qu'un bout de métal, dit-il. (Les gravures réfléchirent la lumière quand il leva la couronne.) Mais c'est aussi beaucoup plus que ça. C'est un rappel de qui nous sommes, et des promesses que nous nous sommes faites.

Gabriel tendit la couronne et la posa avec précaution sur la tête de Connor. Elle était beaucoup trop grande, mais, inclinée en arrière, elle tenait tout juste.

Connor ouvrit de grands yeux et se figea, comme pétrifié par le poids de la couronne sur sa tête. C'était sans doute une bonne leçon.

— Par le présent acte, j'initie Connor Devereaux Keene au sein de la Meute. Puisse-t-il vivre longtemps, se battre vaillamment et aimer de tout son cœur.

Les métamorphes poussèrent des cris de joie, en applaudissant avec enthousiasme l'enfant qui se tenait devant eux, les yeux écarquillés et le sourire aux lèvres face à l'agitation dont il était à l'origine.

Gabriel passa un bras autour de Tanya, et l'attira près de lui tandis que la foule célébrait leur famille. Ils étaient heureux, unis par l'amour et la magie.

Et je ne ressentais que de la tristesse. Pourquoi n'avais-je pas droit à ça ? À une chance d'être heureuse ? Une chance de connaître l'amour et d'avoir une famille ? Pourquoi fallait-il que je me soumette à une procédure ?

Je me tournai vers Jeff et m'aperçus qu'il avait posé sur moi un regard plein de compréhension.

Et là, sur le banc de l'église de notre Meute, il tendit la main vers la mienne, et je le laissai la prendre.

Jeff se leva, et quand la première vague de métamorphes qui étaient allés présenter leurs félicitations se fut écartée, il se dirigea vers Gabriel.

— Il faut qu'on parle, dit-il d'une voix calme mais sérieuse.

Gabe regarda Jeff, puis moi.

— Si on passait dans le couloir ?

Alors que nous quittions le sanctuaire pour les salles de classe et les bureaux, la splendeur de la chapelle céda le pas à l'utilitaire et au fonctionnel. Le couloir sentait les crayons gras, les jouets en caoutchouc et le cocktail de fruits, et les murs étaient parsemés de posters et de dessins d'enfants, avec çà et là quelques traces de peinture.

Nous entrâmes dans une salle de classe, et Gabriel ferma la porte derrière nous.

La pièce s'emplit rapidement de magie… tendue, agressive, et prête à déborder.

Jeff déglutit et fit un pas vers Gabriel.

— J'aime ta sœur.

Je le dévisageai. Je ne m'attendais pas à ce qu'il parle d'amour d'entrée de jeu.

— Ah ? demanda Gabriel. Vraiment ?

— Tu le sais bien. Toute la famille doit être au courant. Mince, je parie qu'il n'y a pas un surnaturel en ville qui ne le soit pas.

Le regard de Gabriel restait impassible.

— Je ne suis pas certain de savoir ce que tu attends de moi.

— Ce que j'attends ? J'attends que tu mettes fin à cette stupide histoire de compagnons potentiels pour qu'elle puisse être heureuse.

— Elle est membre de ma famille, et la deuxième dans la ligne de succession de la Meute. Vous savez tous les deux ce que ça veut dire. (Il reporta son regard menaçant sur moi.) Tu sais quel est le prix.

Je dévisageai mon frère, et pour la deuxième fois cette nuit-là, je sentis monter de la colère face à un loup arrogant.

— Jeff, tu veux bien nous laisser une minute ?

Il ne me quitta pas des yeux, mais il hésita.

Je hochai de nouveau la tête pour le rassurer, et il sortit de la pièce en refermant la porte derrière lui. Alors qu'un cri enflait dans ma poitrine, je me retournai lentement vers mon frère aîné.

— J'en ai assez que tu essaies de me contrôler et de régenter ma vie.

Gabriel ricana.

— Commettrais-tu par hasard l'erreur de croire que tu suis docilement des ordres ?

Son ton narquois m'irrita, et je dus serrer les poings pour me retenir de le tabasser.

— Ton sarcasme n'aide pas.

— Non, sans doute pas. Que dis-tu donc de la vérité : tu as un rôle à jouer, et tu le sais. Certes, tu aimes passer du temps avec Jeff. C'est un mec bien. Il est loyal envers la Meute. Toujours prêt à se mettre à son service. Mais il n'est pas un compagnon potentiel. Il ne peut pas l'être.

Je déglutis et rassemblai mon courage.

— En ce cas, j'en ai terminé avec les compagnons potentiels.

De la magie se déversa dans la pièce, agressive et mordante comme des insectes. Je m'efforçai de ne pas tressaillir.

— Je te demande pardon ? demanda Gabriel, très lentement.

Ça aurait été facile de battre en retraite. De me glisser hors de la pièce, la queue entre les jambes, et de laisser les choses reprendre comme avant. Mais je me retrouverais isolée, et ce serait être malhonnête envers moi-même, envers Jeff et envers les potentiels. Je rassemblai donc mon courage, et dis ce que j'avais sur le cœur.

— J'en ai terminé avec les compagnons potentiels. Je n'en rencontrerai plus. Je vais sortir avec qui je veux, peu importe le type de métamorphe. Et je renonce à ma place dans la ligne de succession, si c'est ce qu'il en coûte.

Il me regarda, la mâchoire crispée.

— C'est ta façon de te rebeller ?

— Bien sûr que non.

Ça l'était, évidemment, mais pas de la façon dont il l'entendait. C'était une rébellion contre ce qu'on nous avait appris, contre celle qu'on m'avait appris à être. Mais je ne me rebellais pas pour me rebeller. Pour la première fois, c'était pour être fidèle à moi-même.

— J'ai fait ma part pour protéger la Meute et la couronne. Mais il est temps que je pense à mon futur. Je l'aime. (La force de cet aveu était telle que les larmes me montèrent aux yeux.) Il est mon autre moitié, et je le sais depuis longtemps. Mais je ne l'ai pas admis, et ce n'est pas juste, ni pour lui, ni pour moi, ni pour personne.

Je marquai une pause pour regarder mon grand frère, le Meneur de ma Meute.

— Je renonce à la Meute pour lui. Parce qu'il en vaut le coup. J'abdique.

Bien sûr que Jeff valait le coup. Il était celui qui m'aimait quoi qu'il arrive. Celui qui s'était battu à mon côté malgré l'humiliation des compagnons potentiels et des rendez-vous arrangés. Celui qui m'incitait à rire de moi-même, et qui me comprenait mieux que n'importe qui au monde.

C'était comme si un poids m'avait été enlevé des épaules. Mon corps et mon âme semblaient plus légers. Pour la première fois de ma vie, j'avais le sentiment d'être Fallon. Juste Fallon, parce que Jeff m'avait permis d'être moi-même.

Pendant un long moment, Gabriel se contenta de me regarder. Puis il esquissa un sourire en coin.

— D'accord.

Je le dévisageai.

— D'accord ? C'est tout ?

— Je n'étais pas au courant que tu t'attendais à une autre réponse. (Il me releva le menton et chercha mon regard.) Je t'aime, Fallon. Et tes autres frères aussi. Et c'était aussi le cas de maman et de papa. Tu es exactement celle que tu es censée être. Ni plus, ni moins. Et tu le seras toujours, que la couronne te revienne ou non.

— Et la Meute ?

— La Meute, c'est la Meute. (Gabe fit un geste en direction de la porte.) Tu étais dans cette chapelle. Ils connaissent l'amour. Ils connaissent le respect. C'est ça, les fondations de la Meute. Et si tu n'es pas capable d'aimer – si tu n'es pas capable d'avoir le courage de faire passer l'amour en premier, malgré les sacrifices que ça exigera de toi –, tu ne rends pas service à la Meute. Les lâches ne rendent pas service à la Meute.

Je hochai la tête, mais posai une main sur son bras.

— Tu ne vas pas leur dire maintenant, si ? Cette nuit, c'est celle de Connor. Ça peut attendre.

Il sourit.

— Connor ne gardera pas le moindre souvenir de cette nuit. Mais toi, tu te souviendras de l'air totalement paniqué d'Eli quand on lui dira qu'il est le prochain sur la liste.

L'étincelle dans mon regard n'était sans doute pas particulièrement gracieuse. Mais il avait raison.

— Oh ! oui, dis-je. Cette nuit est la bonne.

Nous retournâmes dans la salle, et chaque métamorphe dans le sanctuaire se tourna vers nous. Gabriel posa une main sur mon dos, qu'il frotta en signe de soutien.

— Nous avons une nouvelle à annoncer, dit Gabe. Notre Keene préférée a pris une décision concernant son futur.

J'enchaînai les mots précipitamment, de crainte de me dégonfler.

— Par la présente, j'abdique. Je renonce à ma position dans la ligne de succession. (Je laissai mon regard rencontrer celui de Jeff, qui avait les yeux remplis d'émotion.) Au nom de l'amour.

Des bruits s'élevèrent autour de nous. Je devais m'attendre à de la colère ou de la déception, car leurs félicitations me prirent totalement de court.

Ben me souleva et me fit tournoyer dans la salle.

— Depuis le temps qu'on attendait ça, sœurette.

Je cherchai Eli, et sondai son regard pour voir s'il y avait de la colère. Parce qu'il était le successeur suivant, ma décision le concernait plus que quiconque. Mais si je lui avais ajouté de la pression, il ne le montrait pas du tout.

Quand Ben me relâcha, j'allai vers lui.

— J'aurais dû t'en parler d'abord…, commençai-je, mais il secoua la tête et posa une main sur mon épaule.

— Tu as le droit d'avoir une vie, Fal. Tu n'as pas besoin de me demander la permission pour ça. Ni à n'importe quel autre butor.

— Tu es sûr ?

— Sûr et certain, dit-il, et pour la première fois, je vis dans ses yeux les mêmes volutes dorées de savoir que celles que je voyais souvent dans ceux de Gabriel.

Il ne revendiquerait peut-être jamais la Meute, mais si ça arrivait, il serait prêt.

Eli m'étreignit, et déposa un baiser au sommet de ma tête.

— Je crois qu'il y a quelqu'un qui t'attend.

Il me relâcha, et je suivis son regard.

Jeff se tenait à l'écart de tous les autres, les yeux brillants d'amour et le visage rayonnant de bonheur. Je ne pensais pas l'avoir déjà vu aussi heureux.

Il sourit, et me tendit la main.

J'allai vers lui en me mordant la lèvre pour m'empêcher de sourire jusqu'aux oreilles. Mais il était impatient. Il s'avança, me rejoignit à mi-chemin et prit mon visage entre ses mains.

— Je t'aime, Fallon Keene. Je t'aime depuis l'instant où je t'ai vue la première fois. Et je t'aimerai chaque jour et chaque nuit pour le reste de ma vie.

Les larmes me montèrent aux yeux.

— Je t'aime aussi.

Alors que ma famille nous acclamait et applaudissait autour de nous, Jeff Christopher m'embrassa.

Et pour la première fois, tout allait bien dans le monde.

Il m'avait fait attendre dans le salon, et je me tenais devant l'aquarium gigantesque qui se trouvait en face de la baie vitrée, occupée à regarder les poissons clowns qui allaient et venaient dans l'eau.

Quand la porte de la chambre s'ouvrit, je jetai un coup d'œil derrière moi. Jeff se tenait dans l'embrasure de la porte, vêtu d'un boxer en soie. Je ne l'avais vu nu que lorsque nous nous transformions, ce qui signifiait que je n'avais pas franchement prêté attention à sa nudité.

Jeff avait beau être mince, il était bien bâti. Tout en muscles lisses, il avait le corps d'un athlète d'endurance.

— Mes yeux sont plus haut, Fallon.

J'obtempérai, et quand je le regardai en souriant, je le vis me rendre mon sourire.

D'une main tendue, il m'invita à me rapprocher. Et je le suivis. Dans l'embrasure de la porte, il m'embrassa avec douceur, puis fit un signe vers la chambre.

— Madame, votre palais.

Le lit était couvert de pétales roses, et une bouteille de champagne était au frais dans un seau en argent massif. En fond sonore, une femme à la voix rauque chantait tout bas.

— C'est… impressionnant, dis-je.

— Attends de voir ça.

Il éteignit les lumières, et une vingtaine de bougies prirent vie partout dans la chambre, la baignant d'une douce lueur.

— De la magie ? demandai-je.

Il sourit.

— Des diodes électroluminescentes. Je les ai connectées à un circuit..., commença-t-il, mais il chassa cette pensée. Peu importe. Ce qui compte, c'est que nous soyons là. Et je voulais que ce soit romantique. Rien que pour nous.

Je hochai la tête, mais l'intimité de son regard me rendit soudain timide.

Il me prit la main. La serra.

— Est-ce que tu vas bien ?

— Ça va, dis-je, et je détournai les yeux pour éviter les siens.

Mais il me releva le menton pour que je soutienne de nouveau son regard.

— Soyons honnêtes l'un envers l'autre, dit-il. Ce n'est que toi et moi. D'accord ?

Je le dévisageai, me souvenant de la confiance que j'avais déjà placée en lui, et je hochai la tête.

— Je suis juste nerveuse. C'est toi et moi... Et on est... Enfin, tu vois.

Il sourit.

— Je vois. Mais c'est toi et moi. Et on n'a pas de limite de temps.

Il me conduisit au lit et tira sur la ceinture du peignoir qu'il m'avait prêté. Il tomba au sol, révélant le long négligé noir que je portais en dessous, un pan de soie lisse coupé en biais.

— Tu es... à tomber.

L'adoration dans ses yeux laissait peu de doutes quant à sa sincérité.

— Merci. Tu es plutôt délectable, toi aussi.

Il passa les bras autour de moi, m'attira contre son corps longiligne et m'embrassa. Et cette fois, il n'y eut ni restriction, ni peur, ni prudence. Son baiser était possessif… et victorieux, aussi.

Nous nous laissâmes tomber sur le lit, et Jeff me fit ses excuses quand il s'empêtra dans le négligé qui m'arrivait aux chevilles. Il me fit rouler sur lui, retira un pétale de rose de mes cheveux, puis s'empara de ma bouche et m'embrassa de nouveau.

Ses lèvres étaient si douces, son baiser si tendre. Mais c'était comme s'il manquait quelque chose.

Il s'écarta et repoussa les cheveux de mon visage.

— Ça va ?

J'appuyai les bras de chaque côté de sa tête.

— Pour être honnête, je me sens encore un peu gauche en ce moment.

Il plissa les yeux, et se gratta la tempe.

— Je crois que je vois ce que tu veux dire.

Il s'assit et balaya la pièce du regard.

— Je pense que ça ne nous correspond peut-être pas. Enfin, ne te méprends pas… J'aime la romance autant que n'importe qui. (Il ramassa une poignée de pétales de roses, et les laissa tomber de sa main comme de l'eau.) C'est juste que je ne suis pas sûr que ce soit notre genre de romance.

J'examinai la scène qu'il avait préparée. Tout était parfait et semblait sortir d'un guide romantique. Mais peut-être pas de notre guide romantique à nous.

— Je crois que tu as raison. Qu'est-ce qu'on fait ?

Il me regarda.

— Tu penses savoir jongler ?

Il s'avéra que je savais jongler. Avec quelques instructions.

Il était resté en boxer, mais j'avais troqué le négligé contre un autre tee-shirt *Jacob's Quest* le temps du cours, et nous étions passés au salon où nous avions beaucoup d'espace pour bouger.

Jeff était épatant. Pour l'avoir déjà vu dans le feu d'une partie de jeux vidéo, je ne doutais pas que sa coordination main-œil était excellente. Mais voir les arcs fluides qu'il faisait décrire dans les airs à des balles de jonglage, c'était sacrément impressionnant.

Il m'apprit à en lancer une, puis deux, et j'étais d'humeur optimiste. Mais jamais je n'allais arriver à lancer en rythme les balles qu'il avait sorties d'un tiroir.

Je souris à la pile de balles par terre.

— Je ne suis pas capable de faire ça.

— Si, m'assura-t-il, debout derrière moi et les mains sur ma taille afin de vérifier que je me tenais droite et que je gardais les coudes rentrés.

Les balles touchèrent le sol, encore… Puis de nouveau… Et encore.

Et puis, par une sorte de miracle de la gravité et de l'inertie, je pris le coup de main. Les balles se mouvaient comme des vagues qui faisaient la course en se dépassant les unes et les autres… Et qui, je ne sais comment, se retrouvaient dans mes mains avant que je les relance dans les airs.

— J'y arrive, dis-je entre mes dents, n'osant pas bouger. Je crois que j'y arrive.

— Tu y arrives, confirma-t-il, et sa magie bourdonnait d'excitation dans mon dos.

Et puis… je n'y arrivai plus.

Une des balles rebondit gauchement sur ma main, et quand je me tendis d'instinct vers elle, je déviai la trajectoire d'une autre. Elle s'échoua dans l'aquarium dans un gargouillis, et les poissons filèrent dans les coins comme des boxeurs quand sonne la cloche.

Jeff leva les bras.

— But! s'exclama-t-il comme si je venais de faire un tir gagnant au football.

J'explosai de rire… et ne parvins plus à m'arrêter. Je ris jusqu'à ce que des larmes jaillissent au coin de mes yeux, jusqu'à ce que je me retrouve à genoux sur la moquette, jusqu'à ce que j'en aie mal au ventre.

— La foule est en délire! hurla Jeff, en courant tout autour du salon en guise de tour d'honneur, les bras en l'air.

Il revint vers moi en décrivant une spirale et tendit la main, le poing serré comme s'il tenait un micro imaginaire.

— Mademoiselle Keene, vous venez de marquer votre quatorzième but au cours de ce match historique. Comment allez-vous fêter ça?

Alors que je hoquetais toujours de rire, je m'essuyai les joues et le regardai, un sourire niais aux lèvres. Un sourire adorable.

Je compris que c'était ça, nous. Pas mettre en scène une sorte de romance de film et de magazine qui ne nous intéressait pas vraiment.

Mais rire ensemble. Apprendre ensemble. Aimer ensemble. C'était ça, notre romance à nous. Et c'était un cocktail détonant.

Il était toujours accroupi devant moi quand je surpris l'intensité soudaine de son regard, le passage de l'humour à la séduction. Cette fois, je ne me dérobai pas.

Je tendis la main pour la poser sur sa joue, et me sentis défaillir quand il ferma les yeux, les lèvres incurvées de plaisir. Je me penchai en avant, pressai mes lèvres contre les siennes et l'embrassai avec douceur. Juste un petit baiser, un petit jeu de séduction.

Il ouvrit les yeux, l'air surpris.

— Tu ne m'as jamais embrassé comme ça.

Je fronçai les sourcils.

— Comme quoi ?

— Comme si tu avais besoin de le faire.

Je fus envahie d'un amour passionné, impatiente de lui montrer ce que je savais depuis très longtemps. Qu'il avait toujours été le seul pour moi, même si je l'avais nié.

Je posai les mains sur son visage, et soutins son regard.

— J'ai besoin de toi. J'ai toujours eu besoin de toi. C'est juste que je ne m'autorisais pas à l'admettre.

Un grondement monta dans sa gorge, et il plaqua la bouche sur la mienne avant même que j'aie eu le temps de comprendre ce qu'était ce son. C'était moins un baiser qu'une bataille, et nous avions tous les deux l'intention de gagner.

Nous nous débarrassâmes de nos vêtements avec une férocité animale, en les arrachant comme s'ils nous brûlaient vifs. Je trouvai l'élastique de son boxer et libérai son sexe qui me tomba dans la main, lourd et dur.

— Bon sang, Fallon, dit-il contre ma bouche tandis que je le manipulais consciencieusement et que son corps vibrait de plaisir. J'ai besoin d'être en toi.

Il m'ôta les vêtements qu'il me restait et me contempla.

— Jeff?

Il leva un doigt.

— *Un momento*. Je savoure cet instant. Je le grave dans ma mémoire.

Il fit glisser une main jusqu'au milieu de mon corps, puis la leva de nouveau pour la refermer sur mon sein.

Mon corps chantait de plaisir, et je fermai les yeux tandis que je savourais les sensations que j'avais imaginées pendant si longtemps et qui étaient enfin réelles.

Jeff plaqua de nouveau la bouche sur la mienne, et me pressa contre la moquette épaisse avec son érection entre nous, avide de passer à l'acte. Il me titilla et m'implora des doigts et des mains, en me couvrant de baisers brusques. J'enfonçai les doigts dans son dos et l'attirai plus près.

— Jeff. J'ai besoin de toi.

Il gronda tout bas, et, sans protestation ni délai, il étendit son corps sur le mien et me pénétra d'un coup puissant. Il laissa échapper un son qui ressemblait à de l'apaisement, mais ce n'était pas ce qu'il avait prévu, pas pour moi.

L'adorable geek amateur de jeux vidéo qu'était Jeff savait bouger comme il fallait. Chacun de ses mouvements presque brutaux oscillait entre la douleur et le plaisir tandis qu'il torturait ma bouche avec la sienne. Nos magies s'élevèrent de nouveau, gardant le rythme pendant que le plaisir nous inondait, et elles explosèrent à travers la pièce quand je criai son nom et lui, le mien.

Il s'écoula vingt minutes avant que je sente de nouveau mes jambes. Je jetai un coup d'œil à Jeff à côté de moi, et je souris.

— Je ne sais pas trop comment on réussira à faire mieux que ça.

Il n'hésita même pas.

— J'ai quelques idées bien précises.

Je ne pus m'empêcher de rire, et j'eus le sentiment qu'il me réservait cette réponse depuis très longtemps.

— Ah ? (Je me tournai sur le côté pour lui faire face, en appui sur un coude.) Et de quelles idées s'agit-il ?

— Des costumes.

— Tu n'es pas sérieux.

— Princesse Leia. Wonder Woman. Spectre Soyeux. Mystique. Hit Girl. Il y a tellement de possibilités.

— Je ne mettrai pas de costume pour satisfaire tes fantasmes lubriques, dis-je en me rallongeant sur le sol.

Puis je songeai à celui qu'il était, à celle que j'étais, et à notre genre de romance.

— Mais si tu es prêt à jouer Bruce Wayne, je changerai peut-être d'avis.

Il était prêt. Moi aussi, du coup.

Vacances mordantes

« Aimez vos ennemis, car ils vous révèlent vos fautes. »
Benjamin Franklin

Chapitre premier

Vu du ciel, le monde était plongé dans l'obscurité et les villes formaient des réseaux orange et scintillants, comme des circuits électriques dispersés sur une toile noire.

— Ce monde est beau, Sentinelle.

Je reportai le regard sur le vampire en face de moi, dans la cabine du jet de luxe de sa Maison.

Grand, avec des cheveux dorés qui effleuraient ses épaules et des yeux comme des émeraudes taillées, Ethan Sullivan avait l'allure d'un Maître dans son fauteuil en cuir ivoire. Il en était un : le chef de la Maison Cadogan de Chicago, et un membre de l'Assemblée des Maîtres d'Amériquc récemment créée. Ce n'était pas le poste qu'il avait espéré, mais c'était certainement le plus égalitaire... Il était à présent membre d'un congrès démocratique plutôt que roi souverain.

Le test psychologique et physique qu'il avait passé avait été exténuant, et ça n'aidait pas que nous ayons eu un tueur à traquer en même temps. La débâcle s'était conclue sur une autre nouvelle explosive : un message avait été laissé dans nos appartements de Cadogan, prétendument de la part du vampire qui avait transformé Ethan, Balthasar, qui était censé être mort depuis longtemps. Il n'avait pas donné d'autre signe de vie, mais nous étions à cran depuis que nous avions trouvé cette lettre.

Ça, ce n'étaient que les derniers épisodes en date d'une année qui avait été longue et dramatique, et nous avions besoin de souffler. Nous avions donc mis cap sur l'ouest pour passer quelques jours à Elk Valley, une ville paisible dans les Rocheuses du Colorado, dans la retraite à flanc de montagne d'un vieil ami d'Ethan. Pour des raisons indépendantes de ces drames magiques, nous n'avions encore jamais voyagé ensemble, et j'étais à la fois excitée et anxieuse. Mais de la meilleure façon possible.

— Ce monde est grand, dis-je. J'aime voler, parce que ça me rappelle que la planète est immense et que nous sommes tout petits à côté. Ça me plaît, cette idée… Que nous sommes insignifiants, et que nos problèmes le sont donc aussi.

Il eut un sourire en coin.

— Jamais tu ne pourrais être insignifiante, Merit. (Il jeta un coup d'œil par son hublot, et fit courir le dos de sa main sur la vitre.) Mais je comprends ce que tu veux dire. Vivre dans les ténèbres réduit notre visibilité, et le monde nous semble plus étriqué. Ici, à dix mille mètres au-dessus du sol, on reprend conscience de sa magnitude.

— Le vin te rend poétique.

Il posa de nouveau sur moi un regard ardent, et sourit avec une assurance nonchalante.

— Veux-tu que l'on voie à quel point il peut me rendre poétique ?

La porte de la cabine s'ouvrit dans un bruissement, et une petite brune au carré soigné et vêtue d'une jupe et d'une veste bleu marine vint vers nous avec un plateau.

— Des rafraîchissements, monsieur ? Madame ?

Avec un sourire, Ethan fit un geste dans ma direction.

— Si elle est réveillée, elle a faim.

— Ça va, merci, dis-je en levant une main pour décliner la proposition.

J'avais refusé surtout pour la forme et par principe, car les petits fours et les tartelettes sur le plateau avaient l'air délicieux.

L'hôtesse de l'air hocha la tête et se redressa.

— N'hésitez pas à me le signaler si vous changez d'avis. J'espère que vous profitez de vos vacances jusqu'ici ?

— Elles viennent à peine de commencer, dit Ethan. Mais pour l'instant, tout va bien.

Elle sourit et hocha la tête, puis regagna l'espace du personnel dans un bruissement, nous laissant seuls dans une pièce tout en cuir coûteux et en ronce de bois, qui flottait dans les airs à dix kilomètres du sol.

Ethan sourit, et, d'un doigt, m'invita à me rapprocher.

— Je ne viens pas par là, protestai-je. On n'est pas franchement seuls.

Il haussa le sourcil, une mimique récurrente chez lui.

— Je pense être capable de m'abstenir de me jeter sur toi le temps du vol, Sentinelle. Viens juste t'asseoir avec moi.

Je n'aurais pas dit que j'étais du genre à m'asseoir sur ses genoux, mais c'était rare que l'on ait du temps pour se détendre ensemble. Je me levai donc, traversai le petit espace entre nos deux fauteuils et le laissai m'enlacer.

Comme nous étions officiellement en vacances, j'avais renoncé à ma veste et à mon pantalon en cuir habituels – l'uniforme que j'avais adopté en tant que Sentinelle de la maison Cadogan –, et assorti un cache-cœur rose pâle à un jean et des ballerines, une tenue qui me donnait davantage l'air d'une danseuse que d'une vampire guerrière. Mais même une guerrière avait besoin d'une nuit loin de son épée, loin des batailles et des intrigues politiques qui semblaient toujours nous trouver.

— Ma Sentinelle, dit Ethan alors qu'il inclinait son fauteuil et tamisait l'éclairage. (Enlacés, nous regardâmes le monde tourner en dessous de nous.) L'hiver a été rude. Permettons-nous d'accueillir le printemps.

Je fermai les yeux et savourai son odeur masculine. Âcre et fraîche, son eau de Cologne se superposait au parfum léger du savon et à l'odeur un peu épicée qui le rendait unique. Tout chez lui était chaud et familier, et je n'en revenais toujours pas qu'il soit mien de façon aussi incontestable.

Je souris lorsqu'il resserra les bras autour de moi.

— Alors, que va-t-on faire à Elk Valley, dans le Colorado ?

— Autre que l'évidence ? demanda-t-il en me mordillant le lobe de l'oreille. Il y aura de longues promenades, de magnifiques paysages, des rivières ondoyantes dans lesquelles nous pourrons nous baigner s'il fait assez chaud. Et, compte tenu de tes centres d'intérêt, des dîners somptueux.

— Je ne me limite pas à la somme de mes désirs culinaires.

Il eut un petit rire.

— Je n'en ai jamais douté. Et surtout, Merit, nous pourrons être nous-mêmes. Un homme et une femme, sans politique ni chaos entre nous.

— Ça me semble plutôt bien.

— Ça le sera. J'ai l'intention de te gâter, Sentinelle.

— Tu n'arrêtes pas de dire ça.

— C'est vrai. Voyons si je tiens bien parole.

— Qu'est-ce que c'est… que ça ? demandai-je alors que nous nous tenions sur le tarmac une heure plus tard.

C'était un véhicule monstrueux. Puissant, carré. Des roues massives et une garde au sol impressionnante. L'extérieur était d'une couleur orange si aveuglante que j'étais presque surprise qu'il n'émette pas sa propre lumière.

— Ça, dit Ethan en s'avançant à côté de moi, les mains sur les hanches et une lueur digne d'un chef dans les yeux, c'est notre carrosse.

— Parce qu'on redoute une apocalypse zombie ? Et qu'on espère qu'ils sont daltoniens ?

— Parce qu'on a besoin d'un 4x4. On ne va pas rester sur des routes pavées pendant ces vacances.

J'étais mitigée à l'idée d'errer dans les bois du Colorado. Non pas que j'aie peur de la forêt ; j'étais une prédatrice, après tout. Même si le champ de vision y était restreint, les ténèbres m'étaient familières, et les forêts abritaient bon nombre de choses que je pouvais vaincre si nécessaire. La nuit était notre territoire.

Mais parce que, pour nous y rendre, j'allais devoir monter dans l'Orangexplosion.

— Je vais l'appeler l'Orangexplosion, annonçai-je à Ethan.

— Fais ce que tu dois faire, dit-il en aidant le steward à charger nos sacs, puis en m'ouvrant la portière côté passager. Et parce que je suis ton Maître, je ferai ce que je veux.

Ça, ce n'était une surprise pour absolument personne.

Le soleil s'était couché mais la lune était haute dans le ciel, un disque d'un blanc éclatant qui brillait au-dessus de nous. Nous traversâmes d'étroites vallées entourées de coteaux boisés, puis nous nous engageâmes dans les montagnes en suivant des routes sinueuses qui montaient en pente douce dans les hauteurs. Ethan avait baissé les vitres, et un ruisseau qui s'écoulait à notre droite devint la bande-son de notre trajet. Je levai la tête vers les collines parsemées d'arbres, me remémorant des vacances en famille à Aspen quand nous étions plus jeunes. Mon frère Robert, ma sœur Charlotte et moi avions skié avec insouciance dans des collines auxquelles j'aurais dû être trop jeune pour m'attaquer, mais j'étais trop éprise de vitesse pour refuser. Ça m'avait valu un bras cassé.

Mais le ski n'était pas le sujet… C'étaient les arbres.

— Ce sont des trembles, non ?

Les pieux de tremble étaient les seuls qui pouvaient tuer les vampires.

— En effet, dit Ethan, les deux mains sur le volant et les yeux sur la route tandis qu'il manœuvrait le véhicule dans des virages qu'il aurait sans doute pu mieux gérer avec son élégante Ferrari.

Mais c'était l'Orangexplosion qu'il avait choisie.

— C'est ironique que tu aies choisi un lieu de vacances qui regorge d'outils pour chasser les vampires ?

Le genre d'outil qui l'avait déjà terrassé et changé en cendres, qui plus est, songeai-je.

— Ça l'est, convint-il. Mais c'est ça, le Colorado, ou du moins ce coin-ci. Et je ne compte pas être empalé, ni maintenant ni plus tard.

Je voulais bien le croire, mais je tapotai tout de même le tableau de bord pour conjurer le mauvais sort. J'avais vu trop de choses au cours de mon année en tant que vampire pour douter du danger auquel il était exposé – surtout depuis qu'il avait pris son nouveau poste – ou de l'efficacité des précautions, mêmes superstitieuses.

Ethan s'engagea sur une petite route cahoteuse, où l'asphalte cédait le pas à du gravier et des virages en épingle. Le babillement du ruisseau s'intensifia, accompagné du bruit des cailloux qui roulaient sous la voiture. Nous frôlâmes une paroi de granit à pic, qui était si près de la route que j'aurais pu tendre la main et toucher le roc ou l'eau qui s'écoulait là.

Encore un virage, et la route s'ouvrit soudain sur une grande vallée nichée entre des collines couvertes de trembles. Au milieu du champ se dressait une énorme bâtisse en rondins et en pierre, exactement le genre que je m'attendais à voir au fin fond du Colorado. Des poutres immenses, des rochers géants, et un toit en tôles de métal rouge qui évoquaient un origami architectural. Le toit en pente raide formait des angles çà et là, et une lueur dorée émanait de la maison, comme si chaque pièce était remplie de bougies.

Un perron à la balustrade en rondins taillés s'étendait devant toute la façade de la maison. À droite, il y avait un patio agrémenté de meubles en bois massif et d'un Jacuzzi à la bordure en pierre qui dégageait de la vapeur dans l'air frais du printemps.

— Nous y voilà, annonça Ethan en arrêtant la voiture dans la grande allée incurvée. Bienvenue à Ravenswood.

— C'est beau, m'extasiai-je en ouvrant la portière et en sautant sur le sol encore meuble après la fonte de neige récente.

J'empruntai le chemin en pierre décorée qui menait au perron.

Le mot « Ravenswood » avait été pyrogravé sur un épais panneau en bois suspendu à deux crochets au-dessus de la porte. Tout aussi sombre, la silhouette d'un corbeau était perchée au-dessus du second « o ». Je refermai la main sur une des poutres qui soutenaient le grand toit du perron. Le bois était frais, et lisse comme du plastique. Des chaises de jardin étaient disposées çà et là, tandis qu'une balancelle, elle aussi en rondins de bois taillé, était accrochée à l'autre bout. Je m'imaginai passant une nuit à me balancer là, un livre à la main et Ethan à côté de moi.

Tout de même. Si le style de cette maison n'avait pas de quoi surprendre, on ne pouvait pas en dire autant de sa taille. Je jetai un coup d'œil à Ethan.

— Je croyais qu'on dormirait dans une maison d'hôte.

Il sourit.

— C'est la maison d'hôte.

— Mince alors, dis-je. Quelle taille fait la bâtisse principale ?

— Elle est grande, dit-il en indiquant d'un geste un sentier qui menait en bas de la colline et dans les bois. Il faut couper par les bois pour rejoindre la maison, si jamais tu éprouvais le besoin d'y jeter un œil, ajouta-t-il avec un sourire, avant de sortir du véhicule nos katanas dans leurs fourreaux et nos sacs, et de refermer le coffre.

Il me tendit les katanas, puis sortit une clé de sa poche et déverrouilla la porte en bois massif.

— Bienvenue dans ta maison de vacances, Sentinelle.

La décoration rappelait l'extérieur. Du parquet, des murs en rondins qui brillaient comme du miel, et, au bout de la longue pièce à l'avant de la maison, une cheminée gigantesque qui se dressait sur deux étages jusqu'au plafond voûté. Recouverts de cuir et démesurés, les meubles étaient disposés face à un mur de fenêtres qui donnaient sur la vallée au-delà.

Une porte vitrée menait à une terrasse en bois, qui jouxtait le mur de fenêtres et rappelait celle à l'avant de la maison. Je l'ouvris, sortis et eus le souffle coupé par la vue. Flanquée de hautes montagnes, la vallée se déroulait devant nous comme un cadeau, tandis qu'une petite rivière sinueuse la traversait en plein milieu pour disparaître au loin. La végétation avait commencé à percer le sol moucheté de neige, et toute la scène était illuminée par la lune imposante dans le ciel.

Ethan pressa son corps chaud contre le mien, et passa les bras autour de moi alors que je contemplais avidement le paysage pour en mémoriser chaque relief, chaque rocher, chaque aspérité, chaque courbe de l'eau qui s'écoulait.

— Le monde n'est peut-être pas si étriqué que ça, en fin de compte, dit-il.

Je hochai la tête et souris tandis qu'une brise tiède, le souffle du printemps, soulevait ma longue frange sombre.

— Peut-être pas.

Nous restâmes là ensemble un long moment sans rien dire, jusqu'à ce que nos yeux se soient habitués à l'obscurité et notre ouïe au silence inhabituel. Chicago n'était pas une ville calme. Même à Hyde Park, situé à des kilomètres du centre, il y avait du bruit en permanence. Le trafic aérien en provenance du Midway, les voitures, les voisins, les chiens, les sirènes.

Au départ, il n'y avait rien. Mais quand notre ouïe commença à s'adapter, des sons émergèrent. L'eau qui glissait et cascadait autour des rochers. Le vent qui bruissait dans l'herbe, les grenouilles et les criquets qui s'y cachaient. Le bois qui craquait, comme si la maison aussi se détendait dans les ténèbres.

Quand soudain on sonna à la porte d'entrée, ce fut une véritable explosion sonore. Avec insistance, le carillon retentit une fois, puis deux.

En jurant, Ethan me relâcha et regarda derrière lui.

Je me mis aussitôt sur le qui-vive.

— Qui sait que nous sommes ici ?

— Pour autant que je sache, personne dans tout l'État à part Nessa et son mari.

Nessa McKenzie était notre hôte, la propriétaire de Ravenswood et de la maison principale qui allait avec, le léviathan tapi au bout du chemin forestier.

Je suivis Ethan jusqu'à la porte, et attendis à côté de lui pendant qu'il jetait un œil par le judas avant d'ouvrir sans dire un mot.

Une vampire brune et plantureuse se tenait dans l'embrasure de la porte.

Ses cheveux, une crinière de boucles sombres, étaient ramenés sur une épaule. Elle avait de grands yeux marron, et ses mains et sa robe étaient tachées de sang.

— Nessa, dit Ethan en la regardant de la tête aux pieds, visiblement surpris et inquiet. Que s'est-il passé ?

— C'est Taran, répondit-elle, et ses yeux s'emplirent de larmes. Il est mort.

Chapitre 2

— Viens à l'intérieur, dit Ethan.

Il lui prit le bras, l'attira dans le hall d'entrée avec douceur et referma la porte.

— Nessa, voici Merit, ma Sentinelle. *Taran est – était – son mari*, ajouta-t-il en silence, se servant de notre connexion télépathique.

Ethan posa une main sur son dos pour la soutenir, une ride d'inquiétude familière entre les yeux. Et même s'il ne prononça pas ces mots – ni en silence ni à voix haute –, il m'était facile de lire dans ses pensées : *Dans quoi avons-nous mis les pieds cette fois ?*

— Viens, l'encouragea-t-il en la conduisant au canapé et en l'aidant à s'asseoir. Dis-nous ce qui s'est passé.

Elle agrippa l'accoudoir du canapé et secoua la tête.

— Je suis rentrée à la maison, et Taran était étendu par terre. (Elle baissa les yeux et traça des lignes au sol du regard, comme si elle le revoyait là.) J'ai cru qu'il était tombé. Qu'il avait trébuché. Je l'ai taquiné – je lui ai dit qu'il ferait mieux de se relever, ce maladroit –, mais c'est à ce moment-là que je me suis rendu compte… qu'il était mort.

Elle se mit à sangloter, et se couvrit le visage des mains tandis qu'Ethan lui frottait le dos.

Son chagrin était manifeste, palpable, et il me ramena en mémoire un souvenir terrifiant. Celui d'une période très sombre où j'avais perdu Ethan, et même si je l'avais retrouvé par miracle, je me rappelais encore mon chagrin dévorant. La douleur, la frustration, le sentiment que rien n'irait jamais plus dans le monde.

Ethan soutint mon regard et y vit la douleur que, comme il avait dû le deviner, je m'étais remémorée.

— *Je vais lui chercher quelque chose à boire*, lui dis-je.

J'allai à la cuisine, remplis un verre d'eau qui venait d'une bouteille neuve dans le réfrigérateur puis le rapporta.

Ethan tendit la main pour le prendre, et nos doigts se frôlèrent quand je le lui passai. Il le plaça entre les mains de Nessa, qui labourait ses genoux des poings.

— Bois, dit-il, et, sur un hochement de tête, elle inclina le verre vers elle avec des mains tremblantes.

Ethan attendit qu'elle le baisse de nouveau.

— As-tu appelé les autorités ?

— Le shérif, confirma Nessa d'une voix larmoyante. Tom McKenzie. Il y a beaucoup de McKenzie dans la vallée. Il est venu avec un adjoint, et ils ont commencé à inspecter la maison. Je suis sortie prendre l'air, puis je me suis mise à marcher… (Elle balaya le salon du regard, comme si elle était totalement surprise de se retrouver là.) Je suis venue ici.

— Vont-ils se mettre à ta recherche ? demanda tout bas Ethan, sur un ton précautionneux.

— Je ne sais pas. Sans doute.

Ses yeux s'emplirent de nouveau de larmes, et cette fois, il y avait aussi de la peur. Ethan et moi échangeâmes un regard.

— Nessa, reprit-il avec douceur. Qu'est-ce qu'il y a ?

— Taran était un métamorphe, dit-elle, enchaînant les mots dans un déferlement sonore. (Trop tard, je remarquai la légère odeur poivrée de magie qu'elle portait et répandait avec celle du sang de son mari.) Les McKenzie n'approuvaient pas notre mariage.

— Parce que tu es une vampire ? demandai-je.

Nessa posa le verre par terre, s'essuya les yeux et hocha la tête.

— Et un membre du Clan.

Ethan haussa les sourcils alors que sa propre magie fusait dans l'air.

— Il y a un Clan ici ?

D'après ce dont je me souvenais du *Canon* officiel des vampires, les Clans étaient des groupes de vampires Solitaires – ceux qui ne résidaient pas dans une Maison – qui vivaient ensemble tout comme une famille humaine pouvait le faire. Alors que les Solitaires préféraient généralement habiter seuls, les vampires des Clans se regroupaient, comme des Maisons officieuses, non réglementées. Ils se comportaient donc comme des familles humaines pour faire profil bas, et révélaient rarement leur existence.

— Les Marchand, expliqua-t-elle en repoussant les cheveux de son visage du dos de la main, ce qui laissa une traînée de sang sur sa peau pâle. (Elle ne parut pas s'en apercevoir.) Nous sommes dans la vallée depuis presque aussi longtemps que les McKenzie. Le conflit a débuté peu de temps après notre arrivée.

— Un conflit lié au territoire ? demanda Ethan.

— Au territoire, à son usage et à son contrôle. À la population. À des possessions. À l'amour.

— Il y a une querelle, conclut Ethan.

— Il y avait une querelle, rectifia Nessa, en proie à un désespoir évident. Il s'est passé tellement de temps… Je pensais que la page était tournée. (Elle leva la tête vers

Ethan.) Je suis vraiment désolée. Vraiment désolée que vous soyez ici, maintenant, et qu'il y ait cette histoire. Je pensais…

— Ne t'inquiète pas pour nous, dit-il en secouant la tête. Concentrons-nous sur ce qui s'est passé.

Les doigts tremblants, elle regarda ses mains maculées de sang foncé qui séchait, et dont ses ongles étaient incrustés.

— Ils l'ont tué. Ils l'ont puni pour notre transgression, pour m'avoir épousée. Ce sera moi la prochaine.

Ethan se raidit à la perspective d'ennuis et de guerre, avant de se détendre de nouveau, résigné.

— Nous ne le permettrons pas.

Rien n'indiquait qu'elle l'avait entendu, les yeux toujours rivés sur ses mains souillées.

— Son sang. C'est son sang.

— Si tu te lavais ? suggéra Ethan. Appelle ton Clan, informe-les de l'endroit où tu es. Ils peuvent envoyer un message au shérif pour lui dire que tu es là. Il va vouloir t'interroger.

Il va vouloir vérifier qu'elle ne s'est pas enfuie par culpabilité, songeai-je.

Nessa hocha la tête, se leva et alla à l'autre bout de la pièce, où elle disparut derrière une porte. Quelques instants plus tard, le bruit d'un battant qu'on fermait et d'eau qui coulait nous parvint.

— Te fies-tu à elle ? demandai-je sans hausser le ton.

Ethan fronça les sourcils.

— Je n'ai pas de raison de ne pas lui faire confiance.

Avant que nous quittions Chicago, il m'avait dit que Nessa avait été une amie de deux vampires Cadogan, Katherine et Thomas, une sœur et un frère originaires de Kansas City. Ils étaient restés en contact avec elle, et elle leur avait rendu visite à Chicago. C'était comme ça qu'Ethan l'avait rencontrée quelques décennies plus tôt.

— Je la connais depuis de nombreuses années, Sentinelle. Et même si je la qualifie plutôt de connaissance que d'amie proche, rien de ce que je sais à son sujet ne suggère qu'elle aurait tué son mari. (Il effleura ma joue du bout des doigts.) Je ne t'aurais pas sciemment exposée au danger.

Je n'avais aucun doute à ce sujet. Et pourtant, voilà dans quoi nous nous retrouvions. Par les fenêtres, je regardai la vallée et le croissant de lune dans le ciel. Ethan étant loyal et ayant le sens de l'honneur, il était très peu probable qu'il abandonne cette femme à ce qui pourrait bien être un sort atroce aux mains de la populace.

— Je sais, dis-je, et je lui pris la main. Ça ne va pas être des vacances, n'est-ce pas ?

— Ah, ma Sentinelle, fit-il, et il pressa les lèvres contre mon front. C'était une pensée agréable, non ? Qu'on allait trouver un peu de paix dans cette belle contrée ?

C'était une pensée merveilleuse. Mais quand on frappa à la porte une deuxième fois – et cette fois, c'était un poing charnu et menaçant qui tambourinait contre le bois massif –, je compris qu'elle était déjà bien loin.

— Des villageois avec des torches ? dit Ethan, et il ne plaisantait qu'à moitié.

Pas des villageois, devinai-je, à en juger d'après la magie chaude et animale qui commençait à s'infiltrer dans la maison.

Des métamorphes.

Ou plus exactement, une demi-douzaine de métamorphes postés dans la cour devant la maison, comme un gang de régulateurs du Far West venus rendre justice.

Ethan et moi nous tenions seuls sur le perron, katanas au poing. Et vu que nous étions en infériorité numérique et sans doute magique, nous comptions aussi sur nos compétences en matière de bluff. J'avais pris un air féroce et déterminé, même si mon cœur battait comme les ailes d'un petit oiseau dans ma poitrine.

Un métamorphe au physique imposant s'avança. Assez large d'épaules pour être un défenseur de première ligne, il avait la mâchoire carrée, des yeux enfoncés et des cheveux longs, épais et aux nuances multiples, mélange de mèches châtaines et blondes. Ses sourcils et sa barbe de trois jours étaient plus foncés, tandis que ses yeux bleu glacier étaient emplis de savoir et de puissance. Je lui aurais donné vingt-huit ans.

Le reste des métamorphes – des hommes d'âge divers – lui ressemblaient vaguement, et partageaient sa férocité. Animale et brute, leur magie vibrait juste assez pour nous signaler qu'ils étaient armés jusqu'aux dents.

— *Des pistolets*, rapportai-je en silence.

Mais Ethan n'était intimidé ni par les armes, ni par les métamorphes, ni par qui que ce soit, pour l'essentiel. Il avait l'air parfaitement impassible.

— Et vous êtes ?

— Rowan McKenzie. On est là pour la suceuse de sang.

— McKenzie, répéta Ethan, sans prêter attention à la revendication ni à l'épithète. Tu es de la famille de Taran ?

— Rowan est le cousin de Taran, dit Nessa.

Ethan resta concentré sur Taran, mais je jetai un œil derrière nous et la vis dans l'embrasure de la porte. Elle s'avança et traversa le perron pour se placer à côté de nous.

Le contraste entre eux et nous – des métamorphes au teint hâlé et à la peau dorée, et des vampires froids et pâles – était frappant.

—Les autres sont des McKenzie, eux aussi, ajouta-t-elle. Apparemment, Rowan a jugé indispensable d'amener sa bande.

—Mon cousin est mort, s'indigna Rowan, et, à ces mots, le reste des métamorphes se frappèrent le cœur de la main et se mirent à hurler vers le ciel.

À ce son empreint de chagrin, de rage et de magie acérée, les poils de ma nuque se hérissèrent. Et pas d'une bonne façon.

—Mon mari est mort ! rétorqua Nessa. Mon amant. Mon compagnon. Quelqu'un l'a assassiné chez nous.

—Quelqu'un, oui, acquiesça Rowan, les yeux braqués sur elle. Tom nous a dit que Taran a été tué. On sait que c'est toi, et on est là pour t'amener devant la justice.

—Je n'ai pas tué mon mari, dit-elle sur un ton tranchant alors que son chagrin se muait en colère.

C'était la première fois qu'elle le disait clairement, mais, pour ce que ça valait, je la croyais.

—Je l'aimais, poursuivit-elle d'une voix tremblante. C'est vous qui le détestiez. Vous le détestiez parce qu'il m'a épousée. Parce qu'il a déserté votre famille. Parce qu'il est resté en dehors de la querelle. Parce qu'il l'a dépassée. Qu'est-ce qui me dit que ce n'est pas vous qui l'avez tué ? Que je ne devrais pas vous massacrer sur-le-champ pour venger sa mort ?

—Qui est-ce qui lance des menaces, maintenant ? (Rowan s'avança d'un pas, puis de deux, et sa magie déferla sur nous par vagues, vibrante de haine.) Ton mari gît mort chez lui, et tu es là avec des étrangers, des suceurs de sang. Il y avait déjà beaucoup trop de vampires dans cette vallée.

Ethan haussa le sourcil, l'air impérieux.

— Nous ne te cherchons pas querelle, McKenzie, ni à aucun autre métamorphe. Nous sommes des alliés de la Meute des Grandes Plaines.

Le Colorado faisait partie du territoire de la Meute. Nous ne nous attendions pas à rencontrer des métamorphes, mais, par courtoisie, nous avions informé le Meneur Gabriel Keene de notre séjour ici.

Rowan cracha par terre, une insulte évidente.

— Les Meutes n'ont aucune autorité ici.

Ethan eut un sourire tranquille.

— Je doute que Gabriel Keene soit de cet avis. Quoi qu'il en soit, il sait que nous sommes ici, et je serais heureux de lui faire savoir que vous doutez de son autorité. Je suis sûr qu'il aurait une réponse à vous donner. En attendant, puisque vous vous êtes immiscés dans le chagrin de Nessa et que vous violez sa propriété, que voulez-vous au juste ?

Rowan jeta un regard mauvais à Nessa et adopta une posture menaçante.

— Nous voulons qu'elle réponde de ses péchés.

— Avez-vous la preuve qu'elle a assassiné son mari ?

— Elle est une vampire et un membre du Clan Marchand, dit l'un des métamorphes derrière Rowan. (Il avait le même teint mais était moins corpulent et grand, comme une sorte de version plus mince et plus hargneuse de lui.) Elle l'a sans doute fait pour se venger.

— Se venger de quoi ? demanda platement Ethan, en posant une main sur le bras de Nessa quand elle ouvrit la bouche pour parler.

— C'est une Marchand, cracha Rowan, comme si cette caractéristique, cette insulte, suffisait de toute évidence à répondre à la question.

Voyant que la logique ne le mènerait nulle part, Ethan changea de tactique.

— Le shérif est en train d'enquêter sur la mort de Taran dans la maison. Si vous avez un problème avec cette enquête, allez vous plaindre auprès de lui. En attendant, je vous recommande fortement de laisser Nessa à son chagrin et de faire votre deuil de façon plus productive.

Rowan grimaça, tandis que les métamorphes derrière lui se rapprochaient de plus en plus.

— Elle va venir avec nous, quitte à ce qu'on doive vous passer sur le corps.

Ethan regarda Rowan comme s'il était un enfant gâté.

— Tu me menaces, maintenant ?

— J'énonce un fait. Ce sont nos affaires, notre vallée et notre combat. Vous feriez mieux de vous écarter et de nous laisser régler ça.

— Pour que vous puissiez l'exécuter, sans autre forme de procès ? Vous êtes fous si vous pensez qu'on vous laissera l'approcher.

Rowan esquissa ce qui aurait pu être un sourire s'il y avait mis un peu moins d'hostilité. Il jeta un coup d'œil à ses hommes, et ils rirent de concert. Puis il se retourna vers nous, un défi dans le regard.

— Et vous allez nous arrêter ? Alors que vous êtes inférieurs en nombre ?

Voilà mon signal, songeai-je, et je rassemblai toute la bravoure vampirique que j'avais dans mon arsenal.

— Non, dis-je en me plaçant devant Ethan, alors même que sa magie pulsait d'irritation derrière moi.

Lui et ses sensibilités de chef détestaient que je me place devant lui. Mais c'était mon boulot, et, parce que j'étais son amante, c'était mon droit absolu et inaliénable.

— Mais moi, oui.

Je dégainai mon katana, et tendis le fourreau à Ethan.

Lentement, Rowan posa les yeux sur moi, les lèvres toujours pincées de dégoût. Il avait l'avantage du poids et de la taille, et sans doute celui de la force brute du métamorphe. J'eus du mal à faire taire l'envie logique et viscérale de tourner les talons et de trouver un coin où me cacher. Mais ces types avaient un tel ego qu'ils vibraient presque, et ils ne partiraient pas sans se battre. Il allait leur falloir une motivation, et j'étais heureuse de la leur donner.

— Les vampires ne me font pas peur.

— Bien, dis-je, laissant mes yeux devenir argentés et mes crocs s'allonger tandis que je faisais tournoyer mon katana d'une main. Ça veut dire que tu es stupide. Ça fait une semaine que je n'ai pas eu de bonne bagarre, et avec les idiots, c'est généralement vite réglé.

— *Attention, Sentinelle*, m'avertit Ethan alors qu'il éloignait Nessa.

C'était rare que je déclenche sciemment une bagarre. D'un autre côté…

— *Soit on fixe des limites sur nos plates-bandes maintenant,* lui dis-je, *soit on attend qu'ils attaquent. Je préfère mon option.*

Et je n'avais pas l'intention de faire courir à Ethan le risque d'une attaque surprise. Ni de subir les foudres de Luc, le Capitaine de sa Garde, si Ethan était blessé par un métamorphe au cours d'un voyage avec moi.

Soit parce qu'il rechignait à mener ses propres batailles, soit parce qu'il ne me pensait digne que d'un sous-fifre,

Rowan fit un geste en direction du métamorphe mince à l'air vicieux.

— Niall, appela-t-il.

Niall sourit, et s'avança à grandes enjambées.

— Ton arme de prédilection ? lui demandai-je.

Le métamorphe ricana.

— Utilise le jouet que tu veux.

Oui, c'était un métamorphe, avec plus de magie que je ne pourrais en accumuler en une éternité. Et oui, même s'il était mince, il pesait au moins vingt kilos de plus que moi. Mais il était aussi arrogant. J'étais bien entraînée, et j'étais censée être en train de me détendre avec un burger au bison et un livre ; ça me mettait en rogne de me retrouver là à la place.

Alors que les métamorphes se déplaçaient pour nous laisser de l'espace, je songeai avec un temps de retard que je n'étais pas franchement habillée pour me battre, avec mon cache-cœur et mes ballerines. Mais il était trop tard pour me préoccuper de ça.

Les bras musclés sous son tee-shirt à manches courtes, Niall se mit à me tourner autour d'un pas agile, tout en secouant la tête pour empêcher ses cheveux hirsutes de lui tomber devant les yeux.

— Viens donc, alors, dit-il en me faisant signe de me rapprocher. Montre-moi comment tu te sers de cette belle grosse épée.

— À ta guise, répondis-je sur un ton mielleux, et j'optai pour la rapidité et la simplicité.

Je le touchai du premier coup, et du sang coula le long de son bras. Une odeur épicée et poivrée se répandit dans l'air. Je regrettai de ne pas avoir mangé dans l'avion, car cette odeur – et la promesse de la magie qu'elle portait – me montait presque à la tête.

Niall hurla, plus parce qu'il était offensé que parce qu'il avait mal, et se jeta sur moi. Je me servis de la tranche de mon katana pour bloquer un coup de poing dirigé vers mon visage. Mais il était fort, et je faillis tomber à genoux alors que je m'efforçais de le tenir en respect.

Je relâchai mon souffle, et rassemblai mes forces pour pousser le katana contre lui et faire levier afin d'inverser nos positions. Et quand il décida de tourner sur lui-même – en trahissant cette intention –, je me servis de l'épée comme d'une cale, sautai par-dessus son bras, atterris et me retournai juste à temps pour bloquer son coup de pied. Il y avait néanmoins mis une telle force que j'en fus ébranlée comme par une explosion.

Mais ce n'était pas un peu de douleur qui allait m'arrêter. Je lui décochai deux coups de pied d'affilée au côté, ce qui le fit reculer en chancelant, les dents serrées. Il revint à la charge en me balançant un coup de coude, que je m'empressai d'éviter en me baissant. Je fis décrire au katana un arc horizontal et lui lacérai l'abdomen jusqu'au sang.

Il hurla à gorge déployée, les yeux noyés de fureur et de douleur, et soudain, l'odeur intense du sang s'éleva de nouveau dans l'air. Niall tendit le bras avant que j'aie eu le temps de réagir, et le dos de sa main toucha ma pommette. Le coup m'envoya valser en arrière, et je m'écrasai au sol à deux mètres de là dans un bruit sourd, si violemment que j'en eus le souffle coupé. La panique me comprima la poitrine tandis que je luttais pour inspirer.

—*Sentinelle.*

Il y avait de la peur dans la voix d'Ethan.

—*Je vais bien*, le rassurai-je, heureuse de ne pas avoir besoin d'utiliser mon précieux souffle pour ça. *Reste avec Nessa.*

Je respirais plus librement, mais la douleur combla le vide que la panique avait laissé en s'évanouissant. Ma joue m'élançait au point de noyer tous les autres sentiments et sensations… À l'exception d'une glorieuse bouffée de fureur. Je fis un salto arrière, me réceptionnai à pieds joints avec la douleur qui pulsait à chaque battement de cœur, et épinglai Niall du regard.

Il voulait la bagarre ? Très bien. Il allait l'avoir, et cette fois, je ne retiendrais pas mes coups. Ravalant la douleur, je lançai le katana dans les airs d'un coup de pied, puis le rattrapai alors qu'il retombait. Sans laisser à Niall le temps réagir, je tranchai en diagonale à deux reprises, le forçant à reculer tandis qu'il esquivait les coups. Il trébucha sur les graviers. J'abattis de nouveau mon épée et lui entaillai le haut du bras. Du sang affleura et l'odeur imprégna l'air.

Trois coups, songeai-je, *et tu es hors jeu.*

Il me dévisagea alors que le sang de son bras blessé s'écoulait au sol goutte à goutte. Et dans ses yeux, il y avait l'énergie et la puissance des métamorphes, leur connexion métaphysique aux terres qu'ils parcouraient librement. Des pics déchiquetés. Des ruisseaux tumultueux. Des forêts denses qui sentaient la terre et la résine. Les métamorphes appartenaient à un monde dont nous étions exclus, et que nous ne pourrions jamais comprendre. Leur connexion à l'eau et au ciel était aussi fondamentale que le lever du soleil.

Et à l'image de la force de cette connexion, il y avait la certitude inébranlable de Niall que Nessa avait assassiné son mari.

Le son strident d'une sirène rompit le charme entre nous. C'était une voiture qui venait de la direction de l'aéroport. Niall frotta de la main une coupure sur son bras, puis il étala le sang sur son tee-shirt comme un badge d'honneur, ou une marque de victoire.

— On lève le camp, décréta Rowan, et les McKenzie se dépêchèrent de se diriger vers le camion garé à côté du véhicule d'Ethan.

C'était un mastodonte blanc, avec une cabine agrandie et des roues énormes.

C'était la première fois que je remarquais ce camion. Et ça ne flattait pas mes sensibilités de vampire, mais c'était aussi la première fois que je me rendais compte qu'il y avait quelqu'un d'autre qui avait suivi toute la scène. Une jeune femme, de dix-neuf ou vingt ans peut-être, assise sur le siège passager à l'avant du camion, un bras en travers de la vitre baissée. Elle avait le visage fin, et les mêmes cheveux épais aux multiples nuances de blond. Les métamorphes étant un groupe relativement patriarcal, ce n'était pas surprenant que les hommes se soient battus pendant qu'elle regardait depuis la voiture. Mais elle avait l'air aussi féroce et en colère que les autres.

— Cormac, lança Rowan, attirant mon attention sur un des métamorphes, qui était resté en retrait.

De la magie se mit à vibrer et pulser quand Cormac tira un pistolet de l'arrière de son jean.

Sans réfléchir, je réagis en courant jusqu'au perron pour m'assurer qu'Ethan et Nessa n'étaient pas dans sa ligne de mire. Ce ne fut pas sur moi qu'il tira, mais sur notre moyen de fuite. Quatre « pop » retentirent lorsqu'il creva les pneus de l'Orangexplosion, et de l'air s'échappa des trous en sifflant furieusement quand ils se dégonflèrent.

— Au cas où vous décideriez de partir avant qu'on en ait terminé avec vous, déclara Rowan.

Ils grimpèrent dans le camion et prirent la route à pleine vitesse dans la direction opposée.

— *Est-ce que tu vas bien ?* demanda Ethan.

Je lui jetai un coup d'œil.

— *Ça va.*

Rassuré, il hocha la tête.

— *Tu n'es pas vraiment douée pour te faire de nouveaux amis.*

— *Il n'y avait aucune chance pour qu'ils soient amis avec des vampires comme nous.*

— *Et pourtant, quelque chose est passé entre vous*, dit Ethan. *De la magie métamorphe ?*

— *Ouais. Un rappel de qui et de ce qu'ils sont. Et en ce qui concerne Niall, la certitude absolue que Nessa a tué son mari. Il est convaincu d'avoir raison.*

— *As-tu déjà rencontré un métamorphe qui ne l'était pas ?* fit remarquer Ethan.

— C'est contre ça que l'on se bat, dit Nessa avec lassitude. La haine.

— C'est ce qu'on voit, confirma Ethan en me rendant mon fourreau.

— Qui était la femme dans le camion ?

— Darla. C'est la sœur de Niall.

Alors que je hochai la tête, une voiture de patrouille blanche avec une bande bleue et jaune sur la portière s'engagea dans l'allée. Un homme vêtu d'un uniforme taupe en sortit, et observa le nuage de poussière qui flottait dans l'air. Je devinai que c'était Tom McKenzie, le shérif. Malgré le nom de famille qu'il partageait avec les métamorphes, il était clairement humain. Je me surpris à en éprouver de la reconnaissance, même si j'étais déconcertée.

Il s'avança vers nous, les mains sur le ceinturon qu'il avait à la taille. Je ne savais pas trop si c'était une posture qu'il prenait par habitude, ou bien si c'était pour que les gens n'oublient pas l'autorité qu'il exerçait.

— C'était Rowan ? demanda-t-il en indiquant la route d'un geste.

Nessa hocha la tête.

— Tout le monde va bien, ici ? (Il scruta mon visage du regard, s'attardant sur la partie que je sentais enflée.) J'ai entendu les coups de feu.

— C'est surtout la voiture qui en a pâti, dit Ethan. Il y a eu une bagarre, mais ils sont partis quand ils ont entendu la sirène. Je suis Ethan Sullivan de la Maison Cadogan. Ma Sentinelle, Merit. Vous êtes le shérif McKenzie ?

— C'est bien moi. (Il nous examina de la tête aux pieds, puis reporta le regard sur Nessa, impassible mais vigilant.) Tu as disparu.

— Je me suis mise à marcher, et je me suis retrouvée ici. J'ai appelé Vincent. Il allait te dire où j'étais.

— Il l'a fait, et je t'ai trouvée. Il faut qu'on parle.

Nessa hocha la tête, et parut soudain épuisée à ce rappel de la perte de son mari.

— Allons à l'intérieur, et je te dirai ce qui s'est passé.

Chapitre 3

— J'étais en ville, commença Nessa, assise au bord du canapé en cuir épais, les pieds pressés l'un contre l'autre au sol tandis qu'elle se tordait les mains entre les genoux. Je suis allée au marché.

— Dunleavy ? demanda Tom.

Il se tenait près de la cheminée, un bras appuyé sur le manteau mais le regard fixé sur Nessa.

Celle-ci hocha la tête.

— Taran voulait du steak, et nous n'avions rien à la maison. J'ai acheté ce dont nous avions besoin, je suis rentrée, j'ai rangé les courses. Je l'ai appelé, mais il n'a pas répondu. J'ai pensé qu'il était absorbé par un projet.

— Un projet ? demanda Ethan.

— Il est professeur. Était, rectifia-t-elle. (Elle ferma les yeux, et des larmes lui échappèrent.) Il était professeur à l'Eastern Colorado Tech. Il enseignait l'Histoire, donnait des cours du soir et étudiait l'exploration dans l'Ouest… La cartographie, l'histoire naturelle, les sociétés amérindiennes. Il travaillait sur un livre.

Elle se racla la gorge.

— Je me suis dit qu'il ne m'avait pas entendue, et je suis donc allée dans le salon. C'est là que je l'ai trouvé. L'espace d'un instant, j'ai pensé (elle leva la tête vers Tom), avant de voir le sang… J'ai pensé qu'il avait trébuché, qu'il était juste tombé et qu'il allait se relever, mais non. Mais non.

Elle pressa les doigts sur ses yeux.

— L'as-tu touché ? demanda Tom.

— Je l'ai secoué, je crois. Je lui ai dit de se réveiller. « Réveille-toi, Taran ! » Mais il était parti. C'était évident. Son corps… (Elle nous regarda.) Les métamorphes sont chauds. Si chauds. Mais il était froid. Froid comme nous.

— Comment est-il mort ? demanda Ethan à voix basse, en reportant le regard sur Tom.

— Le médecin légiste continue de l'examiner, mais ça ressemble à un traumatisme crânien, dit Tom. Il a reçu un coup sur la tête. Nous n'avons pas encore retrouvé l'arme.

— Et la maison ? demandai-je. A-t-on déplacé ou pris quelque chose ?

À cette question, Tom haussa les sourcils, surpris.

— Nous aidons parfois la police départementale de Chicago et l'Agence de médiation dans leurs enquêtes, expliquai-je.

— Le Médiateur est son grand-père, ajouta Ethan.

Cela parut impressionner le shérif.

— Vous m'en direz tant. On parle beaucoup de son Agence dans la police, vu qu'on apprend à gérer les problèmes surnaturels. Et pour répondre à votre question, non. Nous n'avons pas remarqué de dérangement… Ou du moins, rien qui saute aux yeux. (Il regarda Nessa.) Quand on aura terminé, ce serait bien que tu ailles voir s'il y a quelque chose qui manque.

Nessa acquiesça.

— Je ne vois pas ce qu'on pourrait bien vouloir nous prendre. Rien qui justifierait de tuer, en tout cas.

Tom hocha la tête.

— Réfléchis. As-tu remarqué quoi que ce soit d'inhabituel dernièrement? Des problèmes avec Taran en cours ou à la maison?

Elle secoua la tête.

— Non. Rien. Cet hiver a été très calme. Nous l'avons apprécié.

— L'hiver a été calme? demanda Ethan.

— La querelle, précisa Nessa. Comme je le disais, je pensais que c'était fini. Il n'y a pas eu d'incident ni d'attaque depuis plus d'un an.

— Plutôt deux, je pense, dit Tom, et Nessa confirma.

— Et avant ça, quelle était la fréquence des conflits? demanda Ethan.

Tom poussa un profond soupir, et se gratta la tempe.

— Ça dépend à quoi ils réagissent. Les deux camps aiment autant la confrontation l'un que l'autre. Mais ils s'y prennent différemment. Les McKenzie sont plus directs… Les vampires plus subtils. (Au ton de sa voix, il était clair qu'il ne considérait pas ça comme un compliment.) Il pouvait se passer des jours entiers entre les attaques. Des semaines. Des mois. Ils sont souvent à cran, et ils prennent les affronts très personnellement.

— Vous êtes un McKenzie, non? dit Ethan.

Tom eut un léger sourire.

— Par affiliation. J'ai été adopté au sein de la famille et j'ai grandi avec cette génération, mais à l'extérieur.

— Ça ne les a pas dérangés d'amener un humain dans la famille? demandai-je.

— Les humains ne sont pas des vampires, résuma Tom, et encore moins des Marchand.

— Contrairement à moi, chuchota Nessa.

— Parle-moi du dernier incident, dit Ethan.

Nessa hocha la tête.

— C'était en octobre ou novembre, pas l'année dernière mais celle d'avant. À notre réveil, nous avons trouvé la porte peinte avec du sang.

Ethan fronça les sourcils, et les regarda tour à tour.

— Je ne connais pas ce symbolisme. Est-ce que ça signifie quelque chose ici ?

— C'était une insulte faite à Taran, expliqua-t-elle. Une façon de l'accuser d'avoir été souillé, d'avoir renoncé à sa vraie nature pour moi. Mais Taran a parlé à Rowan, et il n'y a rien eu depuis.

— Parce que c'était Rowan le responsable ? demandai-je.

— On ne sait pas, avoua Nessa.

— Sans doute parce que Rowan est le chef de la famille, dans les faits, dit Tom.

— Il n'est pas très âgé pour être chef, observa Ethan.

— En effet, acquiesça Tom. C'est la nature d'une guerre intestine. La vieille garde est éliminée, ce qui laisse les enfants responsables, si on peut appeler ça comme ça.

— Vous êtes le shérif, dit Ethan sur un ton de reproche qui n'avait rien de subtil. C'est votre travail de maintenir la paix, non ?

Tom durcit le regard.

— J'ignore comment cela fonctionne à Chicago, monsieur Sullivan, mais je suis le seul humain à cheval entre ces deux communautés surnaturelles qui sont en guerre depuis plus de cent ans. Si la paix était si facile à obtenir, le monde au sens large serait un endroit très différent. Les surnats se moquent de la prison, et les politiciens qui siègent au conseil du comté à des kilomètres d'ici se moquent des disputes entre les espèces qui, comme ils me l'ont déjà dit, « régulent les troupeaux ».

— Autrement dit, il n'y a pas eu de morts humaines, conclut Ethan, et ça n'intéresse donc pas les humains d'aider à résoudre le problème.

Tom hocha la tête.

— C'est exact.

Je comprenais les concepts de ressentiment et de vengeance. Mais tout ça semblait tellement vain.

— Pourquoi ne partent-ils pas, tout simplement ?

Tom me jeta un coup d'œil.

— Parce qu'ils sont butés. Parce qu'ils ont un lien avec la terre. Parce qu'ils ont élevé des familles ici et qu'ils savent que le monde est en train de rétrécir, en partie à cause de ce qui s'est passé à Chicago.

Il y avait une pique dans cette référence au fait que Chicago, par le biais d'une autre Maison, avait été le premier endroit où des surnaturels – des vampires – avaient révélé leur existence.

— Les deux camps s'affrontent donc ici, sans entraves ou presque.

— Du moins, jusqu'à ce qu'on s'entretue, dit Nessa.

— Quelle sinistre pensée, commenta Ethan, et il y avait une tension dans sa voix que Nessa perçut.

Elle leva la tête vers lui.

— Je suis vraiment désolée, dit-elle. Il s'était passé tellement de temps depuis la dernière attaque. Après la discussion que Taran a eue avec Rowan, je pensais qu'on en avait enfin terminé, qu'on allait enfin de l'avant. Qu'il y aurait la paix ici pour nous tous, et qu'on pourrait s'occuper de vivre. Mais on dirait que la violence et la haine sont inévitables. Je suis vraiment désolée de vous avoir mêlés à ça. (Alors que le poids du chagrin pesait sur ses épaules, elle regarda de nouveau ses mains.) Je suis vraiment désolée.

Ethan posa une main sur celle de Nessa.

— Nous sommes ici, maintenant, et nous ferons notre possible.

— Revenons-en à Taran, dit Tom. Est-ce que toi ou Taran avez reçu des visites inhabituelles ? S'est-il passé quoi que ce soit qui sorte de l'ordinaire ?

Nessa secoua la tête.

— Rien, en ce qui me concerne. Ainsi que je l'ai dit, il était absorbé par son travail, comme d'habitude. S'il avait des ennuis ou le moindre problème, il ne m'en a pas parlé.

— Et sa famille ?

— Je ne leur parlais pas, déclara-t-elle. Mais ils étaient encore proches, eux et lui. Comme Taran était l'archiviste officieux de la famille, ils discutaient de l'histoire de ses membres, de la vallée. (Elle poussa un profond soupir, et leva la tête vers Tom.) Que va-t-il se passer, maintenant ?

Le shérif ne la ménagea pas.

— Taran va être déplacé à la morgue du comté et autopsié. On est en train de prendre des photos de la maison. Quand ce sera fait, on la libérera et tu pourras rentrer chez toi. Ou, si tu préfères, tu peux aller chez les Marchand. Vincent a précisé qu'il veut te voir, toi et ces vampires. À vrai dire, ils attendent probablement que je m'en aille. Pour ça, pas de problème… Il y a encore fort à faire cette nuit.

Tom s'écarta de la cheminée, rajusta son ceinturon et lança un regard à Nessa.

— Il faut que tu restes joignable.

— Entendu.

— Il ne peut pas y avoir de représailles, dit-il en nous regardant tous. Nous avons eu la paix pendant si longtemps. Nous devons faire en sorte que ça ne change pas.

Nessa acquiesça.

— Je le dirai à Vincent. Je pense qu'il veut la paix, vraiment.

Tom n'avait pas l'air totalement convaincu à ce sujet, mais il hocha la tête et se dirigea vers la porte.

Par la fenêtre de devant, je regardai Tom monter dans la voiture de patrouille et partir dans la direction que les McKenzie avaient prise plus tôt. Je supposai que ça allait être leur tour d'être interrogés.

Les métamorphes étaient partis, mais la parade des surnaturels continua.

— Ils sont là, annonça Nessa depuis le salon quelques instants plus tard.

Je m'apprêtai à protester ; je me tenais devant la fenêtre, et j'aurais su si nous avions des visiteurs.

Je jetai un nouveau coup d'œil pour m'en assurer, et les trouvai campés sur le perron.

Trois vampires, deux hommes et une femme, qui portaient tous de simples vêtements en lin tissé à la main. Celui qui se tenait devant, et qui avait l'apparence d'un homme d'une quarantaine d'années, avait des cheveux aux épaules, raides et noirs comme du charbon, et dont l'implantation en V surmontait son visage étroit. Grand et mince, il avait les mains derrière le dos. Il arborait un air de patience absolue, comme s'il savait que nous étions en train de l'observer et qu'il nous permettait de le faire.

Nessa se précipita vers la porte et l'ouvrit d'un geste vif.

— Vincent ! s'exclama-t-elle avec un soulagement audible, en se laissant tomber dans les bras de l'homme aux cheveux sombres. Dieu merci, Vincent.

Le vampire lui caressa les cheveux d'une main.

— Je suis vraiment désolé pour ton mari, Nessa. Vraiment désolé. Taran était un homme bien. (Il s'écarta pour l'examiner.) Est-ce que tu vas bien ? Tu n'as pas été blessée ?

Nessa secoua la tête, et s'essuya les yeux.

— Ça va.

— J'en suis très heureux.

La profonde affection dans le regard de Vincent était flagrante, mais Nessa ne semblait pas y prêter attention.

Elle salua les deux autres vampires, et nous nous écartâmes afin qu'elle puisse les faire entrer dans la maison.

— Vincent, Astrid, Cyril, dit-elle en les désignant tour à tour.

Cyril avait des cheveux courts, si pâles qu'ils étaient presque translucides, et des yeux bleus larmoyants qui ressortaient contre sa peau tout aussi pâle. Astrid était grande, avec la peau foncée, des yeux qui l'étaient également, et des cheveux coupés ras.

— Voici Ethan Sullivan, Maître de la Maison Cadogan et membre de l'Assemblée, et sa Sentinelle, Merit.

Les vampires se laissèrent aussitôt et brusquement tomber à genoux.

— Sire, dirent-ils en chœur à Ethan, solennels.

Les McKenzie ne faisaient peut-être pas grand cas de l'autorité de la Meute, mais ces vampires étaient prêts à accepter Ethan comme leur chef. Ils avaient apparemment entendu parler du Test.

Ethan semblait à la fois pris de court et un peu dubitatif. Mais lorsqu'il prit la parole, ce fut d'une voix parfaitement distinguée.

— Je vous en prie, relevez-vous.

Les vampires se remirent debout, et Vincent s'avança.

— Je suis désolé que vous soyez venus ici pour vous reposer, et que vous vous retrouviez pris dans notre conflit.

— Vincent est le fondateur du Clan Marchand, dit Nessa.

Vincent hocha la tête, et indiqua le salon d'un geste.

— Peut-être pourrait-on s'asseoir ?

— Bien sûr, répondit Nessa, chagrine, comme si elle avait manqué d'une façon ou d'une autre à l'étiquette du Clan.

Nous la suivîmes dans le salon et prîmes place, Ethan et moi sur un canapé, Nessa et Vincent sur l'autre, Cyril par terre aux pieds de Vincent. Je ne savais pas trop s'il s'agissait d'une place d'honneur – aux pieds du maître du Clan – ou s'il se prosternait.

— Je vais préparer le sang, dit Astrid, et au signe de tête approbateur de Nessa, elle disparut dans la cuisine.

— Y a-t-il du nouveau ? demanda Vincent, dont le regard s'attardait sur Nessa.

Elle secoua la tête.

— Ils emmènent Taran à la morgue pour une autopsie. Ils ont presque fini à la maison, mais… (Elle regarda Vincent.) Je ne veux pas retourner là-bas. Pas maintenant.

Vincent sourit, et lui tapota la main.

— Tu vas rentrer avec nous.

— Je ne veux pas m'imposer…, commença-t-elle, mais il l'interrompit d'un hochement de tête.

— Ne dis pas de bêtises. C'est ta maison. Ou l'une d'elles, en tout cas.

Nessa acquiesça, les yeux pleins de larmes, et elle laissa Vincent la prendre de nouveau dans ses bras. Elle se blottit contre lui et pleura sans bruit.

— Vous avez une maison ? s'enquit Ethan.

Vincent lui adressa un bref sourire.

— Pas de l'ampleur d'une Maison officielle, souligna-t-il. Ça n'a rien à voir avec votre Cadogan. Mais elle nous appartient, et c'est notre chez-nous.

Astrid revint dans la pièce avec six verres de sang sur un plateau. Elle se dirigea d'abord vers Ethan, et s'inclina pour mettre le plateau à sa portée.

— Sire.

Ethan prit un verre, et jeta un coup d'œil à Vincent.

— C'est l'accueil traditionnel de notre Clan, dit-il en faisant signe à Ethan de boire.

Je voyais qu'Ethan hésitait à boire quelque chose qui avait été préparé sur l'ordre de cet homme dont il ne savait pas vraiment s'il était un ami ou un ennemi… Mais il savait se montrer diplomate, et but une gorgée avant de lever son verre.

— Merci.

— Merci à toi, répondit Vincent. Et bienvenue. Ce n'est pas souvent que nous avons des Maîtres parmi nous.

Il prit le verre qu'Astrid lui présenta ensuite, puis les autres verres furent distribués au reste d'entre nous.

Je bus une petite gorgée et décelai de la cannelle, du clou de girofle. Le genre de sang qu'un vampire pouvait boire chaud lors d'une longue et froide nuit d'hiver dans les montagnes. Étrange, mais réconfortant.

Ethan vida son verre et le reposa.

— Très bon, commenta-t-il. Parlez-nous de la querelle.

— Permettez-moi de partir du début, dit Vincent. Le début du Clan. Je suis né à Vienne, en France. J'ai été transformé à Savannah en 1779.

— Pendant la Révolution américaine, notai-je, et Vincent hocha la tête.

— J'ai vécu à Savannah de nombreuses années. Avec le temps, j'ai migré vers Atlanta. C'est là que j'ai rencontré Christophe. Il était venu aux États-Unis après avoir perdu sa famille en Europe, et était devenu un vampire à l'occasion d'une rencontre très violente. Il était à la recherche d'autre chose, de quelque chose de nouveau. J'étais dans le même état d'esprit. Trois des Maisons américaines étaient déjà en place à l'époque, mais je ne me sentais à l'aise dans aucune d'entre elles.

Cadogan était la quatrième Maison, établie en 1883. Il n'avait donc pas encore eu l'occasion d'être impressionné par nous.

— Nous avons rencontré un troisième vampire, Bernard. Quand Atlanta est tombée, nous avons décidé de voyager vers l'Ouest, en quête d'un nouveau départ.

— Et vous vous êtes installés ici, dans la vallée, dit Ethan.

Vincent hocha la tête, puis reporta le regard vers les fenêtres derrière nous et la vallée au-delà.

— Nous avons fait des escales en cours de route, un été par-ci, un hiver par-là. Mais quand nous avons atteint cette si belle vallée, nous avons su que nous avions trouvé notre chez-nous. Il n'y avait pas de gens. Voyager en hiver, c'est difficile, expliqua-t-il. Il y a un col étroit qui traverse les montagnes, et qui est traître même dans les meilleures conditions météorologiques. Nous avons vécu ici, dans la paix et la quiétude, pendant de nombreuses années.

Il n'avait pas encore mentionné les métamorphes qui résidaient vraisemblablement là aussi à l'époque, mais je décidai de le laisser raconter son histoire à son propre rythme.

— Au fil du temps, nous avons hébergé un voyageur ou deux, et la nouvelle s'est répandue. Des vampires qui cherchaient comme nous quelque chose de différent, une forme de solidarité différente, sont venus ici. Ils étaient en quête de liberté plutôt que d'allégeance, ajouta-t-il en jetant un regard à Ethan.

Je supposai que cette pique tout sauf subtile était une allusion à l'allégeance que les Novices Cadogan étaient censés prêter à la Maison.

— Ils nous ont rejoints, et ont pris notre nom en tant que membres du Clan Marchand. C'est ainsi que nous avons grandi.

— À ce que nous avons compris, il n'y a pas d'humains ici, fit remarquer Ethan. À part le shérif McKenzie, du moins. Vous buviez le sang des autres membres ?

— Jusqu'à ce que le sang en poches soit commercialisé, dit Vincent. Nous sommes alors passés à ça. Nous achetions des stocks entiers et les gardions pour l'hiver. Quand la saison était longue, nous complétions avec du sang de vampire.

— Et les métamorphes ? demanda Ethan.

— Ils étaient là quand nous sommes arrivés. Ils vivaient de façon primitive.

Il fit une moue de dégoût à ce terme. À en juger d'après sa tenue, Vincent préférait un mode de vie simple. Mais je supposai qu'il y avait des limites, même pour lui.

— Primitive ?

— Ce sont des pumas, dit-il avec un dédain manifeste. Ils n'avaient pas de domiciles fixes, en tout cas pas d'un genre que les humains ou les vampires reconnaîtraient. Nous n'avions aucun problème avec eux au début. Plus tard, nous avons appris qu'ils désapprouvaient notre colonie et notre croissance en tant que communauté.

— Comment l'exprimaient-ils ? demanda Ethan.

— Ils tuaient du bétail. Détruisaient des clôtures. Arrachaient les volets de nos maisons pour laisser entrer la lumière pendant que nous dormions.

— Et c'est ça qui a été à l'origine de la querelle ? demandai-je.

— L'amour, répondit-il. Fiona McKenzie et Christophe Marchand, l'un de mes compagnons. Elle, une métamorphe. Lui, un vampire. Ils se sont rencontrés la première fois en 1891 sous leurs « formes humaines », si l'on peut dire. Et ils sont tombés amoureux, allant à l'encontre des souhaits de leurs familles respectives.

— Vous désapprouviez ? demandai-je.

— Je n'étais pas à l'aise avec leur relation, mais je ne l'ai pas formellement désapprouvée. Bernard était bien plus conservateur que moi. Il a vigoureusement exprimé son désaccord. Il a dit à Christophe qu'il serait banni du Clan s'il allait plus loin. Le Clan est une démocratie, et Bernard a remporté le vote.

C'était une façon vraiment trop facile de justifier leurs actions.

— Christophe a donc été banni. Vous savez peut-être qu'il y a beaucoup de « villes fantômes » dans cette partie du pays. Les villages étaient établis pour l'exploitation minière et pour les chemins de fer, et ils étaient abandonnés quand les filons étaient à sec ou ne se matérialisaient pas. Beaucoup étaient optimistes, à cette époque-là. Fiona et Christophe ont trouvé un endroit de ce genre, non loin d'Elk Valley. Quatre bâtiments, abandonnés depuis quelques années seulement. Ils l'ont appelé High Creek et s'y sont installés.

Le regard de Vincent s'assombrit.

— Pour autant que je sache, ils étaient heureux, même si ni le Clan ni la famille ne sont revenus sur leur décision. Leur porte a été ensanglantée.

— Comme ils l'ont fait pour nous, intervint Nessa, en adressant un regard à Ethan.

Il hocha la tête.

— Et il est arrivé quelque chose à ce couple ?

— Une nuit, Christophe s'est réveillé et s'est aperçu que Fiona avait disparu, ainsi que certaines de ses possessions et une broche que Christophe avait ramenée de l'autre bout de l'océan. Une colombe entourée de feuilles de laurier, tout en pierres précieuses. Il avait eu l'intention de la donner à Fiona, mais on ne retrouva jamais sa trace. Certains la soupçonnèrent d'avoir été une taupe des McKenzie depuis le début et de n'avoir jamais voulu que la broche, en guise de paiement pour notre présence dans la vallée. D'autres émirent l'hypothèse que Christophe avait été violent, qu'elle avait cherché à s'enfuir et avait pris la broche pour financer ses trajets.

— Et d'autres encore croient qu'elle n'a jamais quitté la vallée, ajouta Nessa tout bas, et l'air dans la pièce parut se refroidir. Qu'elle a été tuée – par Christophe, par un autre McKenzie, par un autre Marchand – et qu'on ne l'a jamais retrouvée.

— Christophe était fou de chagrin. Il a soutenu qu'il ne lui aurait jamais fait de mal, et qu'elle ne serait pas partie de son plein gré. (Vincent déglutit.) Il l'a cherchée pendant trois semaines d'affilée, et il a fallu l'obliger à rentrer à deux reprises, parce qu'il pensait être à deux doigts de la trouver. Il était convaincu qu'elle était là, dehors, qu'elle l'attendait. Mais il ne l'a jamais trouvée. Une nuit, vingt-deux jours après la disparition de Fiona, il s'est exposé au soleil.

Ce que Vincent voulait dire, c'est qu'il s'était tué. Que le chagrin causé par la perte de son amante l'avait poussé à se changer en cendres.

— Y a-t-il eu des représailles, depuis ? demanda Ethan.

— Il y en a eu trop pour les compter au cours des décennies qui ont suivi. Bernard a accusé les McKenzie d'être responsables de la mort de Christophe. Il a défié le père de Fiona, et ils sont morts tous les deux lors du combat qui s'est ensuivi. Il y a eu onze morts depuis. Une vingtaine d'attaques, et une centaine d'actes mineurs.

Vincent se racla la gorge.

— Compte tenu des événements, et ce dans quoi vous êtes tombés ici, je suis sûr que vous aimeriez retourner à Chicago.

Vincent avait dit ça sur un ton détaché, mais il y avait du feu derrière ces mots. Parce qu'il voulait Nessa pour lui, ou parce qu'il ne voulait pas qu'on mette le nez dans la cause du décès de son mari ? Quoi qu'il en soit, Ethan ne l'entendait pas de cette oreille.

— Nessa a demandé que nous l'aidions, affirma posément Ethan. Étant des amis, nous avons accepté.

Vincent ne répondit pas, du moins pas à voix haute, mais il reporta le regard sur Nessa, qui hocha la tête.

— Son aide et son point de vue me seraient précieux. Peut-être pourrait-il nous aider à clore cet affreux chapitre.

— Ce n'est pas aux Marchand d'amener la paix, dit Vincent alors qu'un frémissement de colère lui empourprait les joues. Nous n'avons pas déclenché ce conflit.

Ethan croisa les jambes, un mouvement anodin en apparence mais qui signalait sa frustration et la montée de sa propre colère.

— Vous avez démarré le Clan à trois… Toi, Christophe et Bernard. Tu maintiens que la première offense a été le fait d'un métamorphe à l'encontre d'un vampire. Ce qui signifie que toi ou les tiens ont riposté. Tu es désormais le seul fondateur encore vivant, et pourtant la querelle se poursuit.

— Bernard et Christophe ont été les victimes d'une guerre. Je ne me bats pas, mais je ne peux pas contrôler ceux qui le font. Nous sommes une démocratie, dit-il, se servant de ce mot comme d'un bouclier pour sa propre inaction.

— Et toute démocratie a ses sauveurs et ses démagogues.

— M'accuses-tu de quelque chose ?

— C'est ton Clan, dit Ethan. Je suspecte que c'est en ton pouvoir de mettre fin à cette guerre, et d'inciter plutôt à la paix. As-tu découragé les hostilités ? Les contre-attaques ?

— Ethan, assena Nessa sur un ton réprobateur.

Mais ça ne parut pas avoir d'effet sur Ethan. Et ça n'apaisa pas Vincent.

— Je n'ai que faire de tes insinuations, lâcha-t-il en se levant soudain, et l'air s'emplit de magie furibonde. L'aube approche, et nous allons prendre congé.

— Vincent, dit Nessa, mais il secoua la tête.

— Je ne crois pas que sa présence soit nécessaire. Mais si tu tiens à ce qu'il reste, nous enverrons des camarades humains veiller à ta sécurité pendant la journée.

Ethan haussa les sourcils.

— Nous nous sommes engagés, et nous apprécions cette offre. Mais comme nous l'avons souligné, nous pensions que le shérif McKenzie était le seul humain de la vallée.

— Il y a des humains d'autres villes qui aspirent à devenir membres du Clan, expliqua Vincent. Ceux qui souhaitent nous rejoindre doivent prouver leur dévouement en se mettant à notre service pendant un temps. Notamment en tant que gardes.

— Je vois, dit Ethan sur un ton impassible.

Il n'exprima pas ses inquiétudes, ni psychiquement ni par un autre biais, mais elles n'étaient pas difficiles à deviner : là, dans une vallée du Colorado, un homme était en train de bâtir son propre royaume.

Vincent tendit une main à Nessa, qui glissa les doigts entre les siens.

— Merci, dit-elle à Ethan en lui tendant son autre main, et en les connectant à travers elle l'espace d'un instant. On se reparle au crépuscule.

Ethan hocha la tête.

— Tom voulait que tu inspectes la maison pour voir s'il manque quelque chose. On peut y aller avec toi.

Nessa acquiesça et le groupe se dirigea vers la porte, Vincent et Nessa en tête, suivis d'Astrid et Cyril qui n'avaient pas dit un mot.

Quand ils atteignirent la porte, Vincent jeta un coup d'œil en arrière.

— Soyez prudents. Il y en a beaucoup ici qui ne sont pas ce qu'ils semblent être.

Sur cette dernière réflexion, Vincent Marchand et le reste de sa bande disparurent dans les ténèbres.

— Qu'en penses-tu, Sentinelle ? demanda Ethan, une fois que la porte se fut refermée sur le Clan et qu'il l'eut verrouillée.

— Il est réservé, manipulateur. Il a recouru aux flatteries quand il pensait que ça marcherait, puis il a opté pour une stratégie plus agressive. Mais dans les deux cas, c'est exagéré. Soit il se préoccupe beaucoup du bien-être de ses vampires, soit il est très doué pour faire comme si c'était le cas.

Ethan haussa un sourcil.

— Tes capacités d'analyse deviennent d'une précision presque troublante.

— Une Sentinelle entend tout et voit tout. Et là, ce que je vois et entends ressemble beaucoup à une secte.

Ethan hocha la tête.

— Le leader d'une secte, s'il est dangereux. Un gourou, peut-être, s'il ne l'est pas. Une personnalité forte avec des opinions qui le sont tout autant, et autour de laquelle gravitent des vampires, dans son cas. Nessa était à la recherche de plus que ça, du moins à l'époque où je la connaissais mieux. Elle aimait voyager, les gens, les nouvelles expériences. Mais au fond, elle semblait insatisfaite. Je suppose que sa quête l'a menée jusqu'ici.

— Et jusqu'à Vincent.

Il acquiesça.

— Et, contre la volonté de Vincent, jusqu'à Taran.

— Est-ce que tu penses qu'il aurait pu faire ça ? Tuer Taran afin qu'elle soit libre, afin de la récupérer ?

— Je ne sais pas. J'en ai connu beaucoup comme lui dans ma vie… Ceux qui usent de leur charisme pour subjuguer les autres, et ceux qui croient qu'ils ont des droits sur tous ceux qu'ils veulent.

Je le soupçonnais de penser à Balthasar, le vampire qui l'avait transformé, mais je ne voulais pas qu'il s'appesantisse là-dessus.

— J'imagine que les autres coupables potentiels sont Rowan et Nessa. Rowan pour se venger, Nessa pour… Va savoir quoi, mais il semblerait qu'elle ait été la dernière personne à le voir vivant. Et explique-moi ça,

Sullivan. (J'indiquai la pièce d'un geste.) Si Taran étudiait l'Histoire et donnait des cours du soir, d'où sortent-ils tout cet argent ? Que fait-elle, elle ?

— À ce que j'ai compris, sa famille humaine était fortunée il y a de nombreuses années. Elle les a quittés en devenant vampire, mais elle a quand même touché l'héritage quand ils sont morts.

— Et le reste, c'est le miracle des intérêts composés. (Je soupirai, et lui jetai un coup d'œil.) Que fait-on maintenant, alors ?

Il sourit.

— On appelle nos amis et on pose nos questions.

Ça, je pouvais faire.

— Occupe-toi de Gabriel. Je vais contacter le Bibliothécaire.

Ethan haussa les sourcils.

— Ah ?

— La querelle, dis-je. On dirait que les deux camps comptent les points depuis très longtemps. J'aimerais savoir qui était en tête, avant Taran McKenzie.

Ethan se fendit brièvement d'un grand sourire très satisfait.

— Bravo, ma belle. Trouve-nous les faits, Sentinelle. Quant à moi, je vais nous dénicher un métamorphe. Qui soit un allié, de préférence.

Comme dans le reste de la maison, la décoration de la chambre à coucher évoquait la nature. Il y avait une cheminée tout en pierres d'un côté de la chambre, avec en face un grand lit au bout duquel se trouvait un banc aux pieds en laiton. Un chandelier en bois de cerf entrelacés était suspendu au plafond voûté, et une rangée de fenêtres offraient une vue de la vallée au-delà. Je regrettai de ne pas pouvoir passer des soirées paisibles à en profiter.

Un paysage, une peinture à l'huile craquelée par le temps, était accroché dans un cadre doré au mur en face de la porte. Les verts et les bleus du ciel et de la vallée étaient illuminés par des rayons de soleil qui semblaient étinceler sur la toile. Tant de beauté, apparemment gaspillée pour des familles qui avaient plutôt soif de vengeance.

Après m'être douchée dans la salle de bains attenante – elle aussi énorme, avec une dominante de bois et de granit – et avoir mis un pyjama, je m'assis en tailleur sur le lit et appelai le Bibliothécaire.

J'avais été une étudiante diplômée en littérature anglaise avant de devenir une vampire, et j'avais longtemps regretté qu'Ethan m'ait nommée Sentinelle plutôt que directrice de la bibliothèque de la Maison, une merveille qui vendait du rêve sur deux étages. Mais il s'avérait que j'étais plutôt douée, comme Sentinelle, et la bibliothèque était déjà dotée d'un responsable très compétent, bien que grincheux.

— Marchand et McKenzie ? demanda-t-il tandis que j'entendais en fond sonore le bruissement des pages qu'il tournait.

— C'est bien eux. Respectivement des vampires et des métamorphes. Elk Valley, dans le Colorado.

— Je parcours l'index.

— De quoi ? *Le Grand Livre des querelles entre surnats ?*

— Non. On ne l'a pas, celui-là. La souscription pour les mises à jour est trop chère. En revanche, on a en stock *L'Annuaire des querelles notables d'Amérique du Nord.*

Vu qu'il semblait on ne peut plus sérieux – et c'était rare qu'il ne le soit pas –, je gardai pour moi la question que j'aurais voulu poser. À savoir : comment se faisait-il qu'il existe une industrie artisanale pour les annuaires des querelles surnaturelles ?

— Ça y est, j'ai trouvé. Fiona McKenzie et Christophe Marchand. Elle a disparu, et il… Oh. Bon sang, lâcha-t-il, sans doute parce qu'il était en train de lire la fin plutôt déprimante de Christophe.

— Ouais, dis-je. On pense que c'est Bernard Marchand qui a été tué ensuite. Il était l'un des fondateurs du Clan.

— Exact. Et il y en a eu d'autres. Beaucoup d'autres. Des arrestations, des disparitions, des vols.

Je songeai à l'objet disparu que Vincent avait mentionné.

— Est-ce que ça parle de la broche ?

Une pause, puis :

— Ça dit juste que les vampires croyaient que Fiona l'avait prise. Mais on n'a jamais retrouvé aucune trace de la broche, ni d'elle.

— Mince, où sont-elles passées, alors ? m'interrogeai-je à voix haute.

L'avait-on tuée pour ensuite voler la broche ? Ou Fiona avait-elle simplement pris la broche et refait sa vie ailleurs ?

— Je n'en ai pas la moindre idée. Mais on a une heure d'avance sur vous, et l'aube approche. Veux-tu que je t'envoie le reste du dossier ?

— Ouais, ça serait super.

Décidant de prendre des initiatives, j'ajoutai :

— Et si jamais tu as une sorte de rapport général sur le Clan Marchand, est-ce que tu pourrais envoyer ça aussi ? Ethan est curieux.

— Pas de problème, dit-il.

Dieu merci, pour une fois.

En attendant qu'Ethan revienne, je nettoyai soigneusement mon katana avec de l'huile et du papier de riz, comme on me l'avait appris. Je venais de le ranger dans son fourreau quand Ethan entra dans la chambre. Il ferma la porte derrière lui, et la verrouilla. Au cas où.

— Gabriel ? demandai-je.

— En chemin, m'informa-t-il en se débarrassant de ses chaussures et en retirant sa chemise par la tête.

— Qu'avait-il à dire ?

— Il a surtout grommelé. (Ethan déboutonna son pantalon et le posa sur le banc au pied du lit.) Il était plus mécontent du dérangement en lui-même que de la raison du dérangement. Ils devraient être ici demain, au crépuscule. Et en attendant, notre garde humaine temporaire est postée dehors.

— Elle porte les vêtements bizarres du Clan ?

— À vrai dire, oui, confirma Ethan en hochant la tête. Elle n'est peut-être pas encore membre, mais elle a adopté leur tenue.

Alors que les volets automatiques commençaient à descendre sur les fenêtres, signe que l'aube était proche, Ethan s'avança jusqu'au tableau et le parcourut du regard.

— C'est du beau travail, dit-il.

— C'est une belle vallée. Pas si paisible que ça, et je n'ai pas vu d'élan, mais un vrai spectacle.

Mon téléphone me signala un nouveau message. J'y jetai un œil, et découvris un document sur le Clan Marchand de la part du Bibliothécaire. Comme il avait de toute évidence fait l'effort de rester debout après l'aube pour nous envoyer cette information – une entreprise réalisable pour un vampire, mais guère plaisante –, je saluai son dévouement.

— Un dossier sur le Clan en provenance de la Maison, dis-je à Ethan. Il va m'envoyer les détails relatifs à la querelle demain.

Je scannai l'écran du regard tandis qu'Ethan hochait la tête et s'asseyait à côté de moi.

— Le Clan n'est présentement pas enregistré, lus-je. Je suppose que c'est une référence au Registre des Vampires d'Amérique du Nord. La date de la fondation est estimée à 1875, ce qui correspond à ce que Vincent nous a dit. Il y a quinze membres à l'heure actuelle, et le nombre maximum de membres a été de dix-neuf.

— Ce n'est pas un royaume, donc, constata Ethan, en se détournant pour s'adosser à la tête de lit et allonger les jambes sur la couette.

— Non, pas un royaume, acquiesçai-je. Il est indiqué que Vincent Marchand est le fondateur. Le symbole officiel est une fleur de lys. Il y a quelques informations très rudimentaires sur lui, Bernard, Christophe. Rien de controversé. C'est à peine si la querelle est mentionnée : « Hostilités possibles avec des surnaturels locaux. »

— Au moins, ça semble à peu près exact, dit Ethan, même si c'est un doux euphémisme.

— Il y a aussi leur adresse et leurs coordonnées. C'est tout, pour l'essentiel. (Je lui tendis le téléphone.) Est-ce que tu veux te pencher dessus ?

Il secoua la tête.

— J'ai eu largement ma dose du Clan Marchand pour aujourd'hui, Sentinelle. Range le téléphone, et profitons d'un moment de paix avant que le soleil ait raison de nous.

Je n'avais rien à redire à ça. Je venais à peine d'éteindre la lampe quand je me retrouvai sous le corps chaud et longiligne d'un vampire très clairement nu.

Je glissai les mains dans ses cheveux, de la soie dorée entre mes doigts.

— Il me semble que tu portais davantage de vêtements, il y a une seconde.

Il déposa des baisers le long de mon cou, et titilla des crocs ma peau délicate et sensible.

— J'ai été submergé de désir pour toi, Sentinelle.

J'ouvris la bouche pour protester et répondre à son sarcasme, mais il posa alors la main sur mon sein, me titillant et m'excitant de ses longs doigts.

— D'accord, parvins-je tout juste à dire alors que je m'arc-boutais à son contact.

Ethan me débarrassa de mes vêtements, puis sa bouche trouva la mienne. Sa langue se fit insistante, exigeant une réaction, provoquant mon désir. Et la force de son érection entre nous laissait peu de doutes quant au sien.

La flamme ne tarda pas à s'allumer, à accélérer notre rythme cardiaque, à embraser notre peau. Quand ses doigts agiles trouvèrent mon intimité, les sons, les goûts et les sensations se mêlèrent tandis qu'il me stimulait. Le feu se transforma soudain en brasier, la chaleur se répandit dans mon corps en un éclair, et son nom jaillit de mes lèvres.

— Ethan !

Il gronda avec l'insistance d'un prédateur, le torse vibrant au-dessus de moi.

— Tu es exquise, dit-il tandis qu'il bougeait en moi avec une puissance et une vigueur qui chassèrent toute pensée de mon esprit.

C'était une sensation délicieuse, mais le vide soudain dans ma tête, l'absence de peur et d'inquiétude, c'était totalement merveilleux. Le pouvoir de séduction d'Ethan ne laissait aucune place à la crainte ou aux préoccupations.

La chaleur recommençait à se diffuser dans mon corps, telle une fleur qui s'épanouissait à l'aube du printemps. J'attirai sa bouche vers la mienne, l'explorai et l'encourageai de la langue et des dents. Son souffle irrégulier et l'inclinaison de ses hanches laissaient deviner le plaisir qu'il contenait, le contrôle qu'il exerçait sur lui-même avec tant de soin. Je compris qu'il m'attendait, en me pressant de trouver le joyau de l'oubli.

J'avais eu l'intention de faire durer le plaisir, de le titiller en ondulant des hanches, en égratignant sa peau des ongles. Mais son ardeur eut raison de lui.

— Maintenant, dit-il, un mot qui me transperça comme un ordre.

J'enfonçai les doigts dans le dos d'Ethan alors que le plaisir courait dans mes muscles et sur ma peau échauffée, et que des frissons de béatitude me secouaient le corps.

Ethan se raidit et prononça mon nom, un son puissant et primaire qui m'envoya de nouveau au septième ciel. Il pressa la main contre mon abdomen, comme si son contact pouvait planter là une graine de vie, concrétiser par la seule force de sa volonté la promesse de Gabriel que nous aurions un enfant. Nous restâmes ainsi un moment, avec la promesse du futur entre nous.

Puis Ethan plaqua la bouche sur la mienne, le souffle encore court.

— Ça a vite dégénéré.

Je ne pus retenir mon petit rire inélégant. Venant d'un homme qui avait tendance à manger sa pizza avec une fourchette, c'était étonnamment drôle.

— En effet.

Il se retourna sur le lit et s'étira comme un prédateur rassasié, mais il entremêla nos doigts afin de maintenir la connexion entre nous. Et alors que le soleil pointait à l'horizon, l'épuisement s'enroula autour de mon corps languide comme un édredon. Mes yeux se fermèrent.

— Demain, murmura Ethan, nous allons traquer un tueur. Mais pour l'heure, restons tranquilles.

Ces mots – *« reste tranquille »* – étaient les premiers qu'Ethan m'avait adressés. Ils étaient souvent les derniers mots qu'il prononçait avant que le soleil embrase le ciel, tout comme, cette nuit-là, ils furent les derniers que j'entendis avant de sombrer dans le sommeil.

Chapitre 4

— Mmm, fis-je, les yeux fermés et un sourire ensommeillé aux lèvres tandis qu'une odeur de bacon flottait dans l'air. J'ai choisi le bon vampire.

Je croyais que j'étais seule, qu'Ethan était dans la cuisine en train de préparer le petit déjeuner. Je sursautai presque quand j'entendis sa voix.

— Je suis juste là, Sentinelle.

J'ouvris les yeux et le découvris à quelques pas de là, encore torse nu et occupé à passer une ceinture à la taille de son jean.

— Bacon ?

C'était une requête, une accusation, un souhait.

— Je crois bien que la Meute te prépare le petit déjeuner.

Ces mots me poussèrent à m'asseoir et à empoigner des vêtements pour me changer plus vite que la plupart des choses l'auraient pu.

— Devrais-je être offensé que tu sois aussi impatiente de savourer la viande d'un autre homme ?

Je me penchai dans l'embrasure de la porte de la salle de bains, la brosse à dents dans la bouche, et lui décochai un grand sourire.

— Ethan Sullivan, c'est une blague que tu viens de faire ?

Non, pas à en juger d'après l'expression de son visage, en tout cas. Mais je ne me sentais pas menacée par son regard possessif.

Parce qu'il y avait du bacon.

— Tu es le seul homme pour moi, rassurai-je Ethan alors que j'enfilai ma tenue en cuir et mes bottes en vue d'une nuit d'investigation.

Bien sûr, j'avais espéré que je n'en aurais pas besoin pendant nos « vacances », mais je les avais prises dans ma valise au cas où. Heureusement que j'étais un peu parano.

Il consulta son téléphone pendant que je mettais les touches finales à ma tenue, et me jeta un coup d'œil moyennement amusé.

— Dit-elle alors qu'elle met du gloss.

— C'est du baume à lèvres, parce que vous avez craquelé mes lèvres avec vos baisers, monsieur. Et j'essaie de représenter la Maison Cadogan avec élégance et charme.

Ce qui justifiait le reflet rose pâle dudit baume. En tout cas, c'était l'histoire que je me racontais.

Ethan ricana, et lorsque je reposai le baume sur le comptoir, il jeta un bras autour de ma taille et m'attira vers lui.

— Use de ton élégance et de ton charme, Sentinelle, tu en as à revendre. Mais n'oublie pas que, le matin venu, c'est dans mon lit que tu dormiras, et dans aucun autre.

Il m'embrassa de nouveau, réduisant à néant mes efforts de maquillage.

La maison d'hôte de Nessa était devenue une tanière de loups. Littéralement.

Gabriel n'avait pas voyagé léger jusqu'au Colorado. Il y avait au moins une dizaine de métamorphes baraqués de la Meute des Grandes Plaines qui traînaient dans le salon, et se prélassaient devant le feu dans leurs vestes en cuir et leurs bottes. Certains avaient des bières fraîches à la main ; d'autres jouaient aux cartes. Je devinai que leurs motos chromées devaient être soigneusement garées en rang dehors, ou du moins celles de ceux qui vivaient assez près pour venir par la route.

— *Et qu'est-ce que Nessa penserait de ça ?* demandai-je à Ethan en silence.

— *Je soupçonne qu'il vaut mieux qu'elle ne sache pas.*

Je les saluai d'un signe de la main, suivis Ethan dans la cuisine et découvris Gabriel Keene assis sur un tabouret devant l'îlot central, une bouteille de bière à la main. Il était grand et large d'épaules, comme il seyait à un chef loup. Semblables à ceux de Rowan McKenzie, ses cheveux étaient un mélange d'or et de brun. Il avait des yeux dorés, comme un whisky très coûteux. Il portait un jean et un tee-shirt gris à col V, et avait appuyé une botte sur le barreau du tabouret à côté de lui.

Je ne voyais pas ses compagnons habituels, sa femme Tanya et son jeune fils, Connor. Mais il avait amené un ami. L'exécuteur de la Meute, Damien Garza, se tenait devant les fourneaux, remuant une petite poêle d'un geste habile tandis qu'une odeur délicieuse de viande flottait dans l'air. Grand et mince, Damien avait la peau bronzée et des yeux enfoncés et sombres qui semblaient tout embrasser. Il gardait ses cheveux noirs détachés sur les épaules et n'était pas rasé, ce qui ajoutait au charme redoutable de ses pommettes taillées à la perfection et de ses lèvres généreuses.

J'aimais Ethan et le désirais plus que tout, mais la masculinité de Damien était d'une telle puissance qu'elle avait son propre champ gravitationnel.

Et puis, au risque d'insister lourdement, il y avait du bacon.

— Sullivan, dit Gabriel en adressant un hochement de tête à Ethan.

— Keene, dit Ethan.

Gabe se tourna vers moi et étrécit les yeux à la vue de l'hématome sur ma pommette, qui avait viré au jaune pâle du fait de la capacité de guérison rapide des vampires.

— Chaton. (Il avait pris l'habitude de m'appeler ainsi pour se moquer gentiment de moi, et le surnom était resté.) Tu as été blessée.

— Ce n'est qu'une égratignure, lui promis-je. (Bien sûr, c'était aux Monty Python que je pensais en temps de crise.) Je la sens à peine.

Quelque chose passa dans son regard.

— Métamorphe ou vampire ?

— Métamorphe. Même si je l'ai provoqué.

Gabe émit un son d'incrédulité.

— Ce sont de sacrées vacances que tu as planifiées pour ta Sentinelle, Sullivan.

Ethan sortit deux bouteilles de sang du réfrigérateur et les décapsula.

— J'avais d'autres idées en tête. Mais une fois de plus, le sort s'en est mêlé.

— Le sort est un salaud, renchérit Gabriel, qui retira son pied et tapota le tabouret à côté de lui avec un clin d'œil.

Je ne risquais pas de décliner cette offre.

— Je vois que vous faites comme chez vous, constata Ethan en me tendant une bouteille.

— Quitte à être là pour vous aider, et les Marchand aussi par extension, autant qu'on profite de leur hospitalité.

— Est-ce que je peux profiter un peu de l'hospitalité ? demandai-je en buvant une gorgée de sang.

Damien se retourna, poussa une omelette parfaitement pliée dans une assiette devant Gabriel, puis me jeta un regard.

— Tu veux du jambon ou du bacon dans ton omelette ?

C'était la question de mes rêves.

— Oui, dis-je avec un grand sourire.

— J'ose espérer que tu me répondras avec autant de conviction quand je te demanderai en mariage, Sentinelle.

Ethan avait exprimé cette intention de façon on ne peut plus claire, même s'il n'avait pas formellement fait sa demande.

Je tendis la main et tapotai la sienne, un sourire mystérieux aux lèvres.

— On ne le saura que quand tu arrêteras de faire semblant de me demander et que tu iras droit au but, n'est-ce pas ?

Je savourai le grondement qu'il m'adressa en guise de réponse, puis me retournai pour regarder Damien transférer adroitement des dés de jambon de la planche à découper à la poêle d'un coup de couteau. Il les fit sauter et revenir avec une telle dextérité que je me demandai si c'était Berna – une métamorphe qui travaillait à *Little Red*, le troquet officiel de la Meute – qui l'avait formé, ou vice versa.

— Tu as un talent impressionnant, dis-je.

Il sourit presque timidement.

— J'aime cuisiner.

— Je vois ça. Tu devrais tester les cuisines de Cadogan, à l'occasion. Margot – la cuisinière en chef de la Maison – est plutôt bien équipée.

— Peut-être bien que oui, répondit-il, mais il se concentrait sur la poêle devant lui.

— Alors comme ça, intervint Gabriel, revenant au sujet initial, vous vous êtes retrouvés au beau milieu d'une querelle.

— À l'évidence, oui, dit Ethan. Tu avais omis de la mentionner quand je t'ai dit que nous venions ici.

Gabriel but une gorgée de bière, puis secoua la tête.

— Les métamorphes n'envoient pas de lettres d'information quand ils se battent avec des vampires. Le monde serait jonché de papier. Je suis au courant que les McKenzie sont un aimant à ennuis. Je suis désormais à jour au sujet de ce qui est visiblement une querelle. Où est Nessa ?

— Avec les Marchand.

— Est-elle digne de confiance ?

— Je pense que oui, affirma Ethan. Qu'avait-elle à gagner à le tuer ? Relancer la querelle ? Elle aurait pu simplement s'abstenir de l'épouser.

Damien se retourna et posa une assiette fumante d'œufs, de viande et de fromage devant moi. Je pris une fourchetée et soufflai dessus.

— Ça pourrait être un stratagème de longue haleine, suggérai-je. Elle se rapproche de lui, elle l'épouse, elle le tue. Ça boucle le cycle de la vengeance pour le vol, la rupture, et tout ce qui s'est passé depuis.

Gabriel hocha la tête, et croisa les bras.

— Sullivan ?

— C'est le genre de plan qui ressemble à une stratégie de vampire.

— Les immortels aiment les stratagèmes de longue haleine ? demandai-je.

— Quelque chose comme ça. Mais ce n'est pas particulièrement efficace. Et Taran n'était pas immortel.

Quand les œufs eurent assez refroidi pour ne pas me brûler les papilles, je pris une bouchée et me délectai du mélange de saveurs les yeux fermés.

— Bravo, Damien.

— Ne prends pas la grosse tête, Garza, dit Gabe. Elle dit ça à tous les métamorphes.

J'ouvris les yeux et leur souris.

— Non… Juste à ceux qui cuisinent pour moi. (J'agitai la fourchette dans leur direction.) Et s'il ne s'agissait pas d'une vengeance des Marchand, mais d'un sacrifice des McKenzie ? S'ils avaient tué Taran ?

Gabe fronça les sourcils.

— Pourquoi ?

Je haussai les épaules et empalai un bout de jambon.

— Je ne sais pas. Pour faire porter le chapeau à Nessa ? Peut-être qu'ils veulent la piéger. La colère pousse les gens à agir de façon vraiment stupide, et Rowan McKenzie avait l'air en rogne hier.

Le regard de Gabriel s'assombrit.

— C'est lui qui t'a frappée ?

— C'était Niall. Mais je lui ai rendu la pareille. Son sang a coulé. On est quittes, en ce qui me concerne.

— Je prends note de ton sens de l'équité, et je n'en tiens pas compte, répliqua Gabriel sur un ton catégorique. Cadogan et la Meute sont alliés, et il appartient à la Meute. C'est tout ce qui importe.

— Techniquement, dis-je, c'est moi qui ai versé le premier sang.

Gabriel ricana.

— Ça, ce sont des foutaises de vampire. Tu n'es pas venue jusqu'ici pour démonter un métamorphe. Ils vous ont menacés… Tu t'es défendue. C'est donc à eux de répondre de cet acte.

— Et sont-ils obligés de reconnaître ton autorité ?

Damien et Gabriel se figèrent et tournèrent le regard vers moi. Le crépitement de la poêle était soudain devenu le seul son dans la maison.

Ayant apparemment manqué à l'étiquette, je me raclai la gorge, nerveuse.

— Je ne voulais pas dire qu'ils ne devraient pas la reconnaître. C'est juste que je ne suis pas certaine de vos, vous savez… de vos règles.

Gabriel leva une main, et le nuage de magie qui s'était immiscé là en réaction à ce qui avait été perçu comme un affront se dissipa.

— Comme vous le savez, il y a quatre Meutes aux États-Unis. Le Colorado étant sur le territoire de la Meute des Grandes Plaines, la famille McKenzie fait partie de la Meute, que ça leur plaise de l'admettre ou non.

— Très bien. Est-ce que vous comptez leur dire ça ce soir ?

— Oui. Ce sont des mots que je préfère dire en face, et c'est en partie pour ça que je suis ici. (Il jeta un coup d'œil à Ethan.) Et quel est le programme des vampires, ce soir ?

— Le shérif a demandé à Nessa d'inspecter la maison, au cas où il manquerait quelque chose.

— Au cas où ce serait juste un cambriolage qui aurait mal tourné, suggéra Gabriel tandis que Damien présentait une omelette à Ethan.

Celui-ci le remercia d'un hochement de tête et se mit à manger.

— Je n'aurais pas cru le shérif aussi naïf, mais il régit une ville qui a eu largement son compte de violence. Ses compétences sont forcément douteuses.

— Ça m'étonnerait qu'un homme reste terré dans une vallée du Colorado pour faire carrière, lança malicieusement Gabriel, en sirotant sa bière avec un sourire entendu. Je suis sûr que jeter un œil au QG du Clan figure aussi sur votre liste de souhaits ?

— On a obtenu les détails basiques, dit Ethan. Il n'y a que quinze membres, mais les Clans doivent tout de même être intégrés au Registre des Vampires d'Amérique du Nord, et celui-ci ne l'est pas. Ça m'intéresserait de regarder ça de plus près.

Gabriel ricana.

— J'imagine que ces chers vampires se contrefichent de tes règles et régulations. S'ils ont fondé une famille qui perdure depuis un siècle sans l'implication du Registre, ils ne vont certainement pas changer maintenant.

— Quoi qu'il en soit, reprit Ethan, mon travail consiste à gérer les risques pour ma Maison, et c'est ce que je vais faire. (Il prit une autre bouchée et me lança un regard.) Le Bibliothécaire ne devait-il pas t'envoyer un fichier ?

J'avais été distraite par l'odeur affriolante du bacon. Je sortis mon téléphone, puis fis défiler les messages de Luc, de ma meilleure amie – et sorcière – Mallory, et de mon grand-père, qui nous souhaitaient tous de bonnes vacances avec plus ou moins de sarcasme. Et le rapport du Bibliothécaire.

Je l'ouvris… et sifflai. Il avait envoyé une chronologie de la querelle, deux pages qui listaient avec des puces les attaques et les contre-attaques, qu'il avait classées en incidents suspectés, documentés ou prouvés devant le tribunal.

— Qu'est-ce que ça raconte, chaton ?

— Il y a beaucoup d'incidents, dis-je.

Je lus la liste, puis passai le téléphone à Ethan et Gabriel afin qu'ils aient une idée de l'ampleur de la querelle et de la créativité des réactions des deux groupes.

Les humains n'étaient pas les seuls êtres capables de trouver des moyens ingénieux de se torturer les uns les autres. La menace du sang sur la porte était récurrente, ainsi que le vol d'objets ayant de la valeur pour chaque groupe. Sans parler des meurtres et des agressions. Tant de morts, tant de gâchis, et tout ça à cause d'une femme qui n'avait à la base peut-être rien fait de mal.

Et c'était là-dessus que je butais.

— Est-ce qu'ils ne rendraient pas tout ça plus compliqué que ça l'est ?

— C'est-à-dire ? demanda Gabriel.

— La querelle, je suppose… Tout ça. Ils ont commencé à se battre parce que quelqu'un a décrété que la disparition de Fiona faisait partie d'un complot, un meurtre des vampires ou un vol des métamorphes. (Je jetai un coup d'œil à Ethan.) On parle toujours du rasoir d'Occam, tu sais ? Comme quoi l'explication la plus simple est généralement la bonne. Un complot, ça ne colle pas vraiment.

— Qu'est-ce qui colle, alors ? demanda Damien, les mains appuyées sur le plan de travail.

Je fronçai les sourcils.

— Je ne sais pas. D'après le rapport, Christophe s'est réveillé au crépuscule, et Fiona avait disparu. Mais elle était une métamorphe. Elle pouvait partir pendant la journée. Quelle est donc l'explication la plus simple ? Elle est sortie en ayant l'intention de revenir, mais pour une raison que l'on ignore, elle ne l'a pas fait. Elle s'est perdue, a été blessée ou tuée.

— Ils ont eu un siècle pour y réfléchir, fit remarquer Ethan. Ils ont certainement dû chercher partout, remuer ciel et terre pour la retrouver.

— Est-ce bien sûr ? demanda Damien. S'ils se détestaient déjà les uns les autres, pourquoi se donner la peine de prouver que tout ça n'était qu'un accident ? Pourquoi ne pas laisser couler et se servir du mensonge contre l'autre camp ?

— Il se peut aussi que le meurtre qui nous occupe à présent ne soit pas lié à la querelle, souligna Gabriel, et je hochai la tête.

— Taran étudiait la cartographie, l'exploration, dis-je. Peut-être a-t-il trouvé quelque chose que personne ne voulait rendre public.

Gabriel jeta un coup d'œil à Ethan par-dessus mon épaule.

— Elle progresse bien.

— Comme prévu, acquiesça Ethan, en grimaçant gentiment quand je lui tapai sur le bras, vu que frapper Gabriel ne semblait pas être la meilleure option.

Ce dernier but une dernière gorgée de bière, et s'assit sur le plan de travail.

— En ce cas, on ferait sans doute mieux de se mettre en route chacun de notre côté. J'aimerais que Damien aille avec vous.

— Qui est-ce qui veut jeter un œil au Clan, maintenant ? demanda Ethan.

— Oh, je ne le nie pas, dit Gabe en faisant tournoyer la bouteille vide sur le plan de travail. Mais c'est avant tout la famille McKenzie qui me pose problème. Ils ont montré bien peu de respect envers ta Maison ou la mienne. Jusqu'à preuve du contraire, je pars du principe que ce sont des imbéciles bornés, et je veillerai à votre sécurité si ça s'avère nécessaire.

— En ce cas, l'offre est appréciée.

— Est-ce qu'il faut qu'on monte dans ce désastre orange ? demanda Damien.

— Je l'appelle l'Orangexplosion, lui confiai-je.

Il fit une moue de dégoût.

— C'est un bon véhicule, dit Gabriel. Et maintenant, il a quatre pneus gonflés.

Je lui décochai un grand sourire.

— C'est vraiment bien de t'avoir sous la main en cas de pneus à changer d'urgence pour cause de secte de vampires et vieille querelle.

— C'est une activité de niche, dit Gabriel, qui se leva de son tabouret et me toisa. Mais qui a son importance. Et attention quand tu flirtes. Ethan est juste là.

— Ne t'inquiète pas, répliqua Ethan sans une once d'ironie. Après moi, elle n'aura plus jamais envie d'un autre homme.

Vu le feu dans ses yeux, je n'avais aucune intention de vérifier cette théorie.

Ethan prit le volant de l'Orangexplosion, et je m'installai sur le siège passager. Damien se plia en quatre sur la banquette arrière.

— Comment va Boo ? demandai-je quand nous fûmes dans la voiture.

Boo Garza était l'animal de compagnie de Damien, un chaton qu'il avait sauvé lors d'une précédente mésaventure magique.

— Bien, dit Damien. (Il agrippa la poignée de sécurité du véhicule quand nous passâmes en cahotant de l'allée à la route, en plaquant l'autre main contre le plafond pour éviter de s'y cogner la tête.) Intelligent. Têtu. À croquer.

— Et comment va Emma ?

Emma était la petite sœur de Tanya Keene, une adorable brune clairement intéressée par Damien. Je ne connaissais pas très bien ni Damien ni Emma, mais les quelques fois où je les avais vus ensemble, j'avais perçu quelque chose de tendre qui grandissait entre eux.

— *Vraiment, Sentinelle ?* demanda Ethan, avec un sourire qui s'accordait mal avec son regard sérieux tandis qu'il se concentrait pour garder l'Orangexplosion sur la route dans la nuit noire. *Est-ce bien le lieu le plus approprié pour interroger cet homme sur sa relation ?*

— *Tu viens de dire dans une maison pleine de métamorphes « qu'après toi, je n'aurais plus jamais envie d'un autre homme ». La barre est placée plutôt bas.*

En plus, j'étais une fouineuse.

— Elle a un petit ami, dit Damien. Il l'occupe pas mal.

Je me félicitai qu'il soit sur la banquette arrière et ne puisse pas voir ma réaction à cette réponse. J'avais vu les yeux d'Emma quand elle regardait Damien. C'était plus qu'un intérêt passager. Du désir aurait été compréhensible, mais ce n'était pas que ça. Il y avait du respect. De l'admiration. De la reconnaissance. De l'amour, peut-être, ou du moins ses prémices, et j'avais vu des émotions réciproques dans les yeux de Damien. Je ne concevais pas qu'elle ait pu se tourner vers quelqu'un d'autre.

— Ah, fut tout ce que je trouvai à dire. Et est-ce que je vais avoir des ennuis si je dis qu'elle est stupide ?

Il esquissa le plus léger des sourires en coin, en gardant le regard fixé sur la route de l'autre côté de la vitre latérale.

— Sans doute.

— Est-ce que je peux la prendre à part et lui dire deux mots ?

Son sourire s'agrandit, avec un peu de timidité sur les bords.

— Non.

Je bougonnai, mais me retournai vers l'avant.

— Bon, d'accord. Mais si jamais tu décides que tu es prêt à te confier, je suis tout ouïe.

— Je retiens.

L'Orangexplosion avait beau avoir des pneus neufs, le trajet sur la route de graviers criblée de trous n'en fut pas plus confortable. Heureusement, le Clan n'était pas loin de Ravenswood. Je rebondis sur mon siège pendant dix minutes, puis nous nous engageâmes sur une longue route pavée qui serpentait à travers un bosquet de pins droits comme des piquets et tendus vers le ciel sombre. Nous émergeâmes dans une clairière plane et sans arbres, mais jonchée de restes d'aiguilles de pin.

Au centre de la clairière se dressait une énorme bâtisse en deux parties ; un élément circulaire, dont l'extérieur était recouvert de planches en bois incurvées, et un élément droit en pierre qui s'encastrait dans le cercle comme une lance.

Le bois et la pierre étaient massifs et sombres, avec de l'orange et de l'ocre pour seules touches de couleur. Le tout évoquait les années 1970 et les ovnis.

— Architecture intéressante, commenta Ethan en arrêtant la voiture.

Nous sortîmes et prîmes un instant pour examiner la bâtisse et les alentours.

— Qu'en pensez-vous ? demanda Damien, les mains sur les hanches tandis qu'il scrutait la propriété d'un regard vigilant.

— Comme je ne sais pas grand-chose d'eux, dit Ethan, il est difficile de les handicaper. Je suspecte que Vincent les contrôle, émotionnellement ou autrement. Ce sont des vampires, ils agiront donc en conséquence.

— En usant de stratagèmes et de manipulation ?

Je réprimai un ricanement, mais même Ethan ne nia pas.

— Toutes proportions gardées, oui.

Nous allâmes ensemble au portique situé à la jonction des bâtiments circulaire et linéaire du complexe.

Astrid ouvrit la porte avant que nous l'ayons atteinte, son corps mince drapé dans une robe trapèze en lin qui descendait jusqu'à ses chevilles. Elle sourit, ouvrit la bouche pour nous souhaiter la bienvenue, puis aperçut Damien. Ses yeux virèrent aussitôt à l'argenté, et elle découvrit les crocs en sifflant.

Imperturbable, Damien observa sa réaction d'un air inexpressif.

— Astrid Marchand, dit Ethan calmement, je te présente Damien Garza, un membre de la Meute des Grandes Plaines. Il est ici au nom de Gabriel Keene, le Meneur de la Meute, en tant qu'émissaire diplomatique.

Une main sur le jambage de la porte, Astrid était à l'évidence troublée et ne savait pas trop si elle devait laisser un métamorphe franchir son palier. Les yeux rivés sur Damien, elle hésita l'espace d'un instant silencieux, attendant sans doute la permission de Vincent pour nous laisser pénétrer dans les lieux.

— Entrez, dit-elle enfin, et elle recula.

— Émissaire diplomatique ? murmura Damien alors que nous nous exécutions.

— Ça nous a permis de passer la porte, fit remarquer Ethan.

L'intérieur de la retraite était aussi unique que l'extérieur. La première pièce, une grande réception, était dotée d'un sol en carrelage espagnol et de murs en lambris dont les couleurs alternaient entre le vert pomme, l'orange et le jaune poussin. Les murs s'incurvaient devant nous, pour se fondre dans des couloirs qui menaient à d'autres parties de la bâtisse. La portion rectangulaire du bâtiment était un long vestibule parsemé d'arbustes en pot et de bancs en cuir sans dossier aux formes basiques. Un cercle et un triangle ici, un cercle et un carré là.

— Bonsoir.

Nous nous retournâmes, et vîmes Vincent et Nessa qui descendaient le couloir ensemble. Nessa avait adopté la mode vestimentaire de ses amis, et portait un haut blousant couleur ivoire et un pantalon ample et bleu crayeux, fait dans le même tissu artisanal que celui dont Astrid et Vincent étaient vêtus. Sa chevelure sombre était tressée négligemment et ramenée sur une épaule. Je songeai qu'elle ressemblait moins à une vampire qu'à une déesse, mais je me demandai s'il y avait jamais eu de déesse aussi triste.

— Bonsoir, dit Ethan. (Il indiqua le bâtiment d'un geste.) C'est une structure impressionnante.

Vincent hocha la tête.

— Cette bâtisse a été créée pour être un centre de retraite pour des entreprises. L'affaire a fait faillite, et nous avons pu l'acquérir pour une somme minime. Bon nombre de nos vampires viennent nous trouver pour échapper à des situations déplaisantes. Nous nous efforçons de leur offrir un lieu sûr et agréable.

Il fit un geste vers le bâtiment linéaire, et nous le suivîmes dans cette direction.

— Nous constatons que vivre en communauté, sans la présence d'humains, nous offre la possibilité d'être vraiment nous-mêmes.

Un bruit d'eau qui s'écoulait nous parvint, de plus en plus fort. Une fontaine occupait toute la partie centrale de l'espace, avec un petit bec qui déversait un flot généreux et scintillant dans un canal étroit entre les briques. Le canal était bordé de verre d'un turquoise laiteux, et l'eau gargouillait en descendant le conduit.

— Très joli, commenta Ethan, sentant clairement que Vincent cherchait les compliments. Et combien y a-t-il de résidents ?

— Treize de nos quinze membres actuels.

Lorsqu'ils commencèrent à discuter des règles du Registre potentiellement applicables, je balayai le bâtiment du regard et repérai des touches familières de bleu et de vert sur une peinture accrochée au mur opposé.

Je m'avançai vers elle, examinai en plissant les yeux les coups de pinceau longs et droits, le brillant subtil du vernis, la peinture à l'huile craquelée par le temps qui avait été utilisée pour représenter un paysage vallonné et lumineux. Même si l'angle était légèrement différent, c'était la même vallée en creux, les mêmes montagnes escarpées et familières de chaque côté.

Je me retournai vers Nessa et souris.

— Ça me rappelle quelque chose.

Nessa hocha la tête, ravie que j'aie fait le lien.

— C'est un Barrymore… L'artiste qui a peint le tableau dans la maison d'hôte. Il a parcouru le Colorado dans les années 1890, et a peint près d'une centaine de paysages, dont ces deux-là, représentant Elk Valley.

— Tu es une collectionneuse ? demanda Ethan en se joignant à nous.

Nessa se retourna vers lui, de la tristesse dans le regard.

— À vrai dire, non. Ces peintures appartenaient à Christophe. Il était féru d'art, et il les avait achetées dans l'espoir que Fiona et lui pourraient construire une maison plus grande. On les a fait restaurer, Taran et moi.

Ethan hocha la tête, et radoucit la voix.

— Es-tu prête à retourner dans la maison ?

Nessa acquiesça d'un hochement de tête tremblant.

— Oui. Enfin, non, bien sûr que je ne veux pas voir l'endroit où il – où Taran – a été tué. Je ne sais pas si j'arriverai un jour à vivre de nouveau là-bas. Mais si ça peut aider que j'y retourne…

Vincent lui toucha la main.

— Si c'est trop tôt…

Nessa sourit, polie mais ferme. Je devinai que Vincent et elle avaient déjà eu cette conversation.

— C'est nécessaire. Mais merci, Vincent.

Nous nous dirigions vers la porte d'entrée quand je sentis de la magie me picoter la nuque. Comme Damien s'était arrêté net dans le couloir avec moi, je supposai qu'il la sentait, lui aussi.

Il y avait des pistolets, certes. Mais leur magie était noyée sous une magie plus ample et pesante, tel un océan d'un bleu profond qui reposait sur des grains de sable.

Damien et moi échangeâmes un regard, et hochâmes la tête.

— Vous autres, restez ici, dis-je, le doigt pointé pour leur signaler de ne pas bouger tandis que nous regagnions en trottinant la partie circulaire de la bâtisse, où des fenêtres encadraient la porte d'entrée.

— *Sentinelle ?*

— *Des métamorphes*, informai-je Ethan.

Jetant un coup d'œil par une fenêtre, je vis Niall et quelques-uns de ses proches amis. Des hommes et des femmes, cette fois, jeunes pour la plupart, aux corps minces et aux regards avides de violence.

Outrepassant la requête que j'avais formulée, Ethan s'avança en semant de la magie comme de l'eau bouillante.

— Gabriel était censé s'occuper de ça.

— Il le fera, déclara Damien sans hésiter. Ils devaient être en chemin avant que Gabriel parte.

— Ou bien il s'entretient avec Rowan, et ça n'a pas plu à Niall. (J'indiquai la scène de l'autre côté de la fenêtre.) Rowan n'est pas là.

— On va donc demander à Rowan de lui parler, et ils retourneront dans les bois. J'appelle Gabe pour que ça se fasse. (Mais quand Damien sortit son téléphone, il jura.) Il n'y a pas de signal ici. On est trop isolés.

Ethan regarda Vincent, qui nous avait rejoints. Vincent secoua la tête.

— Nous n'avons pas de ligne téléphonique. Ça nous est inutile, en temps normal.

C'était Vincent que je commençais à trouver inutile, comme à peu près tous les autres Marchand et McKenzie.

— Bien, dit Ethan, une main sur la poignée. On va sortir et aller leur parler. On va leur rappeler qu'il y a une enquête policière en cours. Moi, Merit, Damien. Les autres, vous restez ici.

— Je vais avec vous.

Ethan dévisagea Nessa.

— Je n'ai pas l'intention de rester tapie dans cette maison pendant qu'ils m'accusent de meurtre.

Ethan jeta un coup d'œil à Damien, qui haussa les épaules.

— Entendu, acquiesça Ethan, puis il se tourna vers Vincent. Reste ici, et veille à ce que les tiens gardent leur calme.

Vincent ne protesta pas, et ne semblait voir aucun inconvénient à rester à l'intérieur.

Ethan ouvrit la porte et sortit lentement dans le patio en pierre, Damien et moi derrière lui tandis que Nessa fermait la marche. Je regrettai d'avoir laissé mon épée dans la voiture. D'un autre côté, nous n'étions venus là que pour chercher Nessa, à la base.

Ethan croisa les bras, veillant à garder un regard neutre.

— On n'a pas déjà eu cette entrevue hier ?

— Nessa a tué notre cousin, cracha Niall. On en a la preuve. (Sans nous quitter des yeux, il fit un geste derrière lui.) Viens là, Darla.

Celle-ci s'avança. Un jean moulait ses jambes très fines, et son tee-shirt noir flottait presque sur son corps mince. Elle avait les cheveux ramenés en queue-de-cheval, et il y avait dans ses yeux brillants la même lueur prédatrice que dans ceux de Niall.

Elle tira une liasse de papiers de sa poche, et les tendit à Ethan.

— Qu'est-ce que c'est que ça ? demanda Ethan en les déroulant et en se penchant dessus.

— Une demande de divorce, lâcha-t-elle en se tournant vers Nessa, yeux étrécis. Elle a rempli une demande de divorce. Elle allait le quitter.

— *Des papiers de divorce*, me confirma Ethan en silence avant de passer les documents à Nessa, une question évidente dans le regard.

— Où as-tu trouvé ça ? exigea-t-elle de savoir, mais Darla ne lui répondit que par un rictus menaçant.

— Tu ne nies pas ?

Nessa déglutit tandis qu'elle regardait tour à tour les documents et Ethan.

— C'était il y a des mois. On a traversé une mauvaise passe. Je n'arrivais pas à obtenir de lui qu'il me parle… Il était tellement absorbé par son travail. J'étais frustrée, et je me suis adressée à un avocat. Mais on a surmonté ça. On a recommencé à se parler. On a mis l'accent sur notre relation. Comme les choses s'arrangeaient, j'ai laissé tomber. Je me suis attachée à sauver mon mariage.

Darla n'avait pas l'air convaincu du tout.

— Ça n'explique pas la dispute que tu as eue avec lui à l'université il y a trois semaines. (Elle regarda Ethan, croyant à l'évidence que c'était lui qu'elle devait convaincre.) Elle lui a crié dessus, juste devant la bibliothèque.

Quoi que pensait Ethan de la confession de Nessa, il n'en trahit rien. Il se tourna vers la vampire, qui avait ouvert de grands yeux.

Elle les braqua sur Ethan, une supplique dans le regard.

— Ça ne voulait rien dire. Ce n'était qu'une brouille. Rien qu'une stupide brouille. Je le jure… Les choses étaient en train de s'améliorer.

Soit Darla n'était pas convaincue, soit elle s'en moquait.

— Tu n'es pas des nôtres. Tu ne l'as jamais été, et tu ne le seras jamais. Il aurait pu trouver tellement mieux que toi, et on le sait tous. Tu n'as même pas été capable de lui donner des enfants.

Je tressaillis à cette pique, et à l'éclair de magie qui jaillit de Nessa, horrifiée et accablée de chagrin. Elle fit un bond en avant, et Damien passa un bras autour de sa taille pour l'empêcher de se jeter du patio sur les métamorphes.

— Espèce de petite garce. Je n'ai pas assassiné mon mari ! Je l'aimais, et il m'aimait.

— Il était l'un des nôtres ! rétorqua Niall. Il aurait dû rester avec nous. Voilà exactement ce qui se passe quand des métamorphes s'éloignent des leurs.

— Il est mort, et maintenant il y a encore plus de suceurs de sang dans la vallée, renchérit Darla en nous regardant, Ethan et moi. Taran ne voulait pas de vous ici, vous savez. Il ne voulait pas qu'elle vous laisse venir ici.

— Ce n'est pas vrai, protesta Nessa, mais l'expression de son visage disait que ça l'était au moins un peu. Il était juste occupé et fatigué. Il n'avait pas envie d'avoir de la compagnie. (Des larmes coulaient sur son visage.) Je pensais que ce serait distrayant de vous avoir… On aurait pu sortir tous ensemble, comme le font les couples normaux, bon sang.

Elle sanglotait dans les bras de Damien, l'air totalement affligé… Et d'après moi, totalement innocent.

Ethan regarda son amie qui pleurait – une vampire que réconfortait un honorable métamorphe –, puis revint à Niall et Darla.

— Je ne prétends pas savoir ce qu'il y avait entre Nessa et Taran. Leur relation les regardait eux, et certainement pas vous. Vous n'avez rien apporté ici aujourd'hui qui suggère que cette femme a tué son mari. Vous cherchez la bagarre, c'est très clair, mais vous cherchez au mauvais endroit. Nous allons parler au shérif McKenzie. Si vous détenez des preuves qui d'après vous méritent son attention, vous êtes libres d'aborder le sujet avec lui.

Niall émit un son d'incrédulité.

— Vous savez à quoi ça mène, de parler ? À rien de rapide. On a parlé, parlé et reparlé (il mima l'acte de parler avec une main), et on a perdu des gens bien en chemin.

Il durcit le regard.

— Parler, ça ne sert à rien. Les procès, ça ne sert à rien. La prison, ça ne sert à rien. Il est temps de mettre un terme à tout ça.

— Je remarque que Rowan n'est pas ici, dit Ethan. Désapprouve-t-il votre approche ?

— Rowan lèche les bottes de Gabriel Keene. Ni l'un ni l'autre n'ont quoi que ce soit à voir avec ça.

— Oh, je suspecte que Gabriel ne serait pas de cet avis, mais nous allons le laisser vous le dire.

— Assez de blabla. (Niall sortit un pistolet et le pointa sur Ethan.) Livrez-la-nous, et vous pourrez partir.

Même ça, c'était un mensonge flagrant.

— *Il ne nous laissera pas partir*, dis-je en silence. *Il veut verser du sang.*

Ethan gardait le regard braqué sur Niall.

— Je crains que l'on ne puisse pas faire ça.

— Vous allez payer, alors.

Une dizaine d'autres métamorphes surgirent d'entre les arbres qui bordaient la propriété, et l'air se mit à vrombir de magie et de colère. La moitié était sous leur forme humaine, armés de très grosses mitrailleuses. Des AK-47, si je me souvenais bien des cours de Luc sur les armes. Une seule balle ne tuerait pas un vampire, mais la puissance de tir contenue dans tous ces chargeurs allait infliger de très sérieux dégâts.

Quant à l'autre demi-douzaine de métamorphes, ils étaient eux-mêmes des armes… Sous leur forme animale, c'étaient de grands pumas au poil lisse et aux oreilles dorées plaquées en arrière, les crocs découverts en guise d'avertissement. Ils se rapprochèrent, leurs pattes assez grosses pour m'assommer et assez puissantes pour me maintenir au sol.

Je sentis une pulsation de magie émaner de Damien alors qu'il les défiait du regard. Il était un loup et se tenait prêt à se transformer, à jouer à chien contre chat avec ces métamorphes avides de guerre.

Mais la bande de Niall avait d'autres projets. À son signal, ils levèrent leurs armes.

— Des balles contre l'immortalité, dit-il. Voyons qui va gagner.

Chapitre 5

Nous prîmes le parti de ne pas finir transpercés de part en part. À une vitesse foudroyante, alors même que nous entendions les premières explosions des balles qui jaillissaient des canons, nous nous rapatriâmes à l'intérieur pour nous abriter derrière le mur de pierre. Les balles criblèrent la porte d'entrée, laissant des trous gros comme le poing dans le bois avant de se disperser au sol.

Ethan lança un regard noir à Vincent, qui se tenait à l'autre bout de la pièce, visiblement choqué. Mais il était à bout de patience.

— C'est ça que tu as semé depuis un siècle que tu es ici ? La haine et la violence ?

— Ils nous tirent dessus !

— Parce qu'on leur a inculqué l'animosité et la guerre, lâcha Ethan d'une voix tremblante de fureur. Maudits soyez-vous tous pour avoir empoisonné ces enfants.

Vincent déglutit alors qu'on mettait sa porte en pièces. Le prix de la querelle, indéniablement.

Puis une nouvelle lumière se mit à danser à travers les trous dans le bois, et par les étroites fenêtres autour. Je risquai un coup d'œil et pris une brusque inspiration.

Les métamorphes ne s'étaient pas contentés d'amener des armes à feu… Ils avaient amené des torches et, à la chaîne, ils les allumaient l'une après l'autre pour former un cercle de feu. Les métamorphes sous leur forme de félin leur tournaient autour, impatients de passer à l'action. L'un d'eux hurla, un son aigu qui ressemblait tellement à un cri humain que j'en eus la chair de poule.

— Bon sang, dit Vincent en reculant d'un pas.

— Vous voulez tuer les nôtres ? lança Niall. Mais vous êtes trop lâches pour nous affronter ? Très bien. Mourez donc comme vous le méritez… Par le feu !

— Seigneur, dit Astrid. Ils comptent nous brûler vifs.

— Et recouvrir ensuite la terre de sel, ajoutai-je en jetant un regard à Vincent. Dis-moi qu'il y a une porte de secours ici. Une issue.

Vincent avait les yeux rivés sur les ombres mouvantes que la lueur menaçante des flammes projetait au sol.

— Il y a… Je ne peux pas les laisser s'emparer de notre maison comme ça.

— Ils ne sont pas là pour plaisanter, intervint Damien en se retournant vers nous. Il y a un temps pour se battre, et un temps pour battre en retraite. Là, c'est la seconde option. (Il regarda Vincent.) Comment est-ce qu'on sort ?

Il y eut un moment de silence, puis :

— Le sous-sol. On peut accéder à l'un des puits de la mine depuis le sous-sol. On peut l'emprunter pour sortir.

Astrid écarquilla ses yeux sombres.

— Tu veux qu'on passe par un puits de mine ?

— Tu as une meilleure idée ? rétorqua Vincent.

— Nous n'avons pas tellement le choix, souligna Ethan. *Sentinelle ?*

— *J'aimerais mieux me battre*, admis-je.

Puis je regardai par la fenêtre et suivis des yeux les métamorphes qui déposaient des torches contre la façade en bois du bâtiment circulaire et attendaient que le feu prenne.

— *Mais ils sont plus nombreux et mieux armés, et je doute que les Marchand nous soient d'une grande aide.*

— *Je te rejoins*, acquiesça Ethan. (Il échangea un hochement de tête avec Damien, et se tourna vers Vincent.) Allons sous terre, en espérant qu'elle nous laisse ressortir.

Vincent appela les autres vampires qui se trouvaient dans le bâtiment, et nous descendîmes en file indienne un escalier étroit qui menait au sous-sol. Vincent se précipita au bout de la pièce. Avec l'aide de Damien, il poussa les meubles et arracha le contreplaqué du mur du fond.

— Tout ça, c'est ma faute, murmura Nessa en s'enserrant des bras. C'est ma faute. (Elle regarda Ethan.) Je pourrais me rendre. Confesser. Arrêter ça.

— As-tu tué Taran ?

— Non ! répondit-elle vivement. Bien sûr que non.

— Si tu ne l'as pas tué, ce n'est pas ta faute. Te rendre ne calmerait pas leur haine… Tu serais sans doute tuée, et ça empêcherait le shérif de trouver le vrai meurtrier. Je ne peux pas imaginer la souffrance qui est la tienne en ce moment, mais ne gaspille pas des émotions qui devraient être réservées à Taran pour des enfoirés pareils, déclara-t-il en pointant l'escalier du doigt.

— *Je t'applaudis mentalement*, dis-je.

— *Ravi que quelqu'un le fasse. Cette histoire risque d'empirer avant de s'arranger.*

J'étais une vampire depuis assez longtemps pour savoir que c'était presque inévitable. Ce sentiment ne s'atténua pas quand Damien et Vincent révélèrent un trou de ténèbres, une canule qui descendait dans les entrailles de la terre.

Ni la métaphore ni la réalité ne me plaisaient.

— Lampe torche, dit Astrid.

Je regardai par-dessus mon épaule et pris l'objet qu'elle me tendait.

— Merci, dis-je en l'allumant et l'éteignant pour m'assurer qu'elle fonctionnait et que je n'allais pas me retrouver coincée sous terre sans lumière.

Damien sonda le trou du regard.

— Tu as une carte ?

— Juste ma mémoire, répondit Vincent tandis que ses joues pâles s'empourpraient. J'étais fasciné par les exploitations minières quand j'étais humain, et j'ai découvert en tant que vampire que j'appréciais la paix qui y règne. J'avais l'habitude de les arpenter pour les ténèbres, le calme.

Quelque chose de grand et de lourd se fracassa au-dessus de nous, ébranlant la bâtisse et envoyant un nuage de fumée dans la cage d'escalier.

— Allons-y, dit Ethan.

Un par un, avec les faisceaux de nos lampes torches qui tremblotaient devant nous, nous nous avançâmes dans les ténèbres.

Le passage était plus ou moins carré, avec des poutres encastrées çà et là dans le plafond et les murs pour empêcher le tunnel – fait d'un mélange de pierre, de terre tassée et de caillasse – de s'effondrer et de nous ensevelir tous. L'air était frais et charriait une odeur de terre humide et métallique. Le boyau descendait en pente douce et se divisait par endroits en d'autres branches. Il était juste assez haut pour qu'on puisse y marcher, mais nous devions tous nous courber pour éviter de nous cogner la tête sur les poutres.

C'était déjà assez perturbant de s'enfoncer de plus en plus dans les entrailles de la terre, et qu'à chaque pas les couches de rochers et de terre s'accumulent au-dessus de nous ; je n'aurais pas dû penser à ce qui se passerait si Vincent prenait ne serait-ce qu'un seul mauvais tournant, au fait que l'on se retrouverait perdus et impuissants, ensemble dans des ténèbres éternelles. Mais comme on ne pouvait pas retourner en arrière, il ne nous restait qu'à espérer qu'il allait trouver le bon chemin.

Je repoussai des toiles d'araignées qui pendaient devant mon visage, presque persuadée de sentir toutes les araignées du tunnel courir sur mes épaules, et dus me faire violence pour ne pas laisser cette possibilité m'obséder.

— *Vois ça comme une chance, Sentinelle. Tu as droit à une visite tout à fait unique du Colorado.*

— *Je vais avoir besoin de vacances pour me remettre de mes vacances. Tu as une maison en Écosse, non ? J'y vais. Une semaine. Seule.*

Il me toucha le dos en signe de solidarité.

— *Continue d'avancer, Sentinelle. C'est tout ce que tu as à faire.*

Même ça, ça semblait trop, parfois.

Nous marchâmes pendant près d'une heure, suivant Vincent dans un passage puis dans un autre. Nous avions cessé de descendre et commencé à remonter légèrement la pente, ce qui me laissait espérer que nous finirions par retrouver la surface de la terre.

Les ténèbres et la similitude de chaque mètre de tunnel étaient déstabilisantes. J'aurais perdu tout sens de l'orientation au bout de cinq minutes, et si le sol n'avait pas été en pente, je n'aurais eu aucune idée de notre position. Notre magie imprégnée de nervosité s'accumulait dans les ténèbres humides, si bien qu'on avait l'impression de traverser un nuage d'anxiété.

Un grondement sourd résonna au-dessus de nous, autour de nous, derrière nous. De la terre se mit à tomber du plafond comme des confettis, et Damien leva une main pour interrompre notre progression. Nous nous figeâmes, comme les deux premières fois où des fragments de la paroi du tunnel s'étaient répandus sur nous comme de la pluie.

Mais cette fois, le grondement ne s'arrêta pas. Il semblait devenir de plus en plus fort, comme un train fantôme lancé sur nous à pleine vitesse.

Je vis Damien lever la tête, puis regarder en arrière.

— Avancez ! tonna-t-il, et nous nous élançâmes tous.

— Allez-y ! dis-je en poussant doucement les vampires en avant. Courez ! Continuez d'avancer !

Derrière moi, Nessa hurla, et je me retournai juste à temps pour la voir s'écrouler en agrippant sa cheville.

— Nessa ! lança Ethan.

Il se fraya un chemin pour retourner l'aider, mettant un genou à terre pour la relever.

Puis le plafond céda.

Un déluge de terre et de pierre se déversa par la brèche, comme si la planète s'effondrait sur elle-même. Ce fut si violent que je fus projetée en arrière, et l'air s'emplit de poussière et de cailloux. Je me couvris le visage avec le bord de mon chemisier pour filtrer une partie des débris, mais fus tout de même prise d'une longue quinte de toux.

Il se passa une éternité avant que la poussière retombe. Et quand les faisceaux de nos lampes torches percèrent enfin les ténèbres, ils illuminèrent un passage bloqué par une énorme chute de rochers et de terre.

Ethan et Nessa avaient disparu.

L'estomac noué par la panique, je gravis des rochers de la taille d'oreillers et des monticules de terre pour me rapprocher du barrage, me rapprocher d'eux.

— Ethan ! Ethan ! Réponds-moi !

Je l'appelai à voix haute, hurlai son nom à de multiples reprises, le répétai dans mon esprit.

Mais en dépit de tout ça, il ne répondit pas.

C'est un vampire, me rappelai-je, tâchant d'empêcher la terreur de neutraliser mon corps et mon esprit. *Il est immortel.*

Jusqu'à ce qu'il ne le soit plus, intervint la voix antagoniste sur le ton moqueur d'un enfant malicieux.

Les rochers sont peut-être juste trop épais pour que des messages télépathiques passent à travers, dit la voix plus gentille. *Peut-être qu'il y a une forte concentration de fer ou autre, et que ça interfère avec la transmission.*

« Peu importe », me murmurai-je, d'une voix sans doute aussi hystérique que je me sentais l'être. « Peu importe. »

La seule chose qui importait, c'était de le sortir de là. J'avançai vers la pile de décombres et commençai à repousser du pied les cailloux par terre afin de me faire de la place. Et d'avoir de la place pour creuser.

— On ferait mieux de revenir le chercher plus tard, dit Cyril en indiquant d'un geste l'ouverture au bout du puits. Le tunnel entier pourrait s'effondrer, et qu'est-ce qu'on deviendrait après ? Nessa est une meurtrière, de toute façon.

Je me figeai, et levai lentement la tête vers lui. Ça, c'était le pompon, décidai-je. L'insulte ultime de ce voyage qui s'était transformé en fiasco total. Combien de fois nous étions-nous retrouvés en danger parce que nous avions proposé de l'aide à ces gens, et qu'ils n'avaient pas le courage d'en faire autant ?

— Rien à foutre, crachai-je.

Toutes les têtes se tournèrent vers moi, et ce fut jouissif l'espace d'un bref instant quand Damien ouvrit les yeux comme des soucoupes, ravi.

— Tu ne mâches pas tes mots, murmura-t-il.

— Tu n'as encore rien vu, marmonnai-je, et je reportai le regard sur Cyril. Vous voulez savoir où j'aimerais être, en ce moment ? Sur une terrasse avec mon petit ami, à savourer un verre de vin. Mais ce n'est pas là que je suis, n'est-ce pas ? Non. Je suis sous terre, dans un fichu repaire d'araignées assez grosses pour avoir des diplômes et des allocations, tout ça parce que votre communauté est puérile.

Quand Cyril ouvrit la bouche pour protester, je me penchai vers lui et pointai le doigt sur son visage.

— Non. Tu n'as pas droit à la parole. Tu es un immortel prêt à abandonner un des siens. Rien de ce que tu as à dire n'est valable. Alors maintenant, tu la boucles et tu te mets au boulot, ou tu dégages.

Pendant un instant, magie et tension se mêlèrent à la poussière et la terre dans l'air. Puis, sans un mot, Vincent vint à côté de moi, examina la chute de pierres et pointa un endroit du doigt.

— Ce sont de plus petits cailloux de ce côté-ci, des rochers de celui-là. Je suggère que l'on s'attaque aux plus petits et qu'on laisse les plus gros… Ils ajouteront de la stabilité, et réduiront le risque d'une nouvelle chute.

Je hochai la tête, tellement soulagée que je faillis fondre en larmes.

— Ça me semble raisonnable.

Nous nous mîmes en ligne. Vincent et moi prenions des cailloux dans la pile, puis les passions aux vampires de sa bande. Cyril se tenait à quelques pas de là, un bras passé autour de ses côtes qui avaient peut-être bien été endommagées, et me regardait d'un air à la fois furieux et offensé.

Ses sentiments m'importaient peu. Mais qu'il se soit empressé d'accuser Nessa, un membre de son Clan, d'être la meurtrière, et qu'il soit prêt à la laisser moisir sous terre pour le reste de l'éternité, ça m'incitait à le placer tout en haut de ma liste de suspects.

Si elle était morte, il serait facile de lui faire porter le chapeau, et tout le monde n'y verrait que du feu.

En revanche, j'avais sous-estimé Vincent. Nous passâmes une heure à déplacer des cailloux, et il s'activait sans manifester la moindre irritation, même si l'air était loin d'être frais, que des grondements perturbants s'élevaient au-dessus et autour de nous, et que nous avions les doigts à vif et en sang à force de creuser entre des rochers irréguliers.

— Tu l'aimes, dis-je tout bas, rompant le silence cordial.

Le sourire de Vincent exprimait l'essence même de la mélancolie.

— Elle en aime un autre. C'est la croix que j'ai à porter.

Vraiment ? me demandai-je. Ou avait-ce été celle de Taran ?

— Peut-être songes-tu que ça me donnait un motif amplement suffisant pour tuer Taran, ajouta-t-il au bout d'un moment.

Je le regardai, surprise.

— À vrai dire, ouais.

Vincent souleva un rocher plat comme une crêpe et grand comme la moitié d'un micro-ondes, puis le tendit au vampire derrière lui. Délesté de son fardeau, il mit une main sur sa taille et s'essuya le front avec la manche de l'autre.

— Je pense que tu aurais raison de le croire. Mais tu passerais à côté du point crucial.

— C'est-à-dire ?

— Ça, dit-il en indiquant les rochers et la terre. Le fait qu'on soit en train de fuir la famille de Taran. On est au beau milieu d'une querelle. Les soupçons relatifs à la mort de Taran se porteraient aussitôt sur nous, Nessa comprise. Surtout sur Nessa, puisqu'elle était la plus proche de lui. Je suis un vampire, Merit. Je suis capable de commettre un meurtre. Mais comme tuer Taran lui nuirait à elle, je ne le ferais pas.

— Et c'est aussi simple que ça.

Vincent hocha la tête.

— Pour moi, ça l'est. (Il se pencha pour déloger un rocher, puis un autre, et les jeta plus loin.) Pour moi, ça l'est, répéta-t-il, plus bas cette fois.

Je déplaçai un autre rocher, et un rayon de lumière jaillit en même temps que de la terre d'un interstice dans le tas de pierres. Par un miracle incroyable, des doigts se forcèrent un passage au travers.

— Ethan ! m'écriai-je en tendant la main pour les toucher, les serrer. Est-ce que tu vas bien ? Est-ce que Nessa va bien ?

La demi-seconde qu'il mit à répondre me parut durer une éternité.

— Je suis là, Sentinelle. Un peu mal en point, mais là. Et je vais en Écosse avec toi.

Je hoquetai, sanglotant et riant à moitié, mais totalement soulagée.

Nous finîmes de creuser, veillant à ouvrir une brèche juste assez grande pour que Nessa et Ethan puissent se faufiler à travers. Plus il resterait de pierres, plus la structure serait stable. C'était du moins ce que nous nous disions.

Ethan aida Nessa à passer dans le tunnel, puis la suivit de l'autre côté. Il était crasseux quand il émergea dans les faisceaux de nos lampes torches. Du sang coulait d'une coupure qu'il avait à la tempe, et il tenait son bras gauche avec précaution. Mais il était en un seul morceau, et il était vivant.

— Une légère commotion, diagnostiqua Damien en examinant Ethan. Un bras cassé. Deux côtes cassées. Un tas de contusions. Tu guériras assez vite… Plus vite si je pouvais te faire te transformer.

— Qu'est-ce que ça changerait ? demanda Vincent, une question aussi remarquable que triste.

Ça en disait long qu'un homme engagé dans une querelle qui durait depuis un siècle en sache si peu au sujet de ceux avec lesquels il était en conflit.

— La métamorphose soigne les métamorphes, expliquai-je.

Quand un métamorphe se transformait en animal – un tourbillon magique que j'avais eu la chance de voir de mes yeux –, ça avait pour bénéfice de soigner toutes les blessures reçues sous sa forme humaine. Étrangement, l'inverse n'était pas vrai.

— Merci, dit Ethan. Peut-être devrait-on se concentrer sur le présent et ficher le camp d'ici ? ajouta-t-il en indiquant de la tête les ténèbres au bout du puits.

— Ça, dit Damien, c'est le genre de plan qui me plaît.

Au bout de quinze autres minutes de marche, le puits se mit à monter en pente raide. C'était difficile, mais nous continuâmes d'avancer à pas feutrés, en grommelant de temps à autre quand nous glissions sur de la terre ou trébuchions sur des rochers invisibles.

Lentement, graduellement, une douce lueur commença à nimber le tunnel devant nous.

— Le clair de lune, chuchota Ethan, à l'évidence soulagé de voir quelque chose d'aussi familier. C'est le clair de lune.

Quelques secondes plus tard, nous faisions irruption dans le monde extérieur, comme si la terre ne nous avait pas trouvés à son goût et nous recrachait.

Nous émergeâmes sur un petit plateau taillé dans une colline à l'entrée d'Elk Valley. La vue en valait presque la peine. Le clair de lune se déversait dans le bassin de la vallée, et, accumulé là, il illuminait les champs, les arbres et le ruban argenté du ruisseau.

— C'est un bien bel endroit, pour être à ce point rempli de haine, déclara Damien.

Vincent hocha la tête.

— En effet, dit-il sombrement.

J'espérais qu'il dressait le bilan, qu'il se demandait si l'espèce de victoire à la Pyrrhus que souhaitaient les McKenzie et les Marchand valait réellement plus de drames, de morts et d'échappées belles.

Ethan poussa un grand soupir, et posa une main sur mon dos.

— Si les chats ont neuf vies, demanda-t-il à voix basse, à combien ont droit les vampires ?

— Ça, c'est une question mémorable, approuvai-je en le regardant. Comment va ton bras ?

Il le souleva et le baissa doucement, un geste qui lui arracha une grimace.

— Douloureux, mais plus aussi sensible. Je soupçonne que l'os est en train de se ressouder.

— Il te faut du sang, dis-je, à la fois soulagée et perturbée de donner cette instruction au lieu de la recevoir.

— Qu'est-ce qu'on fait, maintenant ? demanda Nessa tout bas.

— Je suis sur le coup, affirma Damien.

Il sortit son téléphone, ayant sans doute réussi à avoir du réseau. Avec une efficacité militaire, il transmit sa requête.

— Gabe, sers-toi du ping de mon GPS et envoie les véhicules. On a besoin d'une évacuation.

Lorsque nous eûmes descendu la colline à pied et rejoint la route la plus proche, les véhicules nous attendaient... Plusieurs pick-up, et plusieurs métamorphes.

Gabriel était appuyé contre l'un d'eux, les bras croisés. Il s'en écarta tandis que nous nous rapprochions et nous examina de la tête aux pieds, prenant note de la terre, de la boue, des égratignures et du sang.

Ethan s'avança d'un pas déterminé vers lui, et sa magie se diffusa dans un bourdonnement agressif. Il était en colère, et toute sa frustration, sa peur, sa douleur et sa fureur étaient en train de se déverser.

— Je croyais que tu avais l'intention de garder les tiens sous contrôle, cracha-t-il.

Gabriel décroisa les bras, et ses métamorphes se mirent sur leurs gardes.

— Les miens ? Je te conseille de me parler sur un autre ton, Sullivan.

— Les tiens nous ont tiré dessus, et, voyant que ça ne marchait pas, ils ont essayé de nous déloger de la retraite des Marchand en y mettant le feu, parce qu'ils croient que Nessa a tué Taran. Nous avons été contraints de nous enfuir par un puits de mine délabré, et avons failli périr dans un éboulement. Ce sont des membres de ta Meute. C'est donc à toi que revient la responsabilité de leurs actes, de leurs tentatives de meurtre.

Un éclair de magie fusa devant nous et passa dans les yeux de Gabriel.

— Tu veux t'attaquer à moi, Sullivan ? Tu penses réussir à me frapper ?

Les yeux d'Ethan virèrent à l'argenté. Il se pencha en avant.

— Ne t'avise jamais d'oublier qui nous sommes, ni de prendre notre lien pour acquis. Tu es un Meneur. Je suis un Maître. Nous sommes peut-être alliés, mais je ne suis pas membre de ta Meute. Tu n'es pas mon chef.

Ils se toisèrent un long moment, deux grands prédateurs qui se tenaient tête, raides et aux aguets, les poings serrés et prêts à se battre.

Ils auraient pu le faire. Ils auraient pu se jeter l'un sur l'autre, se réduire en bouillie pour prouver leur supériorité.

Mais n'était-ce pas justement ça le problème, à Elk Valley ? Que les métamorphes autant que les vampires, convaincus d'être dans leur bon droit, aient refusé de communiquer, de parler de ce qui était arrivé à Fiona et Christophe – et sans doute de coopérer pour la retrouver –, et la colère et la peur s'étaient envenimées au fil des générations. Persuadés que l'autre était l'ennemi, ils avaient trop campé sur leurs positions pour envisager qu'il puisse en être autrement. C'était justement pour ça que nous étions là, sur une route de graviers dans les Rocheuses, fatigués et sales, à nous crier dessus.

Gabriel parut prendre conscience de cette vérité, et son sourire naissant détendit l'atmosphère.

— Dieu merci, les vampires de Chicago ne créent jamais de problèmes, Sullivan. Oh, mais attends… Ce n'est pas pour ça que tu avais besoin de vacances, à la base ?

La tension s'évanouit aussitôt du visage d'Ethan. Il avait beau être en colère, Gabe avait raison.

— Va te faire foutre, Keene.

Le sourire de Gabe s'agrandit, et il assena une tape sur le bras cassé d'Ethan.

— Va te faire foutre aussi, Sullivan.

C'était ce que la plupart des gens appelaient un compromis, je crois.

Les métamorphes nous reconduisirent à la maison d'hôte, où l'Orangexplosion nous attendait, un peu moins orange qu'elle l'avait été. La Meute était retournée à la retraite, avait découvert que les McKenzie étaient partis – remplacés par des pompiers bénévoles – et que l'Orangexplosion était intacte. Les flammes à proximité avaient roussi sa peinture, mais nos katanas étaient en sécurité à l'intérieur.

Nous nous douchâmes chacun notre tour, pendant que Nessa trouvait des vêtements qui convenaient aux autres Marchand et veillait à ce qu'ils aient du sang et de la nourriture.

Je fus l'une des dernières à me doucher, et je me frictionnai les cheveux et la peau jusqu'à être certaine que je m'étais débarrassée de tous les arachnides indésirables. Mais je soupçonnai que j'allais sans doute sentir leurs petites pattes le long de mon dos pendant encore quelques nuits.

Une fois propre, et après avoir secoué ma veste en cuir une demi-douzaine de fois pour la débarrasser des dernières créatures qui pouvaient s'y accrocher, je trouvai le salon rempli de métamorphes et de vampires. Ils ne se parlaient pas, mais ils ne se sautaient pas à la gorge non plus, ce qui était déjà bien.

J'entrai dans la cuisine, et y trouvai les leaders des diverses cabales.

— Tu as l'air plus propre, chaton.

Gabriel et Ethan étaient assis sur des tabourets, du sang et de la bière devant eux.

— Je ne me sentirai peut-être plus jamais vraiment propre, avouai-je. En revanche, je suis prête à quitter ce trou. (Je jetai un coup d'œil à Ethan.) Est-ce qu'on part faire un tour à la maison ?

— Oui, et je partage totalement ton sentiment.

Gabriel se leva.

— Je viens avec vous, cette fois. Damien, garde les enfants, tu veux ?

Damien grommela, mais il savait quand se taire.

La maison principale était apparemment assez loin pour qu'il faille y aller en voiture. Nous sortîmes donc et remontâmes dans les pick-up : Gabriel, Ethan et moi dans l'un, Vincent, Nessa et deux autres métamorphes de la Meute des Grandes Plaines dans l'autre. Les autres vampires et métamorphes restèrent à la maison d'hôte. Ça ne servirait à rien que nous contaminions tous la scène du crime.

Après un trajet dans le noir sur une route cahoteuse, Gabriel s'engagea dans une grande allée. La maison était située juste au bout, afin que les invités puissent la voir se rapprocher au fur et à mesure qu'ils descendaient l'allée.

La ressemblance avec la maison d'hôte était flagrante ; c'était la même association de toits en pente raide et de rondins massifs, de pierre et de verre, mais sur un terrain considérablement plus étendu. Si la maison d'hôte pouvait être un charmant foyer pour une grande famille, la maison principale, elle, était sans conteste un manoir. Nessa et Taran ne manquaient pas d'argent.

La voiture de patrouille était garée devant la maison, et Tom et un adjoint attendaient là, penchés sur des documents. Nous nous arrêtâmes à côté et ressortîmes dans la nuit.

— Bonjour, dit Tom sur un ton prudent en examinant Gabriel.

— Gabriel Keene, dit Ethan. Le Meneur de la Meute des Grandes Plaines. Gabriel, voici Tom McKenzie, le shérif.

Tom hocha la tête.

— Bien sûr. Enchanté.

Il n'y avait rien dans sa voix qui disait qu'il reconnaissait l'autorité de Gabriel. Juste un peu d'incertitude, comme s'il ne savait pas trop comment se comporter.

Gabriel inclina la tête, en lui adressant un regard on ne peut plus réprobateur.

— Eh bien, reprit Tom en se tournant vers le reste d'entre nous, heureux de vous voir en un seul morceau. On a vu la fumée, et on a reçu l'appel des pompiers quand ils sont intervenus.

Ethan ne le ménagea pas.

— Oui, vu que les McKenzie ont essayé de nous brûler vifs.

Tom se contenta de le regarder.

— Vous brûler vif ? Les pompiers n'ont rien dit au sujet d'un incendie criminel.

— Ils ont amené des torches, dit platement Ethan. Vous découvrirez peut-être que Niall et Darla sont surpris que nous soyons vivants.

Tom cligna des yeux.

— Niall et Darla ? Elle est toute frêle.

— Elle a la force nécessaire, lui assura Ethan.

— Ils pensent que je l'ai tué, précisa Nessa. Ils ont appris que j'avais rempli la version préliminaire d'une demande de divorce, et elle a assisté à une dispute entre Taran et moi à l'université. Elle pense que je l'ai tué sous le coup de la colère.

Le regard de Tom s'assombrit.

— Tu allais demander le divorce ?

— On était en train de résoudre le problème, dit-elle, et elle semblait aussi épuisée que je me sentais l'être.

— À quel sujet vous disputiez-vous ?

Nessa croisa les bras et détourna les yeux tandis que la brise soufflait dans ses cheveux ébouriffés.

— Nous étions censés sortir en ville ce soir-là. Il était à la bibliothèque, n'a pas vu le temps passer et m'a posé un lapin. Je n'étais pas contente, et je le lui ai reproché. Ça n'a pas été un moment dont je suis fière. Il n'était pas parfait, ajouta-t-elle en chassant les larmes qui roulaient sur ses joues. Mais on travaillait sur notre couple.

— Et Darla a été témoin de cette dispute ? demanda Tom.

— Je suppose. Elle est étudiante… Je n'ai pas été franchement discrète.

Ça expliquait une partie de ce que Darla savait, mais pas le reste.

— Comment a-t-elle réussi à obtenir une copie des papiers du divorce ?

Nessa me regarda en clignant des yeux.

— Quoi ?

Tom fronça les sourcils.

— Elle avait une copie des papiers ? Je croyais que tu disais ne pas avoir fait la demande.

— Je ne l'ai pas faite.

Nessa parut avoir une prise de conscience soudaine. Elle avait pensé à la révélation de Darla au sujet du divorce, mais pas à la façon dont Darla avait découvert cette information.

— Elle avait ma copie… Je me souviens d'avoir vu mon nom en haut. Cette copie venait de mon avocat.

— Où était-elle ? demandai-je. Ta copie.

— Dans mon bureau. (Elle se décomposa, passant du chagrin à l'horreur.) Les papiers étaient dans mon bureau. Ils étaient chez moi !

Nous nous retournâmes vers la maison, dont la porte d'entrée était barrée d'un ruban de police jaune révélateur.

— Personne n'est entré dans la maison aujourd'hui, lui assura Tom. Elle est gardée. Ça a dû se passer avant le meurtre.

Ou pendant, songeai-je sombrement.

— Si on allait jeter un œil à l'intérieur ? suggéra Ethan.

Tom retira le ruban, qu'il roula en boule avant de pousser la porte.

— Ethan, Merit, Gabriel, Nessa, dit Tom en nous invitant à entrer d'un geste. Tous les autres, vous restez dehors, s'il vous plaît.

Personne n'émit d'objection.

Compte tenu des circonstances, j'essayai de ne pas ouvrir de grands yeux quand nous entrâmes, mais j'eus du mal. La maison était énorme et s'ouvrait sur une gigantesque pièce à vivre, avec une cuisine et une salle à manger d'un côté. Tout le mur du fond était percé de fenêtres sans volets qui donnaient sur la vallée. La lumière était nécessaire au palmier qui poussait au milieu du salon, encastré dans le sol en carrelage espagnol et entouré par une petite fontaine.

Si du sang avait coulé, il avait disparu, et toute trace de la mort de Taran avait été effacée, sauf dans l'esprit de Nessa. Elle se tenait là en silence, stoïque, les yeux rivés sur l'emplacement au sol où elle avait vu son mari pour la dernière fois.

— Je vais emmener Nessa dans son bureau, nous informa Tom à voix basse. On va partir de là. Est-ce que vous voulez bien commencer par le bureau de Taran ?

Il fit un geste vers la gauche.

La maison avait beau être immense, le bureau était exigu, plein à craquer et tout à fait charmant. Sur la gauche, il y avait une grande bibliothèque avec des livres, des papiers et des bibelots empilés sur chaque étagère. Un modeste bureau trônait devant, et sur la droite une petite causeuse en velours turquoise élimé, qui servait sans doute pour des siestes dans l'après-midi.

Métamorphe ou non, à en juger d'après les piles de paperasse, l'assortiment de mappemondes et la collection de chapeaux accrochés à des patères au mur, je devinai que Taran avait été une sorte d'intellectuel excentrique. Tout à fait mon genre, du moins avant Ethan. J'eus un pincement au cœur à la pensée de sa mort, mais je me ressaisis. La seule façon de l'aider, désormais, c'était de découvrir la vérité.

— Messieurs, dis-je, une fois certaine que ma voix ne tremblerait pas, nous sommes devant le bureau d'un académicien. Je vous invite à me laisser m'occuper de ça.

Je les entendis presque lever les yeux au ciel derrière moi, mais j'entrai sans leur prêter attention et regardai autour de moi.

Je commençai par les étagères. Les livres traitaient pour l'essentiel de l'exploration dans l'Ouest et le Midwest des États-Unis. Une série complète des journaux de bord de Lewis et Clark. Une série des journaux de bord du prince Maximilien. D'innombrables livres sur la faune et la flore. D'autres sur l'histoire de l'exploitation minière dans le Colorado.

Je passai au bureau, où j'essayai de découvrir comment Taran organisait ses affaires, jusqu'à ce que je comprenne enfin que chaque pile correspondait à une catégorie. Les papiers qui devaient être corrigés étaient dans une pile, et ceux qui l'étaient déjà, dans une autre. Il y avait une pile consacrée à des recherches sur les villages Arapaho, une autre sur le Mormon Trail. Et une troisième de papiers fragiles et jaunis.

C'étaient des notes, avec une date en haut de chaque page et « CM » griffonné en bas.

Christophe Marchand, songeai-je tandis que mon sang ne faisait qu'un tour.

Je pris un crayon pour tourner le feuillet, prenant soin de ne pas toucher le papier. Les notes couvraient une période de plusieurs semaines. La plupart retraçaient les détails domestiques de sa vie avec Fiona. Poules nourries. Sol désherbé pour un jardin. Un abri amélioré pour leur âne, Fred. Christophe adorait l'art, et il écrivait qu'il avait rapporté au Colorado un livre d'œuvres célèbres. Fiona et lui avaient l'habitude de le feuilleter à la lueur des bougies, de discuter des peintures, d'imaginer les mondes fantastiques. C'était apparemment ça qui l'avait inspirée.

« Fiona peint », disait l'une des notes de Christophe. « Elle n'est pas encore très bonne, mais elle s'exerce avec beaucoup d'assiduité. Je lui ai dit qu'il faut que nous allions à Paris voir les merveilles là-bas. »

L'amour qu'il lui portait était flagrant, et sa passion pour Elk Valley évidente. J'aurais eu plaisir à passer des heures à parcourir ses notes. Mais, ayant une tâche à accomplir, je me forçai à remettre les papiers à leur place avant de me laisser happer davantage.

Je m'assis dans un fauteuil usé jusqu'à la corde et qui grinçait, puis ouvrit le dernier tiroir du bureau. Il y avait des classeurs de recherches, des ébauches d'articles, des articles publiés, des copies du curriculum vitæ de Taran imprimées sur du papier épais.

Je tendis la main pour tâter le fond du tiroir, à la recherche de quelque chose qui aurait pu être scotché ou attaché là… J'avais regardé mon compte de séries policières. Il n'y avait pas de paquet secret, mais je trouvai tout de même un classeur qui avait glissé derrière les autres.

Je le sortis. De son écriture soignée, Taran avait écrit « Menaces » sur l'étiquette, et c'était bien de ça qu'il s'agissait. Des emails malveillants d'élèves, des lettres insolentes de parents autoritaires, une accusation – infondée, d'après les notes de Taran – de plagiat du travail de recherche non publié d'un étudiant de vingt ans. Bon nombre de ces papiers étaient jaunis par le temps. Mais il y en avait un tout à la fin qui était encore blanc et impeccable.

Je le sortis, et mon cœur se mit à battre plus vite quand je pris conscience de ce que j'avais trouvé. C'était un email adressé à Taran qui datait d'une semaine.

Taran,
Je sais que tu ne veux plus parler de la propriété, mais il faut que tu comprennes. Tu vas détruire tout ce qu'on a construit, tout ça pour elle. C'est ce qui a causé la perte de cette vallée la première fois, et on ne peut pas revenir à ça. Fais ce qu'il est juste de faire, ou ce qui se passera ensuite sera ta faute.
Rowan

Je n'étais pas sûre de ce qu'était cette « propriété », mais j'y lus une menace à peine voilée de Rowan. Je rangeai le classeur et emmenai le papier dans le couloir, où Ethan, Gabriel et Tom se trouvaient déjà.

— Vous avez mis la main sur quelque chose ? demandai-je.

— Nessa ne pense pas qu'ils aient pris quoi que ce soit dans son bureau. Elle avait besoin de rester seule quelques minutes.

Je hochai la tête.

— J'ai peut-être trouvé un indice, dis-je, et je tendis le papier à Tom. De quelle propriété parle-t-il ?

Tom fronça les sourcils, puis passa le papier à Ethan.

— Sans doute la propriété foncière.

— Quelle propriété foncière ? demanda Ethan.

— D'après ce que j'ai compris, le terrain de Taran – la propriété sur laquelle se trouvent la demeure et la maison d'hôte – est tenu en fiducie révocable au nom de Taran.

— Si Nessa et Taran sont mariés, repris-je, pourquoi est-ce au nom de Taran ?

— Ces terres ont toujours été au nom des McKenzie. Ils en ont revendiqué la propriété avant que les Marchand aient pu le faire. C'est l'une des raisons pour lesquelles il y a des tensions dans la vallée. Les métamorphes ont la terre… Les vampires ont l'argent.

— Intérêts composés, dis-je en même temps qu'Ethan.

Tom hocha la tête.

— Et il y a l'aspect pratique. Taran n'aurait jamais pu mettre les documents de la propriété au nom de Nessa… Pas alors qu'elle ne vieillira jamais. Ça aurait été trop évident qu'elle était différente.

— Et ça l'aurait mise en danger, conclut Ethan.

Tom acquiesça.

— De quoi est-ce que Rowan avait peur, alors ? demandai-je. Que craignait-il que Taran fasse ?

Je crois que c'est le moment de lui poser cette question, dit Tom.

Comparée aux maisons de Nessa, la demeure des métamorphes était modeste. Plusieurs bâtiments sur un petit lopin de terre clôturé, avec une dizaine de voitures garées çà et là sur ce qui aurait été une pelouse. Des poules picoraient dans la terre, et de mauvaises herbes et du lierre couvraient un grillage en bordure de la propriété.

Était-ce ça qui expliquait en partie l'animosité ? La jalousie, parce que les vampires possédaient tant et les métamorphes si peu ? Ou leur connexion à la terre rendait-elle les éléments matériels de leur existence sans importance ?

Rowan s'avança dehors, Niall et Darla derrière lui. Ceux-ci paraissaient surpris – et déçus – de nous voir vivants.

— Shérif, dit Rowan en posant sur nous un regard méfiant. Gabriel. Y a-t-il un problème ?

Tom marqua une pause et dévisagea Gabriel, qui l'invita à poursuivre d'un hochement de tête. Apparemment, Tom avait décidé que son chef avait assez d'autorité.

—Avant toute chose… Es-tu au courant que Niall et certains de ses amis ont tiré sur ces vampires, mis le feu au complexe des Marchand et essayé de les brûler vifs ? L'un des tiens a aussi volé des documents légaux chez Nessa, et a décidé qu'ils prouvaient qu'elle a tué son mari.

En dehors d'un tic à la mâchoire, Rowan demeurait impassible. Il soutint le regard de Gabriel.

—Ça, je ne l'ai pas approuvé.

—On discutera de ça plus tard, dit Tom. De manière calme et raisonnable, avec les Marchand et les McKenzie réunis, on déterminera s'il convient de demander réparation.

Niall ouvrit la bouche pour parler, mais Rowan le réduisit au silence d'une main.

— *Une approche étonnamment raisonnable*, fit remarquer Ethan en silence, narquois.

Je ne pouvais qu'acquiescer.

—En ce cas, pourquoi êtes-vous là ?

—À cause de ça.

Tom s'avança et tendit à Rowan le papier qu'il avait mis dans une pochette scellée pour pièces à conviction.

Rowan considéra la page avec suspicion, mais son corps se raidit alors qu'il la scannait du regard.

—Je n'ai pas écrit ça.

Tom n'était pas dupe.

—Il y a ton nom dessus. Ça vient de ton adresse email.

Rowan rendit le papier à Tom.

—Quoi qu'il en soit, je ne l'ai pas écrit.

—As-tu parlé à Taran de la propriété ?

Quelque chose passa dans les yeux de Rowan.

— Oui.

— Que lui as-tu dit au juste ?

Il serra les dents. De toute évidence, le sujet de leur conversation lui déplaisait... Ou le fait de le révéler maintenant. Au bout d'un moment, alors que de la magie retombait dans l'air comme de la poussière, il fixa le regard sur Nessa.

— Ils étaient en train de travailler sur leur couple. Il pensait que les choses s'amélioraient. Il allait changer la fiducie. Il voulait mettre la propriété au nom de Nessa, lui en faire cadeau. C'était censé être une promesse pour leur mariage.

Nessa entrouvrit les lèvres, sous le choc et de nouveau assaillie par le chagrin. Je devinai qu'elle n'avait pas été au courant du plan de Taran.

Ethan étrécit les yeux.

— Est-ce déjà arrivé avant ? Qu'une propriété dans la vallée soit détenue par un vampire ?

— Non, répondit Rowan, et il ne faisait guère de doute qu'il aurait préféré que ça reste comme ça.

— Que comptais-tu faire, alors ? demanda Tom.

— C'est son terrain, pas le mien. Que pouvais-je faire ?

— C'est magnanime.

— C'est pragmatique, répliqua Rowan. La propriété est à son nom. Pas au mien, ni à celui de Nessa. Ça aurait dû rester comme ça. Mais ce n'était pas à moi de prendre cette décision, légalement parlant ou non.

— Le tuer aurait assuré qu'il ne puisse pas changer la fiducie, soulignai-je, et le silence retomba, pesant.

— Je n'ai pas tué mon cousin, dit platement Rowan.

Cette fois, c'était à Gabriel qu'il le disait.

— Qui d'autre a accès à ta messagerie électronique ? demanda Tom.

— Personne.

— Tu as donc envoyé l'email toi-même ?

— Je vous l'ai dit, je n'ai pas envoyé ce maudit email. Je n'avais même pas mon ordinateur portable. Je laisse Darla s'en servir pour les cours.

Ce ne fut que lorsque Rowan eut prononcé ces mots qu'il se rendit compte de leur implication. Il se raidit et se retourna très lentement vers Darla, qui se tenait en silence derrière lui, le menton relevé en signe de défi.

— Tu t'es servie de mon compte ?

Elle ne répondit pas.

— Réponds-moi ! exigea-t-il tandis que de la magie se déversait dans la cour comme un nid de guêpes qui bourdonnaient furieusement.

— Je l'ai entendu te parler de changer la fiducie. C'est une grave erreur. Les suceurs de sang n'ont pas leur place ici. Ils n'y ont jamais eu leur place. Cette terre appartient aux McKenzie. Nous étions là les premiers, et il n'a aucun droit de la céder. J'ai essayé de lui parler, mais il refusait d'écouter.

Quand elle marqua une pause, Rowan la fusilla du regard.

— Va jusqu'au bout. Fais ce qui est honorable et va jusqu'au bout.

Darla le dévisagea un moment, avant de tourner prudemment les yeux vers Gabriel, à la recherche d'une oreille compréhensive. Mais Gabriel avait l'air aussi dépité que Rowan, ce qui parut suffire à la convaincre.

— J'ai envoyé l'email depuis ton compte, confirma-t-elle. Comme il n'y a pas répondu, je suis allée à la maison lui parler. Il m'a dit que ce n'étaient pas mes affaires, qu'il faisait ce qui était bon pour sa famille. Il s'est détourné… Il m'a tourné le dos. Il a tourné le dos aux McKenzie. Je ne pouvais pas le laisser faire ça. Pas après tout ce qu'on avait enduré depuis Fiona. J'ai pris un presse-papiers, l'objet le plus proche… et je l'ai frappé avec.

— Oh, Taran, chuchota Nessa, en se couvrant la bouche d'une main tandis qu'elle ravalait ses larmes.

— Je suis ressortie par la porte en courant pour que personne ne me voie, poursuivit Darla. J'ai laissé tomber le presse-papiers quelque part le long de la route, et je suis rentrée à la maison.

— Tu as tué l'un des nôtres, dit Rowan, choqué et le visage blême. Tu nous as tués, nous.

Tom s'avança en détachant des menottes de son ceinturon. Il ramena les mains de Darla derrière son dos et les lui passa.

— Darla McKenzie, tu es en état d'arrestation pour le meurtre de Taran McKenzie.

Il lui énuméra ses droits et la confia à l'adjoint, qui la fit monter dans la voiture.

Niall fit un bond en avant pour protéger sa sœur.

— Vous ne pouvez pas l'emmener ! Elle n'a rien fait ! C'est la faute des vampires ! C'est la faute des vampires !

Deux métamorphes McKenzie l'interceptèrent et l'empêchèrent d'aller plus loin.

— Rowan, il faut que ça cesse, dit Tom, visiblement fatigué. Plus de représailles. Plus de peur. Plus de haine. J'ai laissé ça durer trop longtemps, et je l'assume. Mais c'est à nous tous d'assumer, maintenant. Si vous refusez de vous réunir pour parler, j'appelle le gouverneur et je demande la garde nationale, et on verra où ça nous mènera.

Pendant un long moment, Vincent et Rowan se contentèrent de se regarder.

— Je n'ai rien contre une discussion, affirma Vincent.

Rowan hocha la tête.

— On se réunira.

J'espérai que ça, ce serait le début de quelque chose de nouveau.

Une odeur exquise de pâtes, de tomates, d'ail et de viande épicée embaumait la maison d'hôte.

Dieu merci, Damien n'avait pas chômé.

Il avait déjà disposé des montagnes de nourriture sur la table de la salle à manger ; des bols de pâtes et de sauce, du parmesan fraîchement râpé, des boulettes de viande fumantes, et du pain croustillant pour saucer.

Je contemplai la table et soupirai d'aise, mes sens comblés.

— Tu ferais mieux de te dépêcher de la demander en mariage, Sullivan, prévint Gabriel en s'attablant. Avant qu'elle fasse une proposition à Damien ou à la nourriture.

Ethan émit un son sardonique et me tira une chaise. Je m'assis et entrepris de me goinfrer.

Je ne m'arrêtai que lorsque je me fus resservie deux fois, et que j'eus tellement mangé que j'avais le ventre rebondi comme si j'avais avalé un ballon de volley. Un délicieux ballon de volley.

Ce fut à ce moment-là que tout le sang descendit dans mon ventre et que mes yeux commencèrent à se fermer.

Gabriel se tapota la bouche avec une serviette, puis la jeta sur la table.

— Tu devrais aller au lit avant de tomber dans ton assiette, chaton. On va monter la garde, aujourd'hui.

— Tu es sûr ? demanda Ethan.

Il hocha la tête.

— Vous avez fait votre part pour nous aider. Le moins que l'on puisse faire, c'est vous rendre la pareille. Nous partirons à la tombée de la nuit, quand vous serez réveillés. Je présume que vous rentrez demain ?

Ethan hocha la tête.

— Le jet nous attendra au crépuscule.

— Timing parfait, dit Gabriel.

— Ça vous arrive de dormir ? demandai-je d'une voix ensommeillée.

La plupart des surnaturels n'étaient pas sensibles au soleil comme l'étaient les vampires, mais ils dormaient tout de même le jour. Je supposais qu'ils voulaient être réveillés quand il y avait de l'action… ou du grabuge.

— Pas autant que vous, répondit Gabriel en souriant. On préfère les petites siestes.

Je lui rendis son sourire, et couvris un bâillement du dos de la main.

— Bien sûr.

— Va te coucher.

Je ne protestai pas. Pendant qu'Ethan se débarbouillait, je m'écroulai sur le lit tout habillée, et sombrai dans le sommeil avant qu'il soit revenu.

Chapitre 6

Je me réveillai en me redressant en sursaut. Je clignai des yeux, cherchai mes repères et me rendis compte que j'étais dans mon plus simple appareil.

Mes vêtements étaient soigneusement posés sur une chaise à côté du lit. Ethan avait dû me les enlever avant que le soleil se lève.

La pièce était plongée dans l'obscurité. Les volets des fenêtres étaient toujours baissés, le soleil n'ayant pas encore complété son périple dans le ciel. Ethan dormait à poings fermés à côté de moi, et le reste de la maison d'hôte était totalement silencieux, totalement calme.

C'était rare que je me réveille avant Ethan, et étrange d'expérimenter la tranquillité du crépuscule pendant qu'il dormait profondément. La question, c'était… Pourquoi ? Je rejetai les couvertures, m'aspergeai le visage d'eau glacée jusqu'à ce que mon cerveau se remettre à fonctionner, puis retournai dans la chambre et regardai autour de moi. Je ne cessai de revenir au paysage de Barrymore, à la représentation sur toile de la vallée.

Puis je songeai à la note du journal de Christophe : « Fiona peint. Elle n'est pas encore très bonne, mais elle s'exerce avec beaucoup d'assiduité. »

Mon cœur se mit à battre à tout rompre.

— Est-ce que ça pourrait être aussi simple ? me demandai-je en écarquillant les yeux.

— Sentinelle ? fit Ethan d'une voix ensommeillée.

Quand je me retournai vers lui, il s'assit en peignant ses cheveux des doigts, le drap ramené au niveau de son abdomen.

— Qu'est-ce qui ne va pas ?

Je regardai de nouveau la peinture.

— Je crois savoir ce qui est arrivé à Fiona McKenzie.

Nous demandâmes au pilote du jet d'attendre et nous réunîmes sur une colline escarpée à l'entrée de la vallée, la colline d'où nous avions émergé la nuit précédente. Tom, Rowan, et quelques-uns de ses métamorphes de confiance. Vincent et Nessa. Moi et Ethan.

— Bien, Merit, commença Tom. C'est toi qui nous as rassemblés. À toi l'honneur.

Je hochai la tête, et jetai un coup d'œil à Vincent.

— Tu disais que, comme certaines des possessions de Fiona avaient disparu, ils ont cru qu'elle était morte. Qu'est-ce qui manquait ?

Vincent fronça les sourcils.

— Je ne vois pas en quoi ça…

— Dis-moi, c'est tout, insistai-je avec douceur.

— Je ne me souviens pas exactement. Un pull. La broche. Ses meilleures bottes.

— Et du matériel de dessin… De la peinture ou des carnets de croquis ?

— Pas que je me souvienne, dit Vincent, les sourcils froncés. Mais elle n'était pas une artiste.

— Ce n'est pas exact, en fait, repris-je. Fiona était en train d'apprendre à peindre. Taran détenait quelques-uns des vieux papiers de Christophe, et celui-ci l'a mentionné. Fiona savait à quel point Christophe aimait la vallée et les peintures de Barrymore, et elle savait qu'il comptait lui donner la broche. Elle voulait lui donner quelque chose en retour. Quelque chose qu'il apprécierait.

Je marquai une pause le temps qu'ils digèrent l'information.

— Je pense qu'elle avait décidé de lui offrir le paysage qu'il aimait. Les deux tableaux – le grand et le petit – représentent la vallée vue de cette colline, sous des angles légèrement différents. Je pense que Fiona a dû se lever avant Christophe et venir ici avec ses meilleures bottes, son pull, et peut-être la broche parce qu'elle pensait qu'elle serait à elle un jour. Peut-être pour l'inspiration. Elle s'est installée pour peindre, et quelque chose est arrivé.

— Quoi ? demanda Vincent, clairement intrigué.

— Je ne sais pas. Mais c'est pour ça que nous sommes ici.

— *Chapeau, Sentinelle*, me félicita Ethan.

— *Merci. Voyons si on peut en faire plus pour Fiona.*

Tom me regarda, et tous les autres regardèrent Tom, dans l'attente de son verdict.

— Vous avez entendu la demoiselle, dit-il Tom. Sortez vos lampes torches, et mettons-nous à chercher.

Nous cherchâmes pendant une heure, en vain. Nous passâmes au peigne fin le terrain accidenté, les cailloux, les rochers en dents de scie, et les terriers des lapins et des renards qui avaient élu domicile dans la vallée. Nous repérâmes deux autres entrées du puits de la mine, les os de ce que nous pensions être un élan, et pas grand-chose d'autre.

Enfin, jusqu'à ce que je tombe littéralement dessus.

Confondant un rocher avec une ombre, je me pris l'orteil sous la saillie. Je basculai et me réceptionnai sur les mains. Une vive douleur se diffusa dans mon corps quand ma peau délicate heurta les cailloux irréguliers… Et je me rendis compte que le rocher était une longue plaque de granit qui recouvrait en partie un trou dans le sol.

Je m'empressai de ramasser la lampe torche que j'avais laissée tomber, et braquai le faisceau lumineux sur la brèche.

Elle était étroite, mais, sous la plaque de granit, le trou était d'une profondeur de deux ou trois mètres. Et au fond gisaient les restes d'un corps, une simple robe en tissu rose pâle avec de minuscules feuilles vertes, des bottes et une petite sacoche en cuir. À première vue, ses deux jambes avaient été cassées.

Un siècle s'était écoulé depuis sa mort, et de la terre était tombée sur ses os et sa robe comme de la neige. Mais même après toutes ces années, elle était toujours Fiona.

Je me relevai, sifflai et laissai les autres me trouver.

— Qu'est-ce que c'est ? demanda Tom tout bas.

Sans un mot, je dirigeai ma lampe torche vers le trou. Il y eut des cris étouffés, des jurons, des prières.

— Tu l'as trouvée, dit Nessa en s'avançant pour me serrer la main. Tu l'as trouvée.

— Je pense qu'elle s'est cassé les jambes en tombant, expliquai-je en me servant de la lampe torche pour leur montrer.

— Elle n'a pas dû avoir assez d'espace pour se transformer, dit Ethan à voix basse.

— Et n'a donc pas pu se guérir, compléta Vincent, se rappelant ce que je lui avais dit.

Je hochai la tête.

— Elle n'a pas dû réussir à se hisser hors du trou, et, avec cette saillie, ça devait être presque impossible de la remarquer. Je ne l'ai vue que quand je suis tombée par terre. Et il y a autre chose, ajoutai-je en pointant ma lampe torche sur un objet qui scintillait sur le col de sa robe… sur l'or et les pierres précieuses de la broche en forme de lauriers.

Elle la portait quand elle était tombée.

— S'est-elle enfuie ? demanda Rowan. L'a-t-il tuée ? L'a-t-il mise là ?

Entre autres choses, Rowan n'était pas un optimiste.

Tom regarda de nouveau dans le trou, et soupira.

— On va faire venir l'équipe médico-légale ici, et on verra ce que Mme McKenzie a à nous dire.

Nous attendîmes pendant qu'on appelait les scientifiques, qu'on installait l'éclairage et qu'on arrangeait les bâches en plastique afin que son corps puisse être récupéré sans dommages.

Après avoir pris quantité de photos, ils se servirent de longues pinces pour remonter les restes de son corps et ses affaires, dont un sac en toile qui renfermait son matériel de dessin : des plumes et des porte-crayons, quelques craies de couleur, une petite bouteille d'encre. Il contenait aussi plusieurs feuilles de papier épais qui avaient miraculeusement survécu. Je m'accroupis à côté de la bâche en plastique, et me servis d'un bâton pour déplier avec précaution la première page.

L'encre s'était en partie estompée jusqu'à être invisible, mais les mots lisibles suffisaient pour comprendre le message.

Christophe, mon amour, j'ai fait… J'ai disparu dans… "terriers" de cette terre belle… sauvage. Je… me… coincée, sans place pour me transformer ou… Pour ça, surtout…, je… désolée.
Mon but était de dessiner notre vallée, de… la révéler… pigments aussi bien que… M. Barrymore. C'est… cadeau… te fais. J'essaie de… rire… comme

nos plans sont anéantis… par le sort. Et six jours plus tard… voilà.

J'ai peur que ce soit mon dernier…, que l'immortalité ne soit pas un… j'ai… reçu. Si tu… ne trouves…, … prie que ton esprit trouve la paix, comme le mien…, que… passé tant de mois ensemble… pleure pas pour moi de tristesse, mais de joie… de… pour tout ce qu'on a vu… monde. Cherche le réconfort… famille ; laisse-les te réconforter et te consoler… pas peur pour moi. Je n'ai pas peur… car les ténèbres viennent pour nous tous.

… aime, et… éternellement, Fiona

— Six jours, dit Rowan après avoir lu les mots à son tour, la voix étranglée par l'émotion. Elle est restée là pendant six jours.

Des larmes chaudes tombaient de mes joues comme autant d'hommages. Fiona ne s'était pas enfuie, et Christophe ne l'avait pas tuée. Elle était partie dans les collines dans l'intention de dessiner la vallée pour Christophe, était tombée et s'était blessée, et n'avait pas réussi à ressortir.

Christophe ne pouvait plus pleurer Fiona, il n'était plus là pour ressentir tant la joie que le désespoir de l'avoir trouvée. Je pleurais donc pour lui, pour elle, et pour tous ceux qui étaient venus après eux, pris dans une bataille que jamais personne n'avait eu l'intention de mener.

— Offrons-lui une minute de silence, déclara Tom, et toutes les personnes sur la colline cessèrent de bouger le temps de notre décompte muet.

Tom renifla quand la minute fut écoulée, et essuya ses yeux humides.

— J'aimerais dire quelques mots, dit Rowan.

Tom hocha la tête, et nous nous écartâmes pour lui faire de la place.

Du fait de leur profonde connexion au monde naturel, les métamorphes étaient des romantiques au sens classique du terme. Ayant entendu Gabriel réciter Yeats, un poème de son recueil *Dans les sept bois*, ça n'avait pas de quoi me surprendre que Rowan choisisse d'autres vers du même auteur.

— « Mais une fille surgit, les lèvres rouges de deuil », commença-t-il d'une voix claire et sonore. « Qui sembla la grandeur du monde en larmes, Condamnée comme Ulysse et les vaisseaux qui boitent, Au loin, fière comme Priam assassiné.[1] »

Rowan marqua une pause, les dents serrées tandis qu'il tâchait héroïquement de contenir ses émotions. Il secoua vivement la tête, passa la main sur sa mâchoire, et prit tant bien que mal son inspiration. Une fois certain qu'il se contrôlait, il joignit les mains devant lui et reprit.

— « Surgit, et dans l'instant les gouttières bruyantes, La lune qui grimpait à un ciel vide, Et toute cette lamentation dans les feuillages… »

En dépit de ses efforts, les larmes lui montèrent aux yeux et il renifla rageusement, comme si son corps avait trahi son émoi.

— « Ne purent qu'être l'image de l'homme, et tout son cri. »

Ce fut son signal implicite, et ses métamorphes hurlèrent leurs chants funèbres d'une même voix triste à fendre l'âme.

Quand ils eurent fini, il essuya ses larmes.

---

1. « Le chagrin de l'amour » de William Butler Yeats, in *Quarante-cinq poèmes*, traduction Yves Bonnefoy, Gallimard, 1993.

— Les cendres de Christophe, dis-je tout bas, rompant le silence tandis que je me tournais vers Vincent. Où sont-elles ?

Il mit un moment à répondre.

— Dans notre tombe, dans le cimetière à l'autre bout de la vallée.

— Il devrait être avec elle maintenant. (Je le regardai lui, puis Rowan.) Après tout ce temps, tout ce malheur, ils devraient être ensemble, unis dans l'amour.

Pendant un long moment de silence, Rowan et Vincent se dévisagèrent. L'atmosphère était lourde du poids de leur colère, de leurs regrets, de leur peur, et ils attendaient tous les deux que l'autre cède.

À mon grand soulagement et ma grande surprise, Rowan prit la parole le premier.

— Elle devrait être enterrée parmi les arbres, afin que le cycle de sa vie puisse continuer. Peut-être… qu'on pourrait trouver un endroit qui conviendrait pour les deux.

L'un des métamorphes plus jeunes ouvrit la bouche pour protester, mais Rowan leva une main pour le réduire au silence, et il eut l'intelligence de se taire.

— Je serais heureux d'en discuter, dit Vincent.

C'était un début.

Nous regagnâmes la route et marchâmes sans mot dire dans les ténèbres, l'atmosphère encore chargée de tristesse.

— Regarde le ciel, dit Ethan, et je renversai la tête en arrière.

Les nuages s'étaient écartés pour révéler un chef-d'œuvre : l'univers bleu nuit, veiné de diamants épars qui formaient la Voie lactée. Les étoiles scintillaient comme des pierres brillantes dans les ténèbres tandis que voguions dans l'univers sur notre globe vert et bleu.

— C'est beau, dis-je, et, pour la deuxième fois, j'en eus presque les larmes aux yeux.

Beau, mais triste. Cet endroit avait été un champ de bataille, un lieu de guerre et de chagrin où la haine était enracinée et semée depuis des générations.

Je regardai derrière moi. Vampire et métamorphe, Vincent et Rowan se tenaient côte à côte, leurs yeux tournés vers le spectacle scintillant au-dessus de nous.

Je n'étais pas naïve au point de penser que le fait d'avoir résolu le mystère de ce qu'était devenue Fiona ainsi que le meurtre de Taran McKenzie suffirait à effacer tout ce qui s'était passé là. Il y avait eu tout simplement trop de conflits, trop de tristesse, trop de violence, et les surnats n'étaient pas du genre à tendre l'autre joue. L'histoire ne pouvait pas être réécrite.

Mais elle pouvait être acceptée, reconnue. Elle pouvait être la fondation de quelque chose de nouveau. Quelque chose de mieux. Nous avions fait tout ce que nous pouvions. Le reste dépendait d'eux.

Quant à nous… Je songeai à Catcher et Mallory, Luc et Lindsey. À nos appartements de la Maison Cadogan, à l'immeuble Hancock et à la grande roue de Navy Pier, à la lueur des réverbères qui se reflétait dans la Chicago River.

Chicago n'était pas parfaite. Il y avait eu des conflits et de la violence difficiles à surmonter. Mais c'étaient des épreuves qu'il m'appartenait de partager et d'aider à dépasser.

Je glissai la main dans celle d'Ethan.

— Assez de vacances pour moi. Rentrons à la maison.

La morsure fantôme

« Voici le temps de la nuit,
Où les tombeaux, tous entr'ouverts,
Laissent échapper chacun son spectre,
Qui va errer dans les sentiers des cimetières[1]. »
William Shakespeare, *Songe d'une nuit d'été*

1. Œuvres complètes de William Shakespeare, traduction François-Victor Hugo, Pagnerre, 1865. (*NdT*)

Chapitre premier

— Il n'y a pas de torture plus douce, pas de punition plus sublime que la fête en l'honneur de la future mariée.

Le vampire soumis à ladite torture, qui était grand et avait des traits ciselés à faire pleurer Apollon de jalousie, se tenait à côté de moi sur le palier d'un manoir d'Oak Park, dans l'Illinois.

La maison appartenait à mes parents. Dans deux mois, ce vampire allait m'appartenir, à moi.

Il portait un costume sombre coupé à la perfection, avec une chemise blanche impeccable en dessous. Le premier bouton était défait pour révéler la goutte argentée qui reposait au creux de sa gorge. Ses cheveux dorés tombaient sur ses épaules, et il avait des yeux verts comme l'émeraude la plus pure.

— Tu diriges une Maison de vampires, rappelai-je à Ethan. Tu as combattu des monstres, des sorciers, des politiciens machiavéliques. Tu es capable de supporter des cadeaux et des jeux pendant quelques heures.

Son air horrifié et ses yeux écarquillés étaient impayables. Non pas que je sois ravie d'être chez mes parents. Quelle que soit l'occasion, j'avais l'impression d'être corsetée dans un corps qui n'était pas tout à fait le mien quand j'étais chez eux. Le côté positif, c'était au moins que je n'allais pas être torturée seule. Ethan était mon complice.

Il étrécit les yeux.

— Tu n'avais pas mentionné de jeux.

— C'était sous-entendu, dis-je. C'est dans la nature de ce genre de fête. Ne te plains pas, c'est la seule à laquelle tu doives assister.

Nos fiançailles avaient été courtes – seulement quatre mois entre la première bague et la seconde – et nous n'étions plus qu'à deux mois du mariage. Comme Ethan tenait à une cérémonie éblouissante qui mettrait en valeur sa future épouse – loin de moi l'idée de protester – et du fait de la brièveté de nos fiançailles, une bonne partie des préparatifs et des activités d'avant le mariage étaient compressés sur une courte période. Raison pour laquelle nous avions opté pour une seule fête préliminaire pour notre couple et renoncé à cumuler les diverses réceptions.

Ethan haussa son sourcil doré, et fit courir son regard de braise sur la robe sombre et fluide que j'avais assortie à des bottines noires, aux perles à mon cou et aux cheveux sombres que j'avais laissés détachés sur mes épaules.

— Tu me dois une faveur, Sentinelle. (Il se pencha, les lèvres contre mon oreille.) Et j'ai l'intention de la réclamer.

Comme il l'escomptait, mon sang s'échauffa.

— Tu auras tout le temps que tu veux pour la réclamer après la fête. (Je le dépassai, ouvris la porte et lui décochai un sourire.) On est immortels, après tout.

La maison moderne de mes parents, un étrange cube de béton parmi des copies conformes dans le style de Franck Lloyd Wright, avait été habillée de serpentins et de lanternes en papier blancs et argentés étonnamment ordinaires pour une fête en l'honneur de la mariée. Ça n'allait peut-être pas être si mal que ça.

Ma mère, Meredith Merit, et ma sœur, Charlotte Corkburger, avaient organisé la fête. Je leur avais donné la liste de mes amis, et elles avaient sélectionné le reste des invités sur la base de calculs compliqués qu'elles ne m'avaient pas totalement expliqués, mais qui avaient requis un tableau blanc, des marqueurs et assez de symboles pour remplir un grimoire.

— Joyeuse fête !

Ma mère vint vers nous, deux grandes flûtes de champagne à la main.

Charlotte se tenait devant une longue table couverte de plats en argent et de piles de nourriture. Nous avions toutes les deux les yeux foncés de notre père, même si les siens étaient verts et les miens bleus. Elle regarda derrière elle et m'adressa un signe de la main, que je lui rendis.

— Merci, maman, dis-je, et je pris la flûte, constatant que le liquide qu'elle contenait ne ressemblait pas à du champagne.

— Un cocktail *Sang pour sang* ! précisa ma mère d'une voix enjouée.

Ethan but une gorgée et hocha la tête, comme s'il était agréablement surpris par le goût.

— Très bon, commenta-t-il. Et la maison est jolie.

Il lui décocha son sourire de Maître devant lequel se pâmaient humains et surnaturels de tout poil.

— On s'est follement amusées à élaborer le planning de la fête, nous confia ma mère, une main sur la poitrine.

— Planifier un événement plaisant est un processus très satisfaisant, acquiesça Ethan, puis il me glissa un regard. D'ailleurs, j'ai demandé à l'un de nos vampires de jouer le rôle de coordinateur social de la Maison.

— Ce n'était pas une demande, murmurai-je. C'était une punition.

— Vraiment ? (Il prit un air parfaitement innocent.) Je dois en garder un souvenir différent.

Je me contentai de secouer la tête.

— En tout cas, tu vas t'amuser ce soir.

Ça, je demandais à voir, mais je ferais de mon mieux. Parcourant du regard les visages connus autour de moi, je ne vis ni mon frère, Robert, ni mon père.

— Robert et papa ne sont pas là ?

Ma mère essaya de cacher sa grimace soudaine, sans succès. Elle la troqua contre un léger sourire qui n'était pas plus convaincant, et fit un geste désinvolte de la main.

— Ils sont à une vente immobilière à New York. Tu sais comment ils sont.

Peut-être y avait-il bien eu une vente. Ou peut-être que mon père et mon frère n'avaient toujours pas changé. Le premier ne savait pas comment se comporter avec moi. Le second était encore fâché parce qu'il croyait que j'avais réduit à néant les chances que Merit Properties fasse affaire avec Sorcha et Adrien Reed. Sorcha était une sorcière, et nous avions récemment déjoué ses plans pour contrôler les surnaturels ; quant à Adrien, son mari à l'esprit d'entrepreneur, elle l'avait elle-même tué. Leurs propres actes les avaient menés à leur perte… Sur le plan magique, et sur le plan économique. Mais comme j'étais une surnaturelle, Robert rejetait la faute sur moi.

— Ils sont fidèles à eux-mêmes, dis-je, et je tentai un sourire qui ne valait pas mieux que celui de ma mère.

Mais je ne m'en départis pas, car cette soirée était consacrée à Ethan, à l'amour et aux festivités. Pas à l'attitude mesquine et déplacée de mon frère.

Quand Ethan choisit ce moment pour poser la main sur mon dos, pour me rappeler qu'il était à mon côté, qu'importent les contrariétés qui se présenteraient, je me sentis mieux. Nous étions fidèles à nous-mêmes.

Ma mère glissa le bras sous celui d'Ethan.

— J'ai tellement de gens à te présenter ! Ils meurent d'envie de te rencontrer, si tu veux bien m'excuser ce jeu de mots.

— C'est un de mes jeux de mots préférés, lui assura Ethan avec un sourire. Je suis impatient de rencontrer d'autres membres de la famille de Merit. Ils ont toujours des histoires si intéressantes à raconter.

Je me sentis blêmir. Peut-être que cette fête n'avait pas été une si bonne idée, tout compte fait.

— Tenons-nous-en aux histoires récentes, s'il te plaît.

Mais Ethan se contenta de sourire.

— Je sais tout des histoires récentes, dit-il. C'est le reste qui m'intéresse.

— On revient ! lança ma mère gaiement, avant de l'entraîner dans le cercle de ses amies qui bavardaient.

Je ne restai pas seule longtemps.

— Merit !

Je regardai derrière moi, et vis ma meilleure amie aux cheveux bleus – une beauté classique, petite et pâle – se frayer un chemin au milieu des gens. Mallory Bell était escortée par son mari, Catcher. Il était plus grand et musclé, avec la peau pâle et des cheveux coupés ras qui faisaient ressortir ses yeux d'un vert intense.

— Joyeuse fête, dit-elle en m'étreignant. Cette baraque est top… Pour une boîte en béton.

— Ça résume assez bien, convins-je.

Elle prit une flûte remplie d'un joli jus de fruits rose sur le plateau en argent d'un serveur.

— Ils sont à la mangue et au fruit du dragon. Tu devrais goûter.

Je levai mon cocktail au sang et lui souris.

— Je goûte le tien si tu goûtes le mien.

— Déjà fait.

J'inclinai la tête.

— Vraiment ?

Elle haussa une épaule.

— Tu gardais ces bouteilles de *Sang pour sang* à la maison.

J'avais partagé la maison de Mallory à Wicker Park avant d'emménager dans la Maison Cadogan. Je l'avais quittée en partie à cause de mes obligations de Sentinelle, et en partie pour me soustraire à l'habitude que Catcher et elle avaient de faire l'amour dans n'importe quelle pièce. J'avais eu largement ma dose de sorcier nu.

— J'ai bu une gorgée, une nuit. (Elle grimaça.) Ce n'était pas délectable.

Même moi qui étais une vampire, je n'aurais pas qualifié le sang de délectable. Mais l'équipe de marketing de *Sang pour sang* avait beau essayer de prétendre le contraire, ce n'était pas une question de goût. C'était une question de besoin, de confort, de satisfaction. Cette pratique dégoûtait peut-être les humains, mais rien ne remplissait le ventre d'un vampire aussi bien que le sang.

— Chacune ses goûts, déclara Catcher en regardant autour de lui. Où est ton fiancé ?

J'indiquai l'autre bout de la pièce où il discutait avec mon grand-père, Médiateur surnaturel de Chicago et employeur de Catcher.

Le Médiateur avait l'air totalement à son aise, avec sa fine couronne de cheveux argentés, sa chemise et son pantalon écossais, et ses chaussures confortables. J'aimais mon grand-père pour de nombreuses raisons, et le fait que ce policier devenu enquêteur du surnaturel semble tout à fait bien dans sa peau n'était pas la moindre.

Ma mère offrait un contraste avec sa robe fourreau, ses escarpins Chanel et les diamants qui brillaient à ses oreilles.

— Ethan a belle allure dans son costume noir, dit Mallory avec un clin d'œil, ce qui lui valut un regard légèrement désapprobateur de son mari. Mais tu es le seul obsédé du contrôle que j'aime, ajouta-t-elle en posant une main sur son torse.

Chacune ses goûts en amour, aussi.

Nous bavardâmes avec des membres de la famille que je n'avais pas vus depuis des années… Et certains que j'étais presque sûre de n'avoir jamais rencontrés. Il y eut des photos, des petits fours et des poignées de main avec des cousins germains. Mais il n'y eut pas de jeux, Dieu merci. Ma mère et Charlotte avaient de toute évidence renoncé à essayer de trouver un jeu qui aurait convenu à la fois à des humains et à un vampire vieux de quatre siècles.

Ethan et moi avions fait le tour, discutant avec Mallory et Catcher, avec Margot, la chef cuisinière vampirique de la Maison – et le traiteur pour notre mariage –, avec Lindsey, ma plus proche amie vampire qui était une garde de la Maison, et avec Luc, Capitaine de la Garde de la Maison et soupirant de Lindsey.

Malik, le second d'Ethan, s'était porté volontaire pour rester à Cadogan et s'occuper de tout pendant notre absence. Nous avions promis de lui ramener une part de gâteau, mais n'étions pas vraiment sûrs que le « gâteau » que ma mère avait commandé compte. C'était moins de la pâtisserie qu'une sculpture comestible… Un grand cœur tremblotant en trois dimensions, constitué de dizaines de couches de gélatine colorée avec de la betterave. Ma mère adorait la cuisine moderne et audacieuse autant que l'architecture avant-gardiste.

— *On passera chez* Portillo *en rentrant*, dit Ethan alors que nous l'examinions. *Ça devrait satisfaire Malick.*

Je ne risquais pas de protester. *Portillo* faisait les meilleurs milkshakes au gâteau de Chicago.

Nous avions demandé qu'il n'y ait pas de cadeaux, et suggéré des dons à des organisations caritatives pour les invités qui tenaient à offrir quelque chose. Mais nous reçûmes néanmoins des cadeaux superbement emballés, dont deux grille-pain sophistiqués, un ensemble de serviettes coûteuses, et une dizaine de flûtes à champagne en cristal. Très généreux de la part des cousins germains, bien que superflu.

— *Je suis sûr qu'il y a plusieurs refuges en ville qui seraient ravis de les avoir*, fit remarquer Ethan quand je déballai le grille-pain numéro trois.

— Excellent plan, acquiesçai-je, et je souris à la petite femme rabougrie qui nous l'avait offert.

C'était une grand-tante du côté de mon père – la sœur de ma grand-mère paternelle –, et elle paraissait presque immortelle elle-même.

— Merci, tante Sarah. Quelle délicate attention, dis-je tandis que ma mère ajoutait le grille-pain à la pile grandissante de cadeaux.

Quand le dernier cadeau eut été distribué et que nous eûmes remercié une vingtaine de personnes pour leur générosité, grand-tante Sarah revint vers nous.

— Il y a des tire-au-flanc de vampires qui vivent en bas de ma rue, déclara-t-elle.

Nous la dévisageâmes.

Un sourire forcé aux lèvres, ma mère prit Sarah par le coude.

— Sarah, je suis sûre qu'on ne dit pas ce genre de choses à une fête.

Ni ailleurs, ajoutai-je en silence.

Mais Sarah tenait à s'exprimer.

— Ils sont debout toute la nuit, et dorment toute la journée. Des profiteurs, voilà ce qu'ils sont. Ils reçoivent sans doute un tas d'aumônes du gouvernement.

Sachant que Sarah vivait sur l'argent gagné par son mari décédé et qu'elle n'avait pas travaillé un seul jour de sa vie, elle me semblait vraiment mal placée pour juger notre éthique de travail.

— Sarah, répéta ma mère, plus fermement cette fois, et elle essaya d'éloigner la femme. C'est un peu impoli de ta part.

Plus qu'un peu, songeai-je, et je glissai un regard à Ethan.

Je le vis lutter pour ravaler les paroles acerbes qu'il voulait sans doute adresser à cette femme ignorante. Par égard pour moi et étant donné les circonstances, il allait tenir sa langue. Heureusement, je n'avais pas les mêmes scrupules.

— Je ne comprends pas bien ce que tu fais là, dis-je quand Sarah refusa de bouger, le menton relevé en signe de défi. Il est clair que tu ne nous respectes pas, mais tu as pourtant accepté l'invitation de ma mère et son hospitalité. Tu es venue dans sa maison avec tes préjugés et ta haine, et tu as déversé ton venin chez elle. C'est d'une impolitesse caractérisée.

Sarah ouvrit la bouche, formant un « O » parfait de surprise dans le silence qui suivit ma déclaration. Elle n'avait sans doute pas l'habitude qu'on lui tienne tête. Dommage pour elle, car je n'en avais pas terminé.

— Comme tout le monde le sait, sauf toi, apparemment, les vampires sont allergiques à la lumière du soleil. Ils sont nocturnes, et leur existence ne se limite pas à ce que tu en vois ou non. Pour répondre à ta seconde accusation, les vampires n'ont pas droit aux aides du gouvernement, parce que nous ne sommes pas humains. C'est donc littéralement impossible que tes voisins reçoivent des « aumônes ».

Les joues de Sarah s'empourprèrent. Elle ouvrit la bouche pour répondre, mais je levai un doigt.

— Tu as dit ce que tu avais à dire… C'est mon tour. Quitte à avoir des préjugés et à être haineuse, autant l'assumer. Ne te sers pas d'informations erronées comme excuses.

— Bien, dit ma mère l'instant suivant. (Le mot résonna dans la pièce silencieuse, et elle regarda Sarah.) Je crois qu'il est temps que tu t'en ailles.

En hôte expérimentée, ma mère avait dit ça sur un ton parfaitement courtois.

— Je suis là, j'ai été généreuse, et je suis choquée que l'on me traite de la sorte. Joshua va entendre parler de ce qui s'est passé ici aujourd'hui.

— Il m'entendra en parler, c'est certain, répliqua ma mère.

Sarah fendit la foule et disparut vers l'avant de la maison.

Il y avait sans doute des invités qui étaient d'accord avec moi, mais ils ne s'étaient pas manifestés. En ce qui me concernait, ça revenait à cautionner l'attitude de Sarah. Même s'il était peu probable que je sois parvenue à la faire changer d'avis, je m'étais battue pour la bonne cause.

Parfois, c'était la meilleure chose à faire… et la seule.

Chapitre 2

Le reste de la fête fut beaucoup moins dramatique. Quand elle fut terminée, que nous eûmes pris congé des amis et de la famille, et remercié copieusement ma mère et ma sœur, nous remontâmes dans la dernière obsession automobile d'Ethan, son Audi R8, pour rentrer à Hyde Park.

— Désolée pour tante Sarah.

— Il y a un million de tantes Sarah dans le monde, dit Ethan, et il me glissa un regard. Tu as su garder ton sang-froid.

Je lui souris.

— J'ai fait comme si j'étais toi.

Il écarquilla les yeux.

— Je te demande pardon ?

— Je savais que tu ne dirais rien devant ma famille… Tu te maîtrises trop bien. J'ai donc imaginé ce que tu lui aurais répliqué, et j'ai dit ça.

Ethan ouvrit la bouche, puis la referma.

— Est-ce que c'est un compliment ?

— Je n'en suis pas tout à fait certaine, répondis-je avec un sourire, en lui tapotant la jambe. Mais je respecte ce don que tu as pour descendre les imbéciles en public.

— Merci, je crois, dit-il, amusé, ce qui était le but que je recherchais.

Glissé dans une poche discrète de ma robe, mon téléphone portable se mit à vibrer. Quand je le consultai, je vis un numéro familier. Et quelque chose me disait que ce n'était pas un appel de courtoisie.

— Merit à l'appareil.

— Salut, c'est Annabelle.

Annabelle Shaw était une nécromancienne, une femme dont la magie lui permettait de communiquer avec les morts, de les aider à joindre ceux qu'ils avaient laissés derrière eux et à passer en douceur vers l'au-delà. Nous l'avions rencontrée par hasard un soir, et elle nous avait plus tard mis sur la piste d'un des repaires alchimiques de Sorcha.

— Salut, Annabelle. Quoi de neuf ?

— Je suis désolée de te déranger, mais j'ai un problème. J'ai laissé un message sur le téléphone du bureau du Médiateur, mais je me suis dit qu'il valait mieux que je t'appelle toi aussi, au cas où.

— On vient de quitter un événement familial. Mon grand-père est donc sans doute en train de rentrer chez lui. Il n'a peut-être pas encore consulté son téléphone. Que se passe-t-il ?

— Je suis au cimetière d'Almshouse. Je procédais à un balayage quand je l'ai trouvé.

En entendant l'inquiétude dans sa voix, je me redressai. Étant une nécromancienne, Annabelle n'était pas facilement ébranlée, même quand il était question de cimetières.

— Quand tu as trouvé quoi ?

— Quelqu'un a déterré un corps.

Je grimaçai par réflexe.

— C'est affreux.

— Hélas, ce n'est que la première partie, dit Annabelle. Je suis presque sûre qu'il ou elle a aussi invoqué un fantôme.

Même si nous étions en train de passer d'une fête en notre honneur à une enquête macabre, j'étais soulagée d'avoir quitté la maison de mes parents. Je me sentais davantage à ma place au cœur de la magie et de la pagaille ; l'incertitude était devenue ma norme.

— Que sait-on à propos de ce cimetière ? demanda Ethan après avoir informé Malik de notre nouveau programme et changé de cap.

J'effectuai une rapide recherche.

— D'après Internet, le cimetière d'Almshouse a été établi par le comté de Cook en 1861. C'était là que le comté enterrait les gens dont c'était la seule option… Des gens qui n'avaient pas été revendiqués par leur famille, qui étaient morts dans des épidémies, qui n'ont pas pu être identifiés après le grand incendie, et que sais-je encore.

— Est-il toujours en usage ?

Je marquai une pause pour continuer de lire.

— Juste une section restreinte. Il y a quelques caveaux familiaux, et les membres des familles sont toujours enterrés là-bas. Quand cet espace sera rempli, les nouveaux enterrements seront refusés.

Je commençai à avoir un peu la frousse, et je rangeai mon téléphone.

— Tu as déjà eu affaire à des cas de profanation de tombe ?

— Pas personnellement, même si ça existe depuis aussi longtemps que les humains, dit Ethan, une main sur le volant et le regard focalisé sur les rues sombres. Les tombes sont pillées en temps de paix comme en temps de guerre. Dans l'intérêt de la cupidité et de la science. Mais en plein cœur de Chicago ? (Il secoua la tête.) Pas dans mes souvenirs.

Il avait les sourcils froncés d'inquiétude, et je savais qu'il pensait à Sorcha.

Même si nous avions arrêté sa magie, elle avait échappé à la police départementale de Chicago. Deux mois s'étaient écoulés depuis sans aucun signe d'elle, rien qui ait déclenché les alarmes magiques placées autour de la ville pour nous prévenir si elle tentait quoi que ce soit. Mais c'était difficile de chasser le sentiment que ce n'était qu'une question de temps.

Je posai une main sur la sienne.

— Ça ne sert à rien de s'inquiéter de ce qu'on risque de trouver. Ça ne changera rien. On verra ce qu'on verra (j'entremêlai nos doigts), et on s'occupera du problème. Comme toujours.

Le quartier était plongé dans l'obscurité. Il était résidentiel mais rural, du moins pour les standards de Chicago, et il n'y avait pas de réverbères. Des nuages voilaient le peu de clair de lune qui aurait pu percer les ténèbres, créant une étrange zone d'ombre à la périphérie d'une des plus grandes villes du monde. Ça ne m'aida pas à me réjouir à la perspective de notre tâche ; les cimetières, ce n'était pas mon truc.

La voiture d'Annabelle était garée au bord du trottoir devant le cimetière. Elle était appuyée contre son véhicule, et leva la tête de son téléphone en entendant l'Audi d'Ethan. Ce mouvement fit froufrouter la tunique foncée et scintillante qu'elle avait assortie à un pantalon ample et argenté et à des sandales. Elle avait la peau foncée et les cheveux tressés, qu'elle avait ramenés en un chignon compliqué.

— Merit, Ethan, dit-elle. Je suis désolée d'avoir interrompu votre soirée.

— Il n'y a pas de mal, répondit Ethan avec un sourire en lui touchant le bras. Nous étions déjà dans la voiture, et nous sommes heureux de te voir, même si les circonstances sont fâcheuses.

— Comment vont Marley et Maddy ? lui demandai-je.

Marley était la fille de quatre ans d'Annabelle. Maddy, la dernière-née de la famille, avait presque deux mois.

— Elles se portent bien, dit-elle en souriant. Dur de laisser Maddy à son âge, mais le devoir m'appelle.

Elle nous mena au portail de la clôture rouillée et déformée qui entourait le cimetière. Nous avions déjà visité des cimetières avec Annabelle. Des jardins de roses et de marbre luxuriants, où les vivants pouvaient s'imaginer que la mort était quelque chose de secret et de majestueux. Mais il n'y avait pas de fer forgé ici, pas d'urnes débordantes de fleurs. Pas de chichis, pas d'ornements, pas de volonté apparente de faciliter la transition entre la vie et la mort.

Le portail était fermé et verrouillé, fixé à son poteau par une épaisse chaîne argentée. Annabelle retira un collier par la tête, inséra une clé dans le verrou, et quand il s'ouvrit dans un cliquetis audible, elle retira la chaîne et poussa le portail. De la magie se répandit comme de l'eau par l'interstice, peut-être libérée par l'ouverture du portail ou attirée par Annabelle et sa connexion aux morts.

L'énergie des défunts était une magie unique en son genre, du moins comparée à celles dont j'avais fait l'expérience jusque-là. Elle était plus dense, et quand elle effleurait la peau, elle semblait tangible. Mais contrairement à la dernière fois où j'avais été près d'un fantôme, la magie était d'un froid intense… De la menthe forte contre la peau. Comme ça avait été alors le début du printemps et que la température était déjà froide, je n'avais sans doute pas remarqué la différence. Là, en plein été, le contraste entre la froideur de la magie et l'air tiède de la nuit était frappant.

Mes bras se couvrirent de chair de poule.

— Le fantôme est toujours là, constata Ethan.

Annabelle hocha la tête.

— Ce n'est pas juste un esprit qui a besoin de communiquer… L'énergie est trop forte. Cet esprit a été sciemment appelé à se manifester dans notre monde.

Ce qui impliquait de la magie intentionnelle.

— Des signes d'alchimie ? demandai-je.

Le regard d'Annabelle devint froid. Nous n'étions pas les seuls à ne pas avoir apprécié Sorcha et sa magie particulière.

— J'ai vu la tombe mais pas l'esprit, pour l'instant. Mais je n'ai rien senti ni vu qui suggère que c'est d'elle que ça vient.

Ethan hocha la tête, et indiqua l'entrée du cimetière.

— Allons jeter un œil.

Nous marchâmes en silence le long du chemin de graviers qui scindait le terrain en deux. Autour de nous, des criquets et des sauterelles grésillaient sans discontinuer, et le vent bruissait dans les feuilles des arbres en habits d'été. Les pierres tombales étaient clairsemées. Quelques grands piédestaux, des dalles de granit çà et là, et beaucoup de petites plaques en métal à peine plus grandes que des marque-plantes.

— Certaines sont des fosses communes, expliqua Annabelle à voix basse. D'autres sont des tombes individuelles. Comme vous pouvez le voir, les inscriptions sont incomplètes.

Je hochai la tête.

— Nous avons fait quelques recherches en venant. Les défunts sont-ils actifs différemment, ici ? À cause de la façon dont ils sont morts, je veux dire… Ou parce qu'ils n'ont pas été revendiqués ?

J'étais tentée de penser que ça devait engendrer beaucoup plus d'âmes agitées.

— Certains l'étaient sans doute au moment de leur décès, confirma Annabelle. Mais la plupart des morts enterrés ici le sont depuis de nombreuses années… Bien des générations de nécromanciens avant moi. Ils ne sont pas causants ici, en général. Attention, ajouta-t-elle en pointant du doigt les racines d'arbres sombres qui perçaient l'allée comme des serpents cambrés.

Le chemin s'incurvait autour d'un arbre énorme, aux branches chargées de feuilles d'été. La magie s'intensifiait – et devenait plus tangible et perturbante – au fur et à mesure que nous nous enfoncions dans le cimetière. C'était un peu comme marcher à travers des toiles d'araignées.

— Là, dit-elle, et elle braqua le faisceau de sa lampe torche sur le sol.

Un long monticule de terre sombre se trouvait à côté d'un trou rectangulaire. Au bout, il y avait une petite colonne de métal avec une inscription soigneusement gravée : 1-CCNR49-871.

— « CCNR », c'est l'abréviation de « comté de Cook, non réclamé », dit Annabelle. Ça signifie que cet individu a été enterré par le comté. Cette section-ci était en usage dans les années 1920 et 1930.

— Il y a des registres des enterrements ? demanda Ethan.

Elle hocha la tête.

— C'est le comté qui les tient, mais comme le cimetière est vieux, je ne sais pas trop ce que valent ces registres. (Elle nous jeta un coup d'œil.) Il y a des ossements dans la tombe. Il n'y a pas de mal si vous préférez ne pas regarder.

Ce n'était pas une perspective qui m'exaltait, mais ça ne me dérangeait pas autant que le fait que quelqu'un ait délibérément profané la dernière demeure du défunt.

— J'aimerais y jeter un œil, déclarai-je, et je pris la lampe torche qu'elle me tendait.

Ethan et moi nous rapprochâmes.

Le défunt avait été placé dans un simple cercueil en bois qui ne l'avait guère préservé des éléments ou du passage des ans. Le couvercle, qui avait été retiré et appuyé contre le bord du trou, ne protégeait plus la personne à l'intérieur.

Ou du moins, ce qu'il restait d'elle ou de lui. La chair et les muscles avaient disparu, ne laissant qu'un tas d'os. Certains étaient faciles à identifier… Le bassin et les longs os des bras et des jambes étaient éparpillés au milieu de lambeaux de tissu sombre, et de ce qui avait l'air d'être les restes d'un chapeau incurvé.

Nous n'étions pas des anthropologues de la police scientifique, bien sûr. Mais c'était évident qu'il manquait quelque chose.

— Ils ont pris son crâne, dit Ethan en s'accroupissant, les mains sur les genoux tandis qu'il regardait les restes.

Son visage exprimait tant la pitié que la colère.

— Ouais, souffla Annabelle.

Ethan leva la tête vers elle.

— Ont-ils pris le crâne pour invoquer le fantôme ?

— Je ne sais pas. Il est certain que perturber les restes d'un corps peut attirer un esprit dans ce monde. C'est une réaction instinctive, même pour ceux qui sont morts : on sent un danger, que quelque chose ne va pas, et on vient voir ce que c'est.

Elle reporta le regard sur la tombe. La pitié creusait des rides sur son front soucieux.

— Mais la nécromancie, c'est avant tout de la communication… Aider le défunt à comprendre où il est et pourquoi, et transmettre des messages à ses proches. On n'utilise pas de sorts, et on ne touche généralement pas à la dépouille. Il peut arriver qu'on consulte la famille pour transférer quelqu'un dans un autre cimetière, ou relocaliser quelqu'un dont la tombe a été déplacée par les intempéries – après une inondation par exemple –, mais c'est tout.

— Donc, si ce n'est ni de l'alchimie ni de la nécromancie, dit Ethan en se redressant, c'est peut-être de la magie standard. On va en parler à Catcher et Mallory.

Annabelle hocha la tête.

— Ils en auront peut-être une meilleure compréhension.

— Comment l'as-tu trouvé ? demanda-t-il à la nécromancienne.

— J'ai entamé une inspection la nuit dernière pour prendre le pouls du cimetière, si je puis dire, et voir si quelqu'un avait besoin de parler. Alors que j'étais en train de terminer ce soir, j'ai fini par revenir sur mes pas, et c'est là que je l'ai trouvé. Ce n'était pas comme ça hier. Quand j'ai vu ça, j'ai verrouillé le cimetière et j'ai appelé le Médiateur, puis vous.

Des mottes de terre sombre dans l'herbe basse attirèrent mon regard. Je fis le tour du trou, changeant l'orientation de la lampe torche.

— Tu as trouvé quelque chose ? demanda Annabelle.

— Peut-être une piste, dis-je.

Près de l'autre extrémité de la tombe, des mottes de terre étaient tombées comme des miettes sur le chemin de graviers pâle. Je suivis la ligne de terre, mais ça ne m'amena pas très loin… Seulement trois ou quatre mètres au-delà du bout de la tombe.

— Où le chemin conduit-il ? demandai-je à Annabelle quand je revins.

— Il fait le tour du cimetière, et rejoint l'allée principale près du portail.

— Je vais le suivre, dis-je à Ethan. *Raccompagne Annabelle à l'entrée et appelle mon grand-père. Demande-lui d'amener le fourgon. Je te retrouve là-bas.*

Ethan scruta du regard les ténèbres environnantes.

— *Tu es sûre ?*

— *Ça va aller*, lui assurai-je. *Mais je prends la lampe torche.*

J'appréciais l'obscurité, d'habitude. Les vampires étaient nocturnes, après tout. Nous vivions la nuit, et nous savourions ses bruits et ses odeurs. Mais je n'avais jamais été fan des cimetières, et quelqu'un qui était capable d'ouvrir une tombe et de voler un crâne n'aurait sans doute pas de scrupules à m'attaquer. Je restai donc sur mes gardes.

Je suivis le chemin qui longeait un côté du cimetière, puis le fond. Le grillage était plus endommagé là qu'à l'entrée. Distordu et rouillé, il ployait au-dessus des buissons envahissants, tandis que par endroits il était à peine accroché aux poteaux en acier.

Des signes que le cimetière avait été laissé à l'abandon… Mais pas seulement. Je me rapprochai et trouvai une brèche dans la clôture où le grillage avait été écarté du passage, comme une page cornée, et fixé avec de petites pinces.

Un bout d'étoffe était coincé dans la trame des maillons d'acier. Ça ressemblait au tissu foncé que nous avions vu dans le cercueil, sans doute une partie du costume d'enterrement du défunt. L'individu qui avait volé le crâne était ressorti par là aussi discrètement qu'il était entré, et ne s'était sans doute pas rendu compte qu'il avait emporté ce bout de tissu avec lui.

Pour éviter de contaminer l'échantillon, je ne le libérai pas. À la place, je sortis mon téléphone, me penchai et pris une photographie en essayant d'éviter la boue.

La section cassée de la clôture était située au-dessus d'une pente d'un ou deux mètres, boueuse et sans herbe. Cette pente aurait couvert la fuite de quelqu'un qui essayait de se faufiler hors du cimetière. Et effectivement, il y avait des traces dans la boue à l'endroit où quelqu'un avait glissé en passant sous la clôture.

Mais le groupe qui surgit d'entre les arbres venait de la direction opposée.

Ils étaient trois. La fille était grande et leste, avec la peau foncée, des cheveux courts, de grands yeux et de jolis traits symétriques. Les hommes avaient la peau pâle et les cheveux bruns. Celui qui se trouvait devant était plus petit, celui derrière plus grand, avec des épaules plus larges et un casque volumineux sur les oreilles. Ils portaient tous des polos avec « RAPC » brodé sur la poche.

— Vous l'avez attrapé ? demanda l'homme plus petit, presque à bout de souffle.

Même si j'étais en robe de soirée, je m'étais mise sur la défensive. Ils étaient humains, et il n'y avait sur eux aucune trace de magie ni d'armes.

— Attrapé qui ? répliquai-je.

L'homme plus petit me regarda, puis considéra la clôture.

— Celui qui a invoqué le fantôme et qui a semé son énergie partout. Est-ce que vous l'avez vu ?

— Je n'ai vu personne à part vous. (J'étrécis les yeux.) Qui êtes-vous ?

L'homme plus petit fit une courbette.

— Le Réseau des activités paranormales de Chicago. Des enquêteurs du paranormal, ajouta-t-il quand je haussai les sourcils.

Des chasseurs de fantômes à la recherche de signes de « vie » inhabituels dans le cimetière, supposai-je.

— Je suis Robin Vines. Voici Roz Leary et Matt Birdsong. (Il indiqua tour à tour la femme et l'autre homme.) Et vous êtes Merit, de la Maison Cadogan. Quelle nuit !

Il parlait vite, en décochant ses mots comme de petites balles sonores. Je levai une main.

— Une minute. Qu'est-ce qui vous fait penser que celui qui a invoqué le fantôme est parti par là ?

— Il y a un esprit, intervint Matt d'une voix grave et ronflante de baryton, les yeux posés sur la boîte à laquelle son casque était raccordé. Une sacrée activité surnaturelle.

— Vous êtes une vampire, dit Roz. Vous ne le sentez pas ?

Il y avait quelque chose d'un peu insolent dans le ton de sa voix, et de très insolent dans l'expression de son visage. Elle considérait ma robe avec dédain, comme si elle trouvait que ma tenue laissait à désirer pour ce travail.

Je gardai un regard neutre.

— Ma question ne portait pas sur la magie, dis-je, et je me tournai de nouveau vers Robin. Qui poursuivez-vous ?

— On a vu quelqu'un courir, affirma Robin en indiquant la clôture. Avec une traînée de magie derrière lui. Mais on l'a perdu dans les arbres.

— « Lui » ? Vous avez vu un homme ?

— Je crois bien, dit Robin, et il regarda Roz et Matt pour qu'ils confirment.

Ils haussèrent tous les deux les épaules.

— Il fait noir, souligna Roz. Ça aurait pu être un mec… Ça aurait pu être une fille.

— Il avait la carrure d'un mec, soutint Matt. Plutôt grand. (Il indiqua un point derrière lui.) Après qu'il nous a semés, on a vu une berline blanche partir en trombe, dans un crissement de pneus et tout. On a couru vers la clôture jusqu'à cette petite butte, et vous étiez là. Vous avez vu la voiture ?

— Non. (Mais ça pouvait être une question de timing.) Que faites-vous dans un cimetière en dehors des heures d'ouverture ?

— On était en haut de la rue, dans la maison Malone, dit Robin en indiquant le nord.

— C'est un ancien bordel, précisa Roz. Une zone sensible très fiable pour les activités surnaturelles. C'était calme cette nuit, et puis nos instruments se sont emballés. On a pisté l'énergie jusqu'ici.

— Elle est éparpillée partout, déclara Matt, qui fronçait les sourcils. On n'a trouvé ni la zone sensible, ni la personne qui l'a créée.

Puisqu'ils n'avaient pas mentionné la tombe, je ne pouvais qu'en déduire qu'ils ne l'avaient pas encore dénichée. Ça aussi, ça pouvait être une question de timing.

— Comment êtes-vous entrés ? demandai-je. Le portail à l'entrée est verrouillé.

Robin eut un sourire penaud.

— Le chêne à l'angle a une branche énorme qui passe juste au-dessus de la clôture. C'est le moyen de plus simple d'entrer et de sortir si on n'a pas envie de crocheter une serrure. (Il regarda la brèche dans le grillage.) Si on avait su que c'était déjà comme ça, on serait entrés par ici.

Il se tourna vers moi en inclinant la tête, comme un scientifique qui examinait un spécimen particulièrement curieux.

— Ce n'est pas vous qui avez invoqué le fantôme, si ? Je ne pensais pas que les vampires pouvaient faire ça.

— Non. Mais ça nous intéresserait beaucoup de savoir qui l'a fait, mes collègues et moi. Marchons un peu, dis-je, et je les redirigeai vers le chemin.

Nous atteignîmes l'entrée du cimetière juste au moment où s'arrêtait devant le véhicule de mon grand-père, une camionnette blanche avec « MÉDIATEUR » imprimé sur le côté. Les portières s'ouvrirent, et mon grand-père et Catcher en sortirent. Catcher avait troqué ses habits de soirée contre une tenue décontractée, et il portait l'un de ses habituels tee-shirts aux inscriptions désobligeantes. Celui-là était vert foncé, avec « MA MAGIE > TA MAGIE » écrit sur le devant en lettres colorées.

Le membre numéro trois de l'Agence de médiation, le métamorphe Jeff Christopher, sauta de l'arrière du véhicule. Il avait des cheveux bruns aux épaules, alors ramenés derrière ses oreilles, et un corps mince qui dissimulait la puissance du tigre énorme dont il pouvait prendre la forme.

Pendant un moment, tout le monde se regarda.

— Je commence, dis-je. Ethan de la Maison Cadogan ; Chuck, Catcher et Jeff de l'Agence de médiation ; Annabelle de l'association MVD de l'Illinois ; et Robin, Matt et Roz du Réseau d'activité paranormale de Chicago.

Comme je ne savais pas trop si Annabelle s'affichait ouvertement nécromancienne, je m'en étais tenue à son affiliation professionnelle.

— Annabelle, dit mon grand-père, ça fait plaisir de te revoir. Comment va la petite Maddy ?

Le visage d'Annabelle s'illumina de joie.

— Elle va bien, Chuck. Merci d'avoir demandé.

Mon grand-père jeta aux membres du RAPC un regard circonspect.

— Et qu'est-ce qui vous amène dans un cimetière en pleine nuit ?

— Un esprit, monsieur, affirma Robin en tendant la main.

Il secoua celles de tout le monde pendant que Roz observait la scène d'un air méfiant, et que Matt l'enregistrait avec la petite caméra qu'il avait sortie.

— On est heureux de vous rencontrer enfin, poursuivit Robin. On vous a envoyé de la documentation sur nos services, au cas où vous auriez des besoins dans ce domaine.

— Bien sûr, dit mon grand-père avec un sourire qui ne se propagea pas tout à fait à ses yeux.

Son regard restait neutre, légèrement intrigué, et ne trahissait rien de ce qu'il pensait du RAPC. Il se tourna vers Annabelle.

— Qu'as-tu trouvé ?

— Un corps exhumé, avec un crâne en moins et beaucoup de magie, déclara Annabelle.

— Quelqu'un a exhumé un corps ? demanda Robin, ce à quoi nous ne répondîmes pas.

Catcher hocha la tête.

— On le sent dans l'air. Un esprit ?

Annabelle confirma, et elle résuma la situation au Médiateur et ses acolytes pendant que Roz, Robin et Matt observaient et écoutaient.

— Les pièges ont-ils été déclenchés ? demanda Ethan.

— Non, dit Catcher, et, à ce mot, l'inquiétude qui me comprimait la poitrine desserra son emprise.

Il s'agissait d'alarmes magiques mises en place par l'Ordre, l'union des sorciers, qui nous préviendraient si Sorcha essayait de nouveau de se servir de sa magie ici. Même si nous ne la pensions pas coupable dans le cas présent, c'était bien d'en avoir la confirmation.

— On pense avoir vu celui qui a invoqué le fantôme, ajouta Robin, en indiquant le cimetière derrière lui d'un pouce par-dessus l'épaule. On l'a poursuivi, mais il s'est échappé.

— Il y a un chemin qui longe la clôture jusqu'au fond du cimetière, expliquai-je en jetant un regard à mon grand-père. Le grillage a été coupé. Celui qui a invoqué le fantôme a pu entrer par là, et c'est sans doute par là aussi qu'il est ressorti. Il y a un bout de tissu coincé entre les maillons, dis-je, et je sortis mon téléphone pour envoyer la photo à Catcher et Jeff. Ça ressemble au vêtement qu'il y a dans la tombe.

— Et ce criminel est parti dans une berline, compléta Matt. Blanche, peut-être un de ces modèles carrés des années 1980.

— Vous avez vu une plaque d'immatriculation ? demanda Catcher.

— Non, il fait nuit noire là-bas. Il n'y a pas de réverbères, rien.

Mon grand-père hocha la tête.

— On va entrer et inspecter la scène. J'aimerais faire ça avant que la police départementale de Chicago arrive. (Il jeta un coup d'œil aux humains.) Et on voudrait aussi vous parler, prendre vos coordonnées. Catcher, si tu pouvais t'en occuper ?

Catcher acquiesça et emmena les humains à l'écart. Quand ils furent assez loin pour ne pas nous entendre, mon grand-père se retourna vers nous et me regarda.

— Est-ce qu'ils disent la vérité ?

— Je n'ai aucune raison de croire qu'ils mentent, répondis-je. Ils ont dit qu'ils étaient là parce qu'ils se trouvaient au manoir Malone, et qu'ils ont senti la magie de là-bas.

— Ah, l'un des bordels « hantés » de Chicago, dit Jeff avec un sourire, intéressé. J'avais oublié que c'est en haut de la rue.

Quand nous le regardâmes tous, le rose lui monta aux joues, visible même dans le noir.

— Qui n'aime pas une bonne histoire de fantôme ?

En ce qui me concernait, je n'étais pas vraiment fan.

— Le Réseau des activités paranormales de Chicago aime ça, apparemment, dis-je. Ils étaient essoufflés quand ils m'ont trouvée, et m'ont dit qu'ils avaient suivi la magie à travers le cimetière, mais que celui qui a invoqué le fantôme leur avait échappé.

Mon grand-père hocha la tête tandis qu'il digérait l'information, puis se tourna vers Annabelle.

— Qu'en penses-tu ?

Elle jeta un coup d'œil en direction des humains. Roz, Robin et Catcher discutaient avec animation pendant que Matt effectuait des relevés près de la clôture.

— Les objectifs des nécromanciens ne sont pas alignés avec ceux des chasseurs de fantômes, souligna-t-elle. Ma mission est d'aider les défunts à trouver la paix et à quitter ce monde. La leur est de trouver les défunts qui sont restés ici et d'attirer l'attention sur eux.

— C'est dit avec tact, commenta mon grand-père.

— Je n'ai pas de raison particulière de douter de ces gamins. Mais je n'ai pas de raison particulière de leur faire confiance non plus.

Mon grand-père acquiesça.

— Nous apprécions ta franchise. On va jeter un œil, et on t'informera de ce qu'on aura trouvé.

— J'en serais reconnaissante, dit Annabelle. Surtout en ce qui concerne la magie. Les défunts sont les miens… Et souvent, mes clients. Je veux savoir qui a fait ça, et comment. Et je veux que ça cesse.

— Là-dessus, nous sommes bien d'accord, approuva mon grand-père.

Ethan et moi prîmes congé et regagnâmes la voiture pour rentrer à la Maison Cadogan. Nous roulâmes vitres baissées, et l'air tiède de la nuit nous porta les odeurs et les sons de la ville. J'essayai de laisser mes craintes s'envoler, mais la magie qui m'avait enveloppée pesait lourdement sur mon esprit.

Chapitre 3

Si la Maison Cadogan avait été une femme, elle aurait été une pin-up des années 1940. Belle et bien bâtie, radieuse et pleine de vie, avec des courbes partout où il fallait. Un rez-de-chaussée et deux étages de pierre au cœur de Hyde Park, avec des pelouses luxuriantes tout autour. J'aimais tout de cette Maison, y compris le Maître qui m'y avait amenée.

Nous entrâmes par le parking souterrain, puis transportâmes le butin de notre dernière course au rez-de-chaussée, où les antiquités européennes côtoyaient les œuvres d'art hors de prix et des êtres de type vampirique. Nous dépassâmes le grand escalier en chêne pour descendre le couloir principal, jusqu'à une porte sur la gauche après le bureau d'Ethan.

Malik était assis à son bureau, et regardait son ordinateur en étrécissant ses yeux vert pâle. Peau foncée, crâne rasé, chemise blanche boutonnée mais ouverte au col, la médaille de Cadogan à son cou.

Il leva la tête et soutint notre regard quand nous franchîmes le palier. Une lueur d'espoir s'alluma dans ses yeux, puis faiblit devant l'absence évidente de gâteau, et se remit à pétiller quand il vit les gobelets de chez *Portillo* que nous avions à la main.

— Pas de gâteau, annonça Ethan avec un sourire alors qu'il entrait dans le bureau bien aménagé et rangé. Mais un lot de consolation.

Malik accepta le milkshake et me jeta un regard, le sourcil haussé.

— La fête s'est donc si mal passée qu'il vous fallait un lot de consolation ?

— Allons nous asseoir pour déguster nos boissons, dit Ethan. Et elle pourra tout te raconter.

Nous nous retrouvâmes dans la partie salon du bureau d'Ethan. C'était une pièce qui m'avait jadis intimidée, avec son bureau imposant, son énorme table de conférence et son Maître puissant. Mais au cours de la dernière année, j'avais passé beaucoup de temps dans cet endroit, où un canapé en cuir et des fauteuils club étaient agencés de façon à créer une ambiance confortable, avec une table basse au milieu. C'était devenu notre pièce à vivre, où nous écoutions et recevions des invités, où nous analysions et discutions. Et où parfois, contre toute attente, nous buvions de la crème glacée mélangée à du gâteau au chocolat.

Nous rapportâmes à Malik ce que nous avions trouvé au cimetière, puis en vînmes aux détails de la fête.

— Je ne comprends pas, dit Malik, une jambe nonchalamment croisée sur l'autre, tandis qu'il avait posé les longs doigts de sa main libre sur le grand accoudoir du fauteuil en cuir. C'était de la gélatine aromatisée à la betterave ?

— Le goût de la betterave n'était pas très prononcé, précisa Ethan, songeur. Même si ça avait quelque chose de… terreux.

Malik grimaça.

— Et pourquoi pas un simple gâteau ?

— Parce que ma mère ne sait pas faire simple.

J'indiquai la pile de classeurs sur la table basse, tous étiquetés et ordonnés avec soin. C'étaient des copies des « dossiers » de mariage de ma mère, un classeur pour chaque fournisseur auquel elle avait fait appel.

— Chacun ses goûts, je suppose, conclut Malik, puis il leva son gobelet. Si Aaliyah demande, je n'ai pas bu ça.

Ethan sourit. Aaliyah, la femme charmante de Malik, était du genre à rester cloîtrée. Elle était écrivain et introvertie, et on ne la voyait pas souvent dans les couloirs de la Maison Cadogan.

— Elle a parlé avec Catcher la dernière fois que Mallory et lui sont restés à la Maison, expliqua Malik. Il s'est découvert une passion pour l'alimentation saine, et il l'a entraînée dans sa déchéance.

— Mon pauvre vieux, dit Ethan, et il n'y avait que de la pitié dans son regard.

Des bruits de pas précipités résonnèrent dans le couloir. Ethan se leva avant que Luc apparaisse dans l'embrasure de la porte.

— Que s'est-il passé ?

— On n'en est pas complètement sûrs, répondit Luc. Mais tu devrais venir voir.

Nous le suivîmes dans le couloir, et découvrîmes des vampires rassemblés dans le vestibule qui avait été désert à peine quelques minutes plus tôt. Leur inquiétude était palpable dans la magie qui vibrait dans l'air.

Ils s'écartèrent alors que nous les dépassions pour aller à l'escalier. Margot était assise sur la deuxième marche en partant du haut. Son œil droit était gonflé et virait tristement au violacé. Elle portait encore sa robe de soirée, mais elle avait mis par-dessus un tablier blanc de la Maison Cadogan et troqué ses talons contre les sabots qui semblaient avoir la préférence des chefs cuisiniers.

Assise à côté d'elle, Lindsey pressait une poche de glace contre le front de Margot.

— Que s'est-il passé ? demanda Ethan.

— Rien, dit Margot. Juste une petite bosse. J'ai trébuché.

— Tu n'as pas trébuché, protesta Lindsey, puis elle nous regarda. Elle n'a pas trébuché. Quelqu'un l'a poussée dans le tunnel numéro trois.

La Maison Cadogan était une vieille bâtisse, et il y avait plusieurs passages en briques sous la Maison, une partie du vaste réseau qui s'étendait en dessous de Chicago. Étant un Maître prudent, Ethan les avait consolidés au cas où nous aurions besoin de sortir vite et sans être vus. J'étais allée dans les tunnels numéro un et deux, mais pas dans le numéro trois. Le plus long des trois, il courait vers le nord sur quatre cents mètres depuis le sous-sol de la Maison.

— Quelqu'un ? demanda Ethan posément, et il y avait un accent de menace dans ce mot. Un de mes vampires ?

— Non, dit Margot.

Ethan haussa le sourcil.

— Quelqu'un est entré dans la Maison par effraction ?

— Non, répéta Margot, et elle regarda Lindsey d'un air de reproche. Lindsey exagère ce qui s'est passé. On est juste tous à cran à cause de Sorcha.

Je ne contestai pas que nous étions à cran, mais Lindsey n'était pas du genre à exagérer, en tout cas pas quand il était question de la sécurité de la Maison. Le regard d'Ethan disait qu'il était du même avis.

— Il n'y a pas de quoi en faire tout un plat, nous assura Margot sur un ton qui semblait partagé entre la peur et la frustration.

— Si, il y a de quoi, insista Lindsey.

Le bourdonnement magique se mua en picotements de crainte. Ethan se retourna vers ses Novices.

— Je vais vous demander de tous retourner à vos occupations afin que nous puissions déterminer ce qui s'est passé et aider Margot à se rétablir. S'il vous plaît, ajouta-t-il avec une mimique indulgente qui les fit sourire à leur tour, puis ils nous dépassèrent pour aller à l'escalier ou descendre le couloir principal.

Lorsqu'ils furent partis et que le calme retomba dans le vestibule, Ethan revint à Margot.

— Que s'est-il passé ?

Margot poussa un profond soupir, et ses épaules se voûtèrent sous l'effort.

— Après la fête, il m'est venu l'idée de quelque chose que je pourrais essayer pour le mariage. (Elle me regarda.) Une sorte de minisandwich au bœuf bourguignon. Mais il me fallait plus de pinot noir. On garde les bons rouges dans le tunnel numéro trois.

Apparemment, le tunnel numéro trois servait aussi de cave à vins.

— Je suis descendue, et je passais les pinots en revue… (Elle sourit à Ethan.) Il faut qu'on ouvre la bouteille de Romanée-Conti que j'ai trouvée cachée en bas.

— On l'ouvrira, acquiesça-t-il d'une voix à la fois apaisante et encourageante.

Margot hocha la tête.

— Alors que je regardais les vins, une brise vraiment froide s'est mise à souffler dans la pièce. Ça arrive parfois, car il fait très frais dans les tunnels. Mais là, c'était différent.

— En quoi ? demanda Ethan en détachant ses mots.

Margot fronça les sourcils.

— Je ne sais pas. C'était un froid d'un genre différent. Ce n'était pas que la température, c'était une sensation glaçante. Comme s'il y avait quelque chose de, comment dire… de dense dans l'air.

Je n'avais pas besoin de voir le visage d'Ethan pour savoir quelles émotions il exprimait : effarement et inquiétude face à la similitude entre ce que Margot nous racontait et ce que nous avions senti plus tôt cette nuit-là.

— Ça ne me plaisait pas, poursuivit Margot, alors je me suis un peu dépêchée. Et puis… (Elle marqua une pause, peinant visiblement à trouver ses mots.) J'ai mis la main sur la bouteille que je voulais, et je venais de tourner les talons pour ressortir. Et j'ai senti qu'on me poussait.

Elle se tourna à moitié pour montrer son dos.

— Pile entre les omoplates. J'aurais pu jurer que j'avais senti une main froide au milieu de mon dos, qui m'a comme propulsée en avant. Mais c'est impossible, n'est-ce pas ?

Elle leva la tête vers nous, et je ne savais pas trop si elle voulait qu'on dise « oui » ou « non ». Margot était on ne peut plus stable et fiable ; ce qui s'était passé en bas l'avait clairement ébranlée.

— Tu n'as vu ni entendu personne ? demanda Ethan.

— J'étais seule en bas. Ou je pensais que je l'étais. Je suis tombée, et je me suis cogné la tête contre une des étagères. Quand je me suis relevée et que je n'ai rien vu, je me suis sentie un peu folle.

— Quelqu'un t'a poussée dans le tunnel numéro trois.

Ethan avait déclaré ça sur un ton pragmatique, mais je savais que des émotions se hérissaient derrière ses mots. Désarroi, colère, surprise.

Un des vampires de l'équipe de Margot apporta une tasse fumante, qui dégageait une odeur de miel et de bergamote.

— Je me suis dit que ça te ferait du bien, dit le vampire, puis il nous adressa un hochement de tête, à moi et aux autres.

— Merci, dit Margot, et elle replia les doigts autour de la tasse. Je vais bien, ajouta-t-elle. Retourne au travail.

— Ça vaut pour tout le monde, dit une voix derrière nous.

Delia, le médecin de la Maison, s'avança vers nous. Elle portait une blouse rose et des chaussures de tennis sous une veste blanche de docteur, et venait sans doute juste de rentrer de l'hôpital.

— Il est temps de laisser le médecin s'occuper de sa patiente.

— C'est elle la vraie patronne, concéda Ethan, et il se baissa pour déposer un baiser sur la tête de Margot. On sera juste au bout du couloir. Appelle-nous au besoin.

— Idem, dis-je, et je lui serrai la main.

Elle nous répondit par un hochement de tête de gratitude, puis laissa Delia se mettre au travail. Le médecin posa délicatement ses mains sombres sur le visage de Margot pour vérifier s'il y avait des blessures.

Luc, Lindsey, Malik et moi suivîmes Ethan dans son bureau.

— Elle refusait de me laisser t'appeler, affirma Lindsey quand Ethan ferma la porte. Elle essaie vraiment de minimiser ce qui s'est passé.

— Pourquoi, à ton avis ? demandai-je.

— Je n'en suis pas sûre. Tu sais que Margot est solide, dit-elle. Elle sait se défendre, et elle ne prend pas facilement peur. Mais ça, ça lui met les nerfs en pelote, peut-être à cause de ce qu'elle a ressenti, peut-être parce qu'elle n'a rien vu après. Personne n'a envie de paraître stupide ou lâche, surtout devant un Maître et une Sentinelle.

Je me sentis encore plus mal.

Ethan se tourna vers Luc.

— Les caméras de sécurité ?

— On n'a pas encore vérifié. On ne surveille pas les tunnels sur les écrans principaux, mais les caméras sont équipées de détecteurs de mouvement. Ils ont dû se déclencher quand elle est descendue. (Il nous regarda, yeux étrécis.) Est-ce que tu sais quelque chose, chef ?

— Je ne sais pas, dit Ethan. Voyons d'abord ce que l'enregistrement a à nous livrer.

Nous descendîmes au sous-sol, dans la salle des opérations de la Maison, où Luc afficha la vidéo des caméras de surveillance. Elle était en couleur, et l'image était assez nette pour nous permettre de voir Margot entrer dans le tunnel numéro trois.

L'espace semblait plus grand que les autres, qui n'étaient que des passages enténébrés. Ce tunnel-ci s'ouvrait sur une grande salle ronde, avant de se rétrécir à l'autre bout.

— C'est grand, constatai-je tout bas.

— Nous pensons que c'était rattaché aux tunnels municipaux, dit Ethan sans quitter des yeux l'écran au mur. Peut-être un endroit où les trains qui distribuaient le charbon pouvaient faire demi-tour.

Margot s'avança jusqu'à une série d'étagères en bois sombre, sans doute la réserve de vin, et elle fit courir les doigts sur l'extrémité des bouteilles. Puis elle cessa de bouger, les doigts toujours tendus, comme une danseuse qui perfectionnait une posture. Elle jeta un coup d'œil par-dessus son épaule, lentement et prudemment, comme si elle avait peur d'alerter ce qui l'avait surprise.

Mais il n'y avait rien derrière elle. Rien que le tunnel, Margot, et les étagères.

Elle regarda un peu plus longtemps, puis se retourna vers le vin en secouant la tête, un sourire penaud aux lèvres, honteuse d'avoir eu peur. Et quand elle relâcha son souffle, une brume froide sortit de sa bouche.

— La température a baissé, nota Luc, et la peur me noua le ventre.

Ce n'était que le début.

— Bon sang, murmura Ethan quand quelque chose de vaporeux, gris et sinueux se mit à serpenter sur le sol vers sa Novice.

La force de son inquiétude et le bourdonnement de sa magie emplirent l'espace autour de nous.

Tandis que Margot passait les vins en revue – en retournant certaines bouteilles pour voir les étiquettes, et en consultant ce que je devinai être un inventaire au bout de chaque rangée –, la chose se rapprocha d'elle, et la brume se fondit en quelque chose qui semblait presque solide et avait presque forme humaine, mais pas tout à fait…

Margot sélectionna une bouteille, et se tourna vers la porte.

L'homme, ou ce qui en était une approximation fantomatique, se rua vers elle main tendue et la poussa en avant. La bouteille lui vola de la main, et explosa sur le ciment à quelques pas de là. Une gerbe de vin jaillit dans les airs tandis que Margot tombait, et sa tête heurta le bord d'une étagère.

Elle resta là un moment, visiblement sonnée, avant de rassembler son courage et de lever la tête. Quand elle le fit, l'homme était redevenu de la brume et avait disparu.

Margot se mit debout en chancelant, pressa une main sur sa tête et tituba un peu lorsqu'elle fit un pas. La pitié me prit à la gorge quand je vis la confusion, la peur et la douleur dans ses yeux. Mais elle parut se ressaisir, prit son inspiration et se dirigea vers la porte. Elle ne se retourna pas.

L'image de la vidéo devint noire, et le silence retomba sur la salle des opérations.

— Est-ce nous qui avons causé ça ? demandai-je en songeant à de la magie froide et visqueuse, à un esprit invoqué dans notre monde.

Luc fronça les sourcils.

— Comment auriez-vous pu causer ça ?

Ethan se frotta le front des doigts.

— Annabelle a trouvé une tombe profanée dans le cimetière d'Almshouse – la fosse commune du comté de Cook – et nous a demandé d'y jeter un œil. Quelqu'un avait ouvert la tombe et pris le crâne. Elle pense que l'esprit a été invoqué.

Luc haussa les sourcils.

— Par qui ?

— Elle ne savait pas, mais sans doute par quelqu'un qui était là peu de temps avant qu'elle arrive. Les pièges magiques ne se sont pas déclenchés. Ce n'était donc pas Sorcha.

— On sentait la magie dans le cimetière, ajoutai-je. Le même genre d'énergie que celle que Margot a décrite.

— Avez-vous vu quelque chose ? demanda Luc, et nous secouâmes la tête.

— Non, dit Ethan, mais il ne fait aucun doute que quelque chose a été invoqué. La magie était palpable, et Annabelle soutenait que c'était plus qu'un simple fantôme qu'on aurait dérangé.

Luc fronça de nouveau les sourcils.

— Où voulez-vous en venir ? Au fait que le fantôme qui a été invoqué au cimetière d'Almshouse hante désormais la Maison Cadogan ? C'est impossible.

Je regardai Ethan, consciente que la culpabilité se lisait sur mon visage.

— Pas si on l'a ramené à la Maison.

Luc et Lindsey pâlirent. Vu qu'ils étaient des vampires, ça valait le coup d'œil.

— Comment est-ce que ça a pu se produire ? demanda Lindsey dans un souffle.

Elle était courageuse comme personne. Mais même les vampires avaient leurs limites en matière de surnaturel. Apparemment, les morts revenus d'outre-tombe faisaient partie des siennes.

— Je n'en ai aucune idée, admit Ethan en tendant la main pour serrer la mienne. Ce n'était certainement pas voulu. Nous avons laissé Chuck, Catcher, Jeff et Annabelle au cimetière, et n'avons rien fait de magique entre le cimetière et la Maison. Nous sommes allés chez *Portillo*, au nom du ciel.

— Le trajet m'a semblé pesant.

Lindsey me dévisagea.

— Pesant ?

— J'ai eu comme l'impression qu'un poids m'écrasait, clarifiai-je. J'ai pensé que ce n'était qu'un coup de cafard après le passage au cimetière, la tombe profanée, et le côté histoire d'épouvante. Peut-être pas ?

Ethan regarda Luc.

— Je veux que le tunnel soit verrouillé, et je veux que les caméras tournent et que les enregistrements soient suivis vingt-quatre heures sur vingt-quatre.

Ce qui impliquait de solliciter nos homologues humains pour ce travail, puisque nous serions hors service durant la journée.

— On ne peut pas montrer l'enregistrement à Margot, dit Lindsey, puis elle considéra les autres gardes dans la pièce. Elle paniquerait, et il n'y a rien qu'elle puisse y faire.

— On ne peut pas lui montrer ça, convint Ethan. Et personne en dehors de cette pièce ne doit le voir non plus.

Chaque garde approuva d'un hochement de tête.

— Il faudra tout de même qu'on prévienne les Novices, dit Luc à voix basse, ne voulant pas contredire son Maître. Juste au cas où.

Ethan acquiesça.

— Envoie-leur un bulletin électronique, et veille à ce qu'ils soient sur leurs gardes. Pendant ce temps-là, on va mener l'enquête. Il faut qu'on découvre ce qui nous a suivis hors du cimetière.

— Commençons par le plus important, dis-je en me levant de mon fauteuil. Je veux inspecter ce tunnel.

Pour être honnête, je n'avais pas envie d'inspecter ce tunnel ; j'avais envie de jeter cette nuit aux oubliettes, et de me glisser au lit avec Ethan et une bouteille de ce fameux pinot. Mais il fallait que je l'inspecte, car j'assumais le rôle de Sentinelle de la Maison, et Margot était une amie.

Une petite volée de marches partait du sous-sol et se terminait devant une imposante porte en métal avec le mot « TROIS » peint dessus en noir et au pochoir. Luc la poussa puis alluma les lumières, et nous le suivîmes à l'intérieur.

Le sol était en béton, les murs en brique, l'éclairage industriel ; des cages en métal avec des ampoules nues. La pièce sentait le rance et l'humidité, la poussière de brique, l'eau et la terre, et l'odeur intense du vin qui s'était déversé de la bouteille cassée au milieu de la pièce. Une flaque sombre entachait le béton.

Il faisait froid. Tant parce que nous étions sous terre qu'à cause de la magie dense qui flottait dans l'air. La même magie que celle que nous avions sentie dans le cimetière.

— *Ethan*, dis-je en silence.

Il hocha la tête.

— *Je la sens.*

Je secouai les doigts rapaces de la peur et m'avançai dans une petite alcôve sur la gauche de la pièce. Les casiers des bouteilles de vin, une dizaine de rangées de bois sombre, étaient cachés dans le renfoncement comme les étagères d'une bibliothèque. Il y avait des centaines de bouteilles, certaines propres et brillantes, d'autres recouvertes d'une couche de poussière.

— Tu as une sacrée collection, lui fis-je remarquer.

Il esquissa un sourire amusé.

— Tu ne t'es jamais demandé d'où venait le vin que tu dégustais ?

— Je supposais que c'était de France, du Chili ou de Californie, dis-je avec un sourire espiègle. Je n'y avais pas vraiment réfléchi plus que ça. (Je marquai une pause.) Je ne vois aucun signe de magie.

Il n'y avait pas de symboles, pas de traces de charbon, pas de livres ni de restes de sortilèges. Je n'étais pas bien sûre de savoir comment enquêter sur un fantôme qui ne laissait aucun indice physique.

Je repensai aux chasseurs de fantômes que nous avions rencontrés au cimetière et me retournai vers Luc.

— J'imagine que tu n'as aucun de ces gadgets dont ils se servent à la télé pour trouver des fantômes.

— *Merit*, me souffla Ethan en soupirant presque, désapprobateur.

— Non, répondit Luc tandis qu'une lueur d'excitation s'allumait dans ses yeux. Mais je suis à peu près sûr de pouvoir recruter quelqu'un qui les a. (Il regarda Ethan.) Es-tu disposé à ce qu'on procède à un balayage électromagnétique complet des lieux ?

Je devinai que ce n'était pas la première fois qu'Ethan et Luc avaient cette conversation.

— *Désolée*, dis-je à Ethan, mais j'eus de la peine à réprimer un sourire.

L'enthousiasme de Luc rendait la situation un peu moins inquiétante.

Ethan réfléchit en silence pendant un moment.

— Merit va transmettre un message à Catcher et Chuck, et appeler Annabelle. Peut-être que c'est Annabelle la mieux placée pour enquêter sur cette affaire. Dans le cas contraire, il se trouve que nous sommes tombés sur des individus qui pourraient l'être. (Il alla à la première rangée de casiers et choisit une bouteille de vin.) Pour le moment, j'ai besoin d'un verre.

Il prit les verres en cristal dans son bureau, et me retrouva dans nos appartements. Nous n'avions pas besoin de chaleur, mais il éteignit les lumières et alluma le feu, laissant les ombres danser sur le haut plafond de la pièce.

Pendant qu'il débouchait la bouteille de vin, j'envoyai un message à l'Agence de médiation et appelai Annabelle.

— Salut, Merit, dit-elle en décrochant. Chuck a-t-il trouvé quelque chose ?

— Pas à ma connaissance, mais il s'est passé autre chose qui est peut-être lié. Est-ce qu'un fantôme peut voyager ?

— Bien sûr, me confirma-t-elle, et mon estomac se noua rien qu'en entendant l'assurance dans sa voix. C'est comme ça qu'ils se déplacent d'un plan à l'autre, après tout. Pourquoi cette question ?

— Parce que je pense que l'un d'eux nous a peut-être suivis jusque chez nous.

Je lui rapportai ce qui était arrivé à Margot, et ce que nous avions vu.

— Intéressant, commenta Annabelle. Ce n'est pas commun qu'un esprit fasse du stop, si je puis dire, mais ce n'est pas inédit. Il a dû être attiré par votre magie, voire par votre immortalité.

Ça ne me rassurait pas de savoir que cette possibilité était bien réelle. Mais il y avait du pain sur la planche.

— J'imagine qu'on va avoir besoin que quelqu'un inspecte le tunnel, surnaturellement parlant, et tout ce qui va avec. Est-ce que c'est dans tes cordes ?

Le « non » catégorique d'Annabelle me surprit.

— Oh, fis-je, déconcertée.

Ce n'était pas la réponse que j'attendais, et j'étais un peu piquée au vif par son refus rapide. Après tout, nous étions venus quand elle nous avait appelés.

— Enfin… flûte, lâcha-t-elle. J'aimerais dire « oui ». Et pas juste parce que j'adorerais jeter un œil à l'intérieur de la Maison Cadogan. Le truc, c'est que je n'ai pas le droit.

— Pourquoi n'as-tu pas le droit ?
— À cause de l'Ordre, dit-elle.
Si je me souvenais bien de ce qu'elle m'avait dit, ceux de l'Ordre ne portaient pas vraiment les nécromanciens dans leur cœur, et ils avaient refusé de leur accorder le statut de membres de leur organisation.
— Je travaille dans les cimetières, poursuivit-elle. Et d'après l'accord conclu par l'Ordre et l'association MVD – le groupe des nécromanciens –, je n'ai le droit de travailler que dans les cimetières. Tout le reste, c'est une violation de ce contrat.
J'en savais assez au sujet de l'Ordre grâce à Catcher et Mallory, et même si rien de ce qu'Annabelle avait dit n'était particulièrement choquant, ça me paraissait néanmoins d'une sévérité inhabituelle.
— Je suis surprise que l'association MVD ait accepté cet accord, dis-je.
— La faute à Sorcha, affirma-t-elle. C'est l'un des changements auxquels ils ont procédé après Towerline. (Ça avait été notre dernière confrontation avec la sorcière, un combat magique et physique brutal.) L'Ordre a avancé un argument de poids relatif aux spécialités et à la nécessité de délivrer des licences, afin d'éviter que les gens nous accusent d'être comme Sorcha. En réalité, ça ne fait qu'imposer la hiérarchie qu'ils préfèrent.
— Avec des sorciers habilités par l'Ordre au sommet.
— En gros, oui.
— Qui travaille en dehors des cimetières, alors, si ce ne sont pas les nécromanciens ?
— Seulement les sorciers approuvés par l'Ordre. Et à ma connaissance, il n'y en a aucun qui pratique ce genre de magie à Chicago. Comme ça serait susceptible de flirter avec la magie noire, l'Ordre la réglemente très

strictement. Mais, ajouta-t-elle d'une voix traînante, puisque je me trouve en ce moment chez moi et que ni l'association MVD ni l'Ordre n'ont la moindre autorité ici, tu peux m'envoyer la vidéo si tu veux. (J'entendis ce qui ressemblait au sifflement d'une bouilloire, et un bruit de céramique.) Je peux y jeter un œil. Je reconnaîtrai peut-être quelque chose.

— Ce serait super. Je vais demander à Luc de te l'envoyer.

Elle me donna son adresse email, et je la notai pour la transmettre à Luc plus tard.

— Si vous êtes prêts à sortir des sentiers battus, reprit-elle, vous pourriez essayer les enquêteurs du paranormal qui ont débarqué cette nuit. Je ne dis pas que je pense qu'ils sont réglos – je ne suis pas en train de les cautionner –, mais ils avaient le bon équipement. S'ils sont des chasseurs de fantômes dignes de ce nom, ils seront en mesure de confirmer que c'est bien à un fantôme que vous avez affaire plutôt qu'à un autre surnaturel, de vous aider à l'identifier, et de vous mettre en relation avec des sorciers capables de le renvoyer chez lui.

— C'est un point de départ, convins-je, et je la remerciai pour son aide.

Ethan chargea Luc de se renseigner sur le RAPC, et de les recruter si c'était approprié. Puis je le rejoignis devant le feu et acceptai avec avidité le verre de vin sombre qu'il me proposa.

— Quelle nuit, dis-je, regardant les flammes danser en passant de l'orange au bleu et au blanc.

— Elle n'a pas été ordinaire, acquiesça-t-il, et il fit doucement tinter son verre contre le mien. On a franchi une étape ce soir, ajouta-t-il en souriant. Notre première fête.

— Notre seule fête, lui rappelai-je avec un grand sourire.

Le délai raccourci avait ses avantages.

— Et plus que deux mois.

— Avant que je doive renouveler mon permis de conduire ? Ouais, je sais. Je n'ai pas hâte. C'est une telle galère.

Il prit ma main libre, et pressa ses lèvres douces et généreuses contre mes jointures.

— Tu sais très bien que je ne parlais pas du permis de conduire.

Je pinçai les lèvres.

— Mmm. Ai-je autre chose de prévu ?

Il me mordilla le cou.

— Notre mariage. La raison pour laquelle nous avons eu cette charmante fête plus tôt dans la soirée. Et la raison pour laquelle nous sommes désormais en possession de plusieurs grille-pain neufs.

— Quelle quantité de pain grillé s'imaginent-ils que les vampires mangent ?

— Des tonnes, de toute évidence. (S'étirant à côté de moi, il plia le coude, appuya la tête sur sa main et me regarda.) Tu n'es pas nerveuse, si, Sentinelle ?

— Nerveuse ? Non. Bien sûr que non. Absolument pas nerveuse.

— Il me semble que tu connais le Barde et le passage où il est question de trop protester.

— Bon, d'accord, avouai-je. Je suis un peu nerveuse.

L'espace d'un instant, son regard s'embrasa. Il y avait là de la surprise, et peut-être un peu de peine.

Je posai la main sur sa joue.

— Pas au sujet du mariage, dis-je, et je lui laissai voir la vérité dans mes yeux. C'est pour les humains que j'appréhende. Je ne suis pas fière de ce qui s'est passé ce soir. Même si j'ai remis tante Sarah à sa place, il y aura peut-être d'autres invités qui se comporteront mal.

Ethan sourit, prit mon verre de vin et le mit de côté.

— Les invités qui se comportent mal sont le cadet de nos soucis. S'ils veulent boire notre champagne et critiquer les vampires, on ne peut rien faire pour les en empêcher. Et ça ne nous coûte que le prix du champagne.

— C'est une réponse très pragmatique.

— C'est un fait regrettable mais indéniable qu'on ne peut pas toujours compter sur les humains pour être de bons alliés. Tes proches et les amis de ta famille – même si ce sont tes proches et les amis de ta famille – ne feront sans doute pas exception.

— Ils devraient. Ils me connaissaient avant que je sois vampire, et me connaissent maintenant. Ils sont censés valoir mieux que ça.

— La plupart d'entre nous ne nous montrons que rarement à la hauteur de notre potentiel.

Avec une lueur dans le regard pour seul avertissement, il couvrit mon corps du sien et me plaqua contre la moquette douce.

— Et toi, tu te montres à la hauteur du tien ? demandai-je avec un sourire, en passant les bras autour de son cou.

— Il semble bien, acquiesça-t-il. Ta proximité suffit.

Il avait la voix grave et rauque de désir, et au contact de ses lèvres sur ma peau, un frisson d'excitation me parcourut.

— Ta proximité n'est pas mal non plus, dis-je, et j'attirai sa tête plus près, puis pressai ma bouche contre la sienne.

Je l'embrassai, laissant l'amour se fondre en nous par l'entremise de nos lèvres douces et de nos langues mêlées.

En appui sur le coude, il posa sa main libre sur ma hanche et plaqua mon corps contre lui, contre la ligne rigide de son érection.

— À la hauteur de la situation, murmurai-je contre sa bouche, et je le sentis répondre par un sourire.

Il se mit à genoux, repoussa ses cheveux d'une main et commença à déboutonner sa chemise. Le feu dans ses yeux – tour à tour argentés et verts – étincelait, changeant comme les flammes du feu à côté de nous. Tout en m'observant, il fit glisser ses longs doigts sur chaque bouton de nacre avec une lenteur délibérée. Il me provoquait, me laissant deviner son abdomen plat et ferme, sa peau incroyablement lisse.

Je levai une main pour la presser contre ses muscles contractés, mais il l'écarta.

— Je n'ai pas fini, annonça-t-il en se débarrassant de la chemise. Et c'est moi qui suis aux commandes, maintenant. Je te veux folle de désir.

Un sourire joua au coin de mes lèvres.

— Crois-moi, tu n'auras pas besoin de te donner beaucoup de mal.

La simple vue de son corps – musclé, puissant et indéniablement superbe – me suffisait. Mais Ethan Sullivan, soldat et Maître, était un homme de parole.

Il serra mes mains dans les siennes, les leva au-dessus de ma tête et ramena la bouche à la hauteur de la mienne tandis qu'il me clouait sous lui.

— Pas mal, dis-je, joueuse.

Et c'était vrai, jusqu'à ce qu'il laisse ses crocs s'allonger et me mordille la lèvre, puis érafle la peau délicate de mon cou.

— Non ? demanda-t-il, et il modifia son étreinte sur mes poignets pour libérer une de ses mains.

Il la glissa sous ma robe, pianota le long de ma cuisse de ses longs doigts agiles, accentuant mon désir avec des gestes destinés à me titiller. À m'embraser.

Il se rassit, les yeux argentés, les crocs scintillants à la lueur du feu, le visage empreint de désir. Il incarnait la puissance, l'homme, le vampire.

Et il était à moi.

C'était à mon tour de prendre. Et par chance, j'avais un ou deux tours dans mon sac, que je tenais pour l'essentiel de lui.

Toujours sous lui, je m'arc-boutai et le regardai baisser les yeux. Je profitai de ce moment pour prendre le contrôle. D'un seul mouvement rapide, je me déplaçai et inversai nos positions, de sorte qu'il se retrouva étendu devant le feu tandis que je le chevauchais.

L'expression de son visage – surprise, admiration, ravissement et désir – en valait la peine.

— Je crois que je suis aux commandes, maintenant, dis-je, et je retirai ma robe par la tête avant de la jeter sur le côté.

Il en fit autant avec ses derniers vêtements, puis je le couvris avec mon corps, pressai la bouche contre la sienne et l'embrassai jusqu'à ce que son corps vibre de tension et d'impatience.

Il m'explora de ses doigts agiles, avec minutie et assiduité, comme s'il pouvait mémoriser les formes de mon corps rien qu'en le touchant. Il leva la tête vers moi, et traça du pouce mes lèvres gonflées.

— Je doute d'en avoir un jour assez de toi, Sentinelle.

— Je suis toute à toi, pour toujours, déclarai-je, et je me cambrai quand il me toucha, quand il m'entraîna dans la première délicieuse vague de plaisir.

Il se redressa et fit courir ses crocs sur mes clavicules et mon cou, puis marqua une pause pour attendre mon approbation. Le consentement que j'avais autrefois été incapable de donner.

— Oui, dis-je, et il me mordit, transperçant de ses crocs ma chair tendre et déclenchant une nouvelle extase.

Ethan gémit de plaisir, m'enlaçant tandis qu'il buvait et que nous partagions la connexion unique des vampires, l'union qui nous rapprochait encore plus.

Mon corps était déjà chaud et détendu de plaisir quand il me couvrit de nouveau, et m'embrassa lentement tout en bougeant en moi. Je glissai les doigts dans ses cheveux, fermai les yeux pour me focaliser sur les sensations, sur son goût et sur le frottement de son corps contre le mien tandis que la chaleur s'accumulait et s'élevait de nouveau.

— Regarde-moi, dit Ethan d'une voix grave, et c'était autant un ordre qu'une requête.

J'ouvris les yeux, que le désir avait sans doute rendus argentés, et soutins son regard de métal en fusion. Et je l'observai alors que ses pupilles se dilataient, qu'il entrouvrait les lèvres et que les sensations pulsaient dans son corps.

Le voir en pleine jouissance, alors qu'il partageait le plus intime des moments avec moi, me fit m'envoler de nouveau. Nous tombâmes ensemble tels des anges liés à la terre, et liés l'un à l'autre.

Ce n'était pas une mauvaise façon de sombrer.

Chapitre 4

Vu qu'Ethan et moi étions tous deux des vampires, la disparition du soleil à l'horizon aurait dû nous influencer de la même façon, et nous réveiller en même temps. Mais pour une raison inconnue – personnalité, biologie ou tout simplement magie –, il était généralement debout avant moi, et revêtait son costume sombre et sexy pendant que je dormais.

Cette nuit-là, les rôles étaient inversés.

Je m'étais levée avant Ethan, j'avais pris un muffin dans le panier que Margot avait laissé à côté de la porte – et j'ignorais totalement comment elle avait accompli le miracle de se réveiller encore plus tôt que le faisait Ethan d'habitude – et je m'assis devant le bureau ancien dans le salon.

Je n'avais pas prévu de devenir enquêtrice du surnaturel. Pas quand mon objectif avait été de décrocher un doctorat en littérature anglaise. Mais au cours de l'année passée, j'avais mené plus d'enquêtes. Et je m'étais améliorée.

En consultant mes messages, je trouvai une note d'Annabelle qui confirmait que c'était sans doute un fantôme qui apparaissait dans la vidéo, mais que la magie – qu'elle ne pouvait pas analyser à partir de simples images – permettrait de le certifier. Je trouvai également un message de Luc pour nous prévenir que les chasseurs de fantômes – soit le RAPC – n'allaient pas tarder à arriver à la Maison, et un message de Mallory m'informant que Catcher et elle voulaient participer à la chasse. Je lui envoyai les détails.

Je trouvai aussi l'habituelle série d'emails de ma mère au sujet du mariage. Comme ce n'était pas notre priorité à ce moment-là, je me tournai vers Internet.

Ce n'était pas difficile de trouver les registres officiels du cimetière d'Almshouse en ligne, mais la plupart étaient encore sous forme de pages de livres. Elles avaient été scannées et postées en ligne, mais comme les données elles-mêmes n'avaient été ni extraites ni compilées, je dus parcourir chaque page manuscrite pour trouver le numéro qui correspondait à la tombe profanée.

J'étais si focalisée sur la page couverte d'une écriture cursive, ronde et penchée que je n'entendis pas qu'Ethan s'était levé jusqu'à ce qu'il entre dans la pièce, avec son pantalon de pyjama en soie préféré qui descendait sur ses hanches et son abdomen aux muscles bien définis.

— Tu es matinale.

Il pressa les lèvres contre mon cou, puis m'offrit un baiser provoquant qui m'échauffa aussitôt le sang.

— J'enquête, dis-je, tant pour information qu'en guise de défense. Et je prends mon petit déjeuner. (J'indiquai le panier.) Les muffins aux pépites de chocolat sont divins.

Ethan opta pour une pomme et regarda l'écran d'ordinateur par-dessus mon épaule.

— Les registres du cimetière ?

— Ouais. Et il s'avère que je pense avoir enfin trouvé ce que nous cherchons. (J'indiquai l'endroit de l'écran où le numéro du caveau – 1-CCNR49-871 – était soigneusement imprimé.) Mickey Riley, dis-je. Enterré en 1929.

— L'estimation temporelle d'Annabelle était juste, constata-t-il tandis que je recherchais ce nom sur Internet.

Premier résultat : son profil FBI.

— Mickey Riley était un bagarreur rattaché à Al Capone, dis-je en scannant l'écran des yeux. Il a été condamné pour vol aggravé en 1927 et assassiné en prison. Comme son corps n'a pas été revendiqué, il a été enterré par le comté au cimetière d'Almshouse.

La description s'accompagnait d'une image, une petite photo en noir et blanc ternie sur les bords. Mickey Riley n'était un homme attirant à aucun point de vue imaginable. Il avait le visage carré, un menton proéminent, un grand front qui ombrageait ses petits yeux sournois. Sa peau était grêlée, et une longue et fine cicatrice scindait en deux la partie inférieure de sa mâchoire. Ses cheveux foncés étaient plaqués en arrière, et son torse puissant était engoncé dans un costume serré et froissé. Sur la photo, il avait les mains croisées devant lui, tenant de l'une le bord d'un chapeau melon.

— Est-ce qu'il te dit quelque chose ? demandai-je.

Ethan se pencha pour le regarder de plus près, puis secoua la tête.

— Nous étions ici pendant les années folles. Malik, moi et bien d'autres. Je ne me souviens pas de cet individu-ci, et ni Capone ni les autres gangsters ne s'intéressaient à nous. Pour autant que je sache, ils ignoraient que nous existions, et, dans le cas contraire, ça leur aurait sans doute été égal puisque nous ne faisions pas concurrence à leurs entreprises criminelles.

Je hochai la tête.

— La biographie ne mentionne aucune connexion avec la Maison Cadogan, si c'est à ça que tu penses.

— Pourquoi lui ? demanda Ethan. Pourquoi déterrer son crâne et s'en servir pour faire de la magie ?

Je grimaçai.

— Tu en sais assez pour ne pas poser cette question. Il y a tout un tas de raisons perturbantes possibles. Il nous suffit de déterminer de laquelle il s'agit ici. (Je consultai l'horloge dans le coin.) Mallory, Catcher et le RAPC seront là dans l'heure. On pourra leur demander.

Il déposa un baiser dans mon cou.

— En attendant, peut-être pourrait-on revenir sur ces problèmes de contrôle qui nous ont occupés la nuit dernière.

Comment étais-je censée résister à ça ?

— Merit a trouvé des informations sur le défunt, annonça Ethan quand Mallory et Catcher furent arrivés et que nous les eûmes escortés jusqu'à son bureau.

— Son nom est Mickey Riley, expliquai-je alors que nous nous rassemblions autour de la table de conférence et de la tablette électronique que j'avais installée. Un membre du gang de Capone.

Catcher haussa les sourcils tandis qu'il se penchait sur la biographie et la photo.

— Un gangster. Intéressant.

— Visage intéressant, commenta Mallory. Même si je suis peut-être un peu trop gentille. Ça ne me plaît pas de dire ça, mais il a l'air un peu… machiavélique.

— C'était sans doute une brute sur les bords, convins-je. Il a été tué en prison en 1929.

— J'ai interrogé les membres de la Maison, dit Ethan, et aucun de ceux qui étaient là au début du siècle n'a reconnu ce nom.

Ce qui incluait Lindsey, qui avait vécu des moments peu glorieux durant la période où elle avait été garçonne et compagne de gangsters à New York.

— Quelles sont les nouvelles, de votre côté ? demanda Ethan.

— Le cadavre de M. Riley – enfin, 90 % de son cadavre – se trouve dans le cabinet du médecin légiste, rapporta Catcher. Il va rester là-bas, dans un environnement où la température est régulée, jusqu'à la fin de l'enquête. Il sera ensuite enterré de nouveau, avec tous ses membres si on a de la chance. Quant au criminel, il n'y a pas de caméras de sécurité dans le quartier. Nous avons interrogé le voisinage, mais n'avons trouvé aucun témoin de l'accident, du malfaiteur ou de la voiture. Mais l'équipe de la criminelle va examiner les empreintes et effectuer des prélèvements d'ADN. Il se peut que ça nous donne des indices.

Il croisa les bras et rentra le menton. J'avais remarqué que Catcher prenait cette posture quand il « passait aux choses sérieuses ».

— Votre fantôme, dit-il.

— Annabelle a examiné la vidéo, déclarai-je. Elle pense que c'est un fantôme, mais ne peut pas le certifier sans avoir senti la magie.

Catcher hocha la tête.

— Elle est prudente. Ça me plaît.

— Elle a aussi confirmé la nuit dernière qu'il a pu nous suivre jusqu'à chez nous.

— Vous avez donc dans le sous-sol de votre bâtisse l'esprit d'un gangster que quelqu'un a invoqué.

— Ça me semble être un bon résumé, dit Ethan. J'ai vécu de nombreuses années, et j'ai fait une ou deux rencontres avec des défunts. Mais ça, c'est une première, même pour moi.

Catcher consulta sa montre.

— À quelle heure ceux du RAPC viennent-ils ?

Ethan se retint de sourire.

— Ils seront là à tout moment. As-tu déjà travaillé avec eux ?

— Non, dit Catcher en glissant un regard à sa femme. Mais Mallory a fait quelques enquêtes paranormales durant sa période occulte.

Mallory avait eu beaucoup de passe-temps différents avant que sa magie commence à se manifester, dont une obsession pour le surnaturel.

— J'ai participé à un circuit de lieux hantés, se défendit-elle. Ce n'étaient pas eux qui le dirigeaient, et c'est la seule fois où j'ai côtoyé des chasseurs de fantômes. (Elle sourit.) À l'époque, je préférais les vampires scintillants et les monstres fictifs.

Je lançai à Catcher un regard interrogateur.

— Est-ce que ça a changé ?

Il se renfrogna.

Mallory lui donna un petit coup à l'épaule.

— Par les temps qui courent, je suis surprise que vous ne soyez pas équipés… Les aspirateurs à fantômes, les éponges pour esprits frappeurs, que sais-je encore.

— Les éponges pour esprits frappeurs ? répéta Catcher.

Mallory haussa les épaules.

— J'imagine que le Médiateur reçoit toutes sortes de catalogues d'articles surnaturels divers et variés. Vous savez… Dispositifs pour affronter les surnaturels, capes et monocles de détective, ce genre de choses.

Catcher leva les yeux au ciel, mais un sourire jouait sur ses lèvres, comme sa femme l'avait escompté. La gestion du conjoint, un talent des plus précieux.

— Je doute qu'ils apportent des aspirateurs à fantômes ou des éponges pour esprits frappeurs, dit Ethan, quand bien même ça existerait. Ils apporteront leur expertise et des informations. Et c'est ce dont on a besoin en ce moment.

Les membres du Réseau des activités paranormales de Chicago arrivèrent à la Maison Cadogan avec des sacs à dos, des trépieds, et d'autres équipements passés autour du cou ou à l'épaule. Roz, Matt et Robin portaient des tee-shirts jaunes du RAPC, et semblaient passablement excités de pénétrer une Maison de vampires.

— Bienvenue dans la Maison Cadogan, dit Luc alors qu'ils entraient dans le vestibule. Vous avez beaucoup de matériel.

— Les enquêtes paranormales ont beaucoup progressé ces quelques dernières années, expliqua Roz. En particulier depuis que les vampires ont annoncé leur existence. Ça a permis à la recherche d'avancer plus vite.

Que les vampires aient « annoncé » leur existence, c'était sans doute discutable. L'ancien Maître de la Maison Navarre nous avait pour ainsi dire tous forcés à sortir du placard.

— Bien, dit Robin en sortant un porte-documents noir de son sac à dos gris, lui aussi orné d'un monogramme « RAPC ». (Il tourna une page du bloc-notes.) Vous avez demandé notre formule « Évaluation avancée ». Nous allons donc évaluer l'étendue de la nuisance, et vous recommander un plan d'action pour la gérer et la supprimer.

Ethan écouta sa récitation sans émettre de commentaires.

— Et peut-on discuter du paiement ? demanda Robin en levant la tête.

Ethan n'avait pas l'air impressionné par cette question.

— Nous avons validé votre devis. Vous recevrez le paiement une fois le service accompli.

— On prend ça au sérieux, insista Roz. On fait le travail… On touche l'argent. On n'aime pas qu'on nous embrouille.

La montée de colère d'Ethan répandit de la magie dans l'air.

— Comme vous en avez été informés, une de nos vampires a été blessée la nuit dernière. Nous n'aimons pas non plus qu'on nous « embrouille », et nous préférons que nos invités se comportent avec un minimum de bienséance. Me suis-je bien fait comprendre ?

Roz hocha la tête avec raideur.

— On est juste un peu à cran après la nuit dernière, répondit Robin en rangeant le porte-documents dans son sac à dos. C'est le fait d'avoir loupé quelque chose alors qu'on était à deux doigts de le trouver. On ne cherche pas à vous manquer de respect, et on se comprend.

L'expression d'Ethan ne changea pas.

— Par ici, dit Luc.

J'étais la dernière de la file, et je les observai attentivement tandis que nous descendions l'escalier, comme si leur comportement pouvait me révéler s'ils étaient ou non des imposteurs. Roz regardait autour d'elle, appréciant le décor. Matt surveillait son équipement, et Robin radotait nerveusement au sujet de la météo.

Lorsque nous atteignîmes la porte du tunnel numéro trois, Luc la déverrouilla et l'ouvrit d'une poussée.

L'air qui en sortit était humide et frais, mais je ne sentis pas de magie. C'était un bon début, du moins pour nous. Le RAPC ne serait peut-être pas de cet avis.

— Oh, waouh, fit Robin en sautillant presque à l'intérieur de la salle. C'est absolument spectaculaire.

Roz le suivit, focalisée sur le plafond et les murs tandis qu'elle faisait courir ses doigts sombres sur les briques comme pour en éprouver la texture. Matt gardait les yeux rivés sur ses détecteurs.

— « Spectaculaire », c'est le mot, acquiesça Mallory, les yeux écarquillés. C'est vraiment incroyable.

Robin se retourna vers nous, et pointa du doigt les profondeurs du tunnel.

— Jusqu'où est-ce que ça va ?

— Quatre cents mètres, dit Luc sans autre commentaire.

Robin hocha la tête d'un air solennel. Il choisit un emplacement à quelques mètres de la porte, près de là où le tunnel se rétrécissait de l'autre côté de la pièce, puis posa son sac et commença à sortir son équipement.

— C'est un modèle 442 que tu as là ? demanda Luc en se glissant jusqu'à Matt.

— 426, répondit celui-ci en lui décochant un regard méfiant. Tu connais le matériel ?

— Je m'y intéresse, dit Luc. Je ne possède pas d'équipement, mais en tant que chef de la sécurité, je reste ouvert à toutes les options.

— *C'est un chasseur de fantômes en herbe, dis donc*, soufflai-je à Ethan alors que nous observions la scène depuis le pas de la porte.

— *Ça a commencé après qu'il a vu le premier* Ghostbusters, me confia Ethan. *Il était convaincu que c'était inspiré d'événements qui se sont réellement déroulés à New York.*

— *Ton Capitaine de la Garde est bizarre.*

Ethan tira sur ma queue-de-cheval.

— *Ma Sentinelle aussi, parfois.*

Je ne pouvais pas vraiment le contester.

— J'ai des relevés de CEM en béton, annonça Matt.

— Ethan, viens voir ça, lança Luc en l'invitant d'un geste à se rapprocher. Des relevés de CEM en béton.

— Vas-y, dis-je à Ethan avec un sourire.

Avec un soupir résigné, il se tourna vers Luc et les humains.

— Tu as vu ça, Matt ? demanda Robin en agitant une baguette tandis qu'il faisait le tour de la pièce. Il y a des fluctuations de température, aussi.

J'étais prête à crier aussitôt à l'imposture, car la température était exactement la même que lorsque nous étions entrés une minute plus tôt. Mais ce fut alors que je le sentis… Le froid soudain. Pas juste une baisse de la température, mais un changement dans la viscosité de l'air. Comme si l'espace autour de nous était devenu plus lourd, que l'air s'était liquéfié et chargé de magie latente.

Une magie devenue familière, et qui me mettait mal à l'aise.

Je vis Mallory la sentir, elle aussi. Bouche bée de surprise, elle se raidit et écarquilla les yeux, sous le choc.

— Merde.

Ce fut tout ce qu'elle réussit à dire… Car nous n'étions pas seuls.

Dans un grondement digne d'un train de marchandises, surgit la même brume que celle que nous avions vue à l'écran la nuit précédente. Mais elle se mouvait à une vitesse si ahurissante qu'on n'en distinguait qu'une alternance de lignes floues, argentées et sombres.

Elle fondit sur Luc, le propulsant en avant comme un *linebacker* qui s'élancerait pour bloquer une passe. Il percuta le mur opposé, et sa tête heurta les briques dans un affreux bruit sourd qui parut ébranler les fondations de la Maison.

De la poussière s'éleva dans l'air. Luc s'écroula au sol, et resta là dans une immobilité terrifiante.

J'avais envie de courir auprès de lui, mais me forçai à ne pas faiblir. Mes obligations n'étaient pas qu'envers Luc, mais aussi envers Ethan et la Maison. Ce qui signifiait que la créature qui l'avait terrassé devait être ma priorité. Hélas, puisque nous n'avions pas prévu que nous aurions à nous défendre d'une attaque, je n'avais pas mes lames… ni mon fidèle katana, ni la dague que je gardais dans ma botte pour les urgences. En supposant déjà qu'elles seraient efficaces contre un fantôme, ce dont je n'étais pas certaine.

Je ne quittai pas le fantôme des yeux, mais je surpris des mouvements dans ma vision périphérique : Ethan, qui se précipitait vers Luc pour voir comment il allait, et Matt, qui sortait une caméra.

La masse floue recula, vibrante d'énergie latente. Et comme des pixels formant une image, un visage d'homme commença à apparaître.

J'avais déjà vu un fantôme de mes yeux… La nuit où nous avions rencontré Annabelle. Ce fantôme-là avait été une apparition aux lignes diaphanes, faite de nuances vaporeuses de noir, de blanc et de gris, comme les ombres d'une radiographie qui auraient pris une forme tridimensionnelle.

Celui-ci se dressa, et tandis que son image tremblotait et grésillait comme une chaîne de télévision mal réglée, il s'avança vers moi. Il ouvrit la bouche pour crier, et le son qui en jaillit était assourdissant, aussi entrecoupé et discordant qu'un mauvais enregistrement, et aussi écrasant que la magie qui l'entourait.

La première pensée qui me vint à l'esprit, c'était que je ne le reconnaissais pas. Ce n'était pas Mickey Riley, le gangster dont on avait profané la tombe, dont on avait volé le crâne, et dont nous avions examiné la photo plus tôt cette nuit-là. Riley était un malabar, avec la tête qui allait avec.

Cette apparition-ci était un individu grand et mince, qui avait la peau pâle, un visage allongé et un nez fin surmonté de petites lunettes rondes. Des cheveux sombres, plaqués en arrière, et un bouc soigneusement entretenu. Il portait un pantalon foncé avec un veston assorti et un long pardessus, et ressemblait à un homme venu d'une tout autre époque.

Depuis que j'étais vampire, j'avais vu des regards aussi bien durs que froids. J'avais vu de la haine, de la malveillance, de la méfiance et de l'ignorance. Mais je n'avais jamais vu de néant d'acier comme celui que je voyais dans les yeux de l'homme en lévitation devant moi. Cet homme ne se souciait que de lui-même.

Je jetai un regard aux humains.

Matt surveillait toujours son écran. Roz avait sorti un petit appareil noir, qu'elle pointait sur l'apparition. Éberlué, Robin dévorait le fantôme des yeux, tel un scientifique qui se retrouvait face à l'objet de son obsession.

— Rapproche-toi, dit Robin à Roz sans détourner le regard. Sers-toi du facilitateur de communication. Vois s'il accepte de nous parler.

Je devinai que ça n'allait pas être la communication le problème, car les mots de Robin attirèrent l'attention du fantôme, qui tourna vivement la tête dans leur direction.

— Ne vous approchez pas, ordonnai-je, et je levai une main. Reculez vers la porte.

— Pas question, rétorqua Robin en relevant le menton. Vous ne nous avez pas recrutés pour qu'on s'enfuie, et on ne peut rien évaluer de l'extérieur. On doit encore déterminer la portée spectrale, procéder à une analyse de temporalité… La totale.

On ne les avait pas non plus recrutés pour qu'ils meurent dans notre sous-sol, et Luc était déjà à terre. Si cette chose pouvait neutraliser un immortel d'une seule frappe, les humains ne feraient guère le poids.

— Mallory ! m'exclamai-je en lui empoignant le bras. Sors-les de là.

Elle avait ouvert de grands yeux, choquée, mais elle hocha la tête, les prit par la main et les entraîna à l'autre bout de la pièce.

— *Occupe-toi de Luc*, dis-je à Ethan. *Je gère le fantôme.*

Comme je savais qu'Ethan allait protester – un instinct protecteur –, je ne lui laissai pas le temps de répondre. Ne sachant pas bien comment m'y prendre pour appâter un fantôme, j'optai pour la méthode classique des films d'horreur.

— Hé ! l'interpellai-je en agitant les bras et en me déplaçant vers le centre de la pièce pour détourner son attention de Luc, toujours étalé par terre.

Tandis que Mallory et Ethan s'occupaient des autres, Catcher se rapprocha de moi. Ça allait être un combat à mains nues, avec peut-être un soupçon de magie.

— Laisse-moi essayer d'abord, soufflai-je sans lâcher l'apparition du regard. Il n'y a pas beaucoup de place ici pour des boules de feu, et on ne veut pas endommager le tunnel.

Ni la Maison au-dessus.

Et puis, si cette apparition était suffisamment tangible pour mettre Luc au tapis, elle l'était peut-être suffisamment pour que je l'affronte.

Le fantôme se tourna vers moi, et il cria de nouveau.

— Rends-nous service à tous les deux, dis-je en imprégnant mes paroles de toute la force dont j'étais capable. Retourne dans ton monde et laisse le nôtre en paix.

Le gouffre de fureur dans ses yeux n'en devint que plus profond, et il commença à se diriger vers moi. Il ne marchait pas vraiment, puisque ses bras et ses jambes ne bougeaient pas. Mais il se rapprochait néanmoins, comme si je zoomais sur une photo de lui.

— Bon, fis-je. (Je relâchai mon souffle et roulai des épaules, regrettant qu'il n'y ait pas de mélodie sur laquelle je puisse danser.) On dirait bien que c'est parti.

Je n'attendis pas qu'il frappe le premier. Tel un sprinter sur la ligne de départ, je baissai la tête, mis un pied derrière l'autre et m'élançai.

Je courus vers lui en balançant les bras, puis atterris sur mon pied gauche et tournai sur moi-même pour lui décocher un coup de l'autre. J'atteignis ma cible, si on pouvait dire ça comme ça. J'avais touché quelque chose, même si je ne l'aurais pas vraiment qualifié de « solide ». C'était moitié liquide moitié solide, étrangement froid, et ça bourdonnait de magie. Un condensé de magie, s'il existait une telle chose.

Son image scintilla, et il hurla sa frustration. Je n'arrivais pas à distinguer les mots, mais les épithètes qui naissaient sur ses lèvres étaient assez faciles à deviner.

— C'est malpoli d'insulter quelqu'un dans sa propre Maison, dis-je, et je m'avançai pour lui assener un coup de poing.

Il bloqua mon bras avec le sien, prenant assez d'élan pour m'envoyer valser.

Je fis un vol plané en arrière, et percutai une rangée de casiers à vin avec une violence à faire trembler mes os. Des bouteilles tombèrent autour de moi tandis que je rebondissais sur le béton. Je ravalai mes larmes, déclenchées automatiquement par la vive douleur au niveau de mes côtes et les éclats de verre qui s'étaient plantés dans ma peau.

Je commençai à me remettre debout, puis poussai un cri perçant quand des étincelles crépitèrent soudain à quelques centimètres de mon visage.

Je relevai vivement la tête. Bras tendus, le fantôme avait foncé sur moi et failli m'atteindre, mais une boule de feu de Catcher l'avait éjecté à l'autre bout de la pièce. La boule de feu entra en collision avec le mur de briques, avant de rebondir et de se répandre en étincelles. À leur tour, ces étincelles retombèrent sur le vin répandu par terre, envoyant de petites flammes bleues dans l'air.

— Le vin ! m'écriai-je en piétinant les étincelles pour les éteindre. C'est inflammable !

— Le fantôme ! répliqua Catcher, qui s'empressa de me rejoindre afin que nous puissions affronter le fantôme côte à côte. Il s'apprêtait à t'étrangler !

— Ça a de quoi foutre la trouille.

— Sans conteste.

Le fantôme ne tarda pas à revenir à la charge, me prenant pour cible sans prêter attention à Catcher. J'attendis le bon moment, tâchant de calculer parfaitement mon attaque. Quand il se tendit vers moi, je l'esquivai d'un saut de côté. Puis, d'un coup de pied en arrière, je le rejetai de toutes mes forces contre le mur de briques. Mais il était plus rapide que je l'avais anticipé.

Il m'empoigna la jambe de ses doigts comme des stalactites, d'un froid si mordant qu'ils me brûlèrent comme du feu, et tira. Le froid se diffusa le long de ma jambe, qui se retrouva engourdie. Il me fit perdre l'équilibre et nous tombâmes tous les deux à la renverse, mais il ne lâchait toujours pas prise. Cette fois, il était trop près pour que Catcher puisse essayer de le toucher.

Occultant les picotements de douleur, je donnai un coup de pied de ma jambe libre et l'atteignis au genou, ce qui envoya une décharge de froid dans mon autre jambe. Il rugit un nouveau chapelet de jurons. Cette fois, je saisis des bribes de ses insultes, qui étaient aussi démodées que ses vêtements. C'était un homme d'une autre ère, et le temps n'avait rien fait pour calmer sa fureur.

Peut-être pouvais-je me servir de ça.

— Espèce de bouffon mal apprêté ! On ne veut point de tes viles manigances ici !

L'image du fantôme sursauta, et il perdit contenance. Cette hésitation suffit à me permettre de me dégager de son étreinte. Je me libérai d'un coup de pied, me hissai sur mes jambes engourdies et m'éloignai en hâte.

— Tu t'essayais aux insultes d'époque ? demanda Catcher quand je l'eus rejoint.

— Ouaip. C'était réussi ?

— Non, dit Catcher avec bonhomie. (Le bourdonnement autour de lui s'intensifia tandis qu'il rassemblait de la magie pour lancer une nouvelle boule de feu.) Répondons donc à la magie par la magie.

De nouveau furieux, le fantôme se rapprocha. Mais Catcher prenait son temps.

— Tu vas voir ce que tu vas voir, dit-il à voix basse alors que je serrais les poings à côté de lui, prête à attaquer.

Catcher attendit que le fantôme ne soit qu'à trente centimètres de nous, et on voyait presque la fureur qui bouillonnait dans ses yeux. Attirant la magie dans sa main, Catcher façonna un orbe bleu et lumineux. Mais au lieu de le lancer, il le poussa contre le fantôme, les muscles des bras tendus et tremblants tandis qu'il enfonçait la boule de puissance dans la poitrine de l'apparition.

Le fantôme cria, et recula en chancelant au centre de la pièce. De la lumière bleue et blanche – la magie de Catcher mêlée à la sienne – jaillit de son corps. Les lignes et les ombres qui constituaient sa silhouette se fracturèrent comme du verre brisé, et il explosa dans l'air tel un feu d'artifice. Les étincelles virèrent au jaune lorsqu'elles flottèrent au sol, puis elles disparurent.

Le bourdonnement de magie se dissipa, de même que le froid surnaturel. Mais nous attendîmes une minute entière dans le silence de la pièce qui se réchauffait, juste au cas où.

—Je pense qu'il est parti, dit Catcher.

Le souffle court, la peau couverte de sueur malgré le froid, je regardai Catcher et cherchai des yeux des bosses, des bleus, des lacérations. Il était strié de charbon magique et de poussière de brique, mais semblait sinon indemne.

—Je vais bien, confirma-t-il. Et toi ?

—J'ai la jambe gelée. Mais je tiendrai le coup. (Il ne restait que nous dans le tunnel.) Tous les autres ont réussi à sortir. Est-ce qu'il est parti pour de vrai ? demandai-je. Ou juste parti ?

—Je doute qu'il soit « parti pour de vrai », pour reprendre ta formulation hautement technique. Ma magie a dû disperser son énergie, mais ce n'est sans doute que temporaire. (Il jeta un coup d'œil par-dessus mon épaule.) Et tu as peut-être un problème plus pressant.

Je suivis son regard.

La moitié des casiers à vin d'Ethan gisaient par terre, les bouteilles en miettes. Du vin maculait les murs, et s'écoulait des étagères et sur le sol en petits ruisseaux bordeaux. L'air était chargé d'une odeur d'alcool très coûteux et gâché.

— Le positif, fit remarquer Catcher en posant la main sur mon épaule, c'est que je pense que tu en as eu pour ton argent avec les enquêteurs. Ils ont bel et bien trouvé un fantôme.

— Ouais, dis-je. Mais il nous reste encore à le chasser.

Delia diagnostiqua à Luc deux côtes cassées et une commotion cérébrale, puis elle l'installa dans sa chambre.

En silence et en file indienne, les enquêteurs s'en allèrent en descendant le trottoir pour rejoindre la rue, emportant avec eux l'exubérance qu'ils avaient amenée dans la Maison.

Comme on pouvait désormais s'y attendre, Matt était penché sur sa machine. Par-dessus l'épaule, Robin et Roz nous jetaient des regards noirs tandis que nous restions sur les marches. Nous avions mis fin à leur fête, même si c'était pour leur sauver la vie, et ils étaient furieux.

— À leur place, dis-je, je serais sans doute en colère aussi. Je ne sais pas s'il leur arrive souvent de pouvoir s'approcher d'aussi près de vrais fantômes. Ça aurait sans doute été un joli coup pour eux.

— Je comprends leur frustration, admit Ethan. Mais ils ont été rémunérés pour leurs services. (Il me lança un coup d'œil.) Ils sont humains. Après avoir vu Margot blessée, je n'aurais pas dû les laisser entrer dans la Maison.

Et je ne pouvais certainement pas les laisser rester après que Luc a été terrassé.

Il fronça les sourcils, comme si le souvenir de l'attaque qu'avait subie Luc lui était pénible.

— C'est facile de dire ça, avec le recul, soulignai-je. Mais leur boulot, c'est d'évaluer, et comme Annabelle ne peut pas s'en charger, on n'avait guère le choix. On a recruté les experts. (Et il nous restait encore à renvoyer le fantôme, d'une façon ou d'une autre.) Désolée pour le vin, dis-je pour présenter mes excuses.

— Il est assuré, précisa Ethan. C'est déjà ça. Même si le sauternes de 49 est difficile à remplacer.

— 1949 ? demandai-je, pleine d'espoir.

— Ajoute un siècle, dit Ethan.

Je grimaçai.

— Je te suis redevable, dis-je.

Par bonheur, j'avais l'éternité pour rembourser ma dette.

Chapitre 5

Mallory, Catcher et moi regagnâmes le bureau d'Ethan, où nous restâmes assis pendant qu'Ethan jouait les hôtes en nous tendant des bouteilles d'eau et de sang qu'il avait sorties de son réfrigérateur encastré.

— La séance est ouverte, annonça-t-il en revenant au coin salon.

Il se campa devant nous, les bras croisés et la mine sombre. Ce Maître et capitaine de son navire n'aimait pas ne pas avoir le contrôle.

— Commençons par le fantôme, dis-je. Il ne ressemblait pas du tout à la photo de Mickey Riley que nous avons vue plus tôt.

— Non, convint Catcher. Si on peut se fier au cliché du FBI, et j'ai tendance à croire qu'ils font bien leur boulot, ce n'était pas lui. Et ce n'est pas juste le mauvais homme… Les vêtements, le style, l'époque, rien ne correspondait. Ce n'était pas Mickey Riley.

— Mais c'était bien la tombe de Mickey Riley, dis-je. On a consulté les registres du cimetière.

— C'est officiel, je suis perdue, déclara Mallory.

Elle n'était pas la seule.

— Il n'y a pas eu d'autres tombes profanées à Almshouse ? demanda Ethan.

Catcher secoua la tête.

— Non.

Je me tapotai le genou des doigts, et jetai un coup d'œil à Ethan.

— A-t-on d'autres raisons de penser qu'un fantôme différent pourrait hanter la Maison Cadogan ?

— Avant que Margot soit attaquée, il n'y a eu aucune activité paranormale dans cette Maison – en dehors de la nôtre – depuis que nous sommes ici, m'apprit Ethan. Et à ma connaissance, il n'y en a pas eu non plus avant que nous emménagions.

— Et les tunnels ? demandai-je. Y a-t-il eu des événements notables là-bas ?

— Pas depuis que nous sommes là, et la ville n'a pas tenu de registre séparé des incidents survenus dans les tunnels. Sachant le danger qu'ils présentent et le nombre de kilomètres qu'ils couvrent, il est tout à fait possible que quelqu'un y soit mort. Mais pour autant que nous le sachions, il n'y a pas eu de mort ni de traumatisme susceptible d'engendrer une nuisance comme celle-ci.

— On en revient donc à Riley, dis-je. Nous devons examiner toutes les présomptions. (Je regardai Catcher.) Tu disais que sa dépouille est toujours dans le cabinet du médecin légiste ?

— Ouais. Pourquoi ?

— Parce qu'ils peuvent sans doute vérifier s'il s'agit bien de Riley.

Catcher se contenta de cligner des yeux.

— Mince. J'aurais dû y penser.

Il sortit son téléphone et envoya son message.

— Ne te tracasse pas, Grand-Papa, dit Mallory en lui tapotant le bras. Tu as contribué à la former, après tout.

— *Je me serais volontiers passé de l'entendre l'appeler comme ça jusqu'à la fin de l'éternité*, me souffla Ethan.

— *Je confirme.* Je regrette qu'Annabelle ne soit pas là, dis-je, puis je regardai Mallory et Catcher. Vous êtes au courant qu'il lui est interdit de travailler en dehors des cimetières qui lui sont assignés ?

Ils arboraient tous les deux la même expression neutre. Ni l'un ni l'autre ne portaient l'Ordre dans leur cœur, même s'ils avaient fait des progrès à ce niveau-là depuis la Regrettable Ère Machiavélique de Mallory et l'association des Sorciers Sans Frontières qu'elle avait fondée par la suite.

— Oui, répondit Mallory sur un ton pincé. C'est une des « réformes » décidées après Sorcha.

Elle mima les guillemets d'un geste lent et dramatique, avec ses ongles bleus assortis à ses cheveux.

— Ça ne me dérange pas que l'Ordre mette l'accent sur les spécialités, dit Catcher. Je suis un homme d'armes, après tout. Mais sa spécialité à elle, ce sont les défunts. Puisqu'elle travaille avec ce type de magie-là, elle devrait pouvoir travailler partout où l'on a besoin d'elle.

— Et du côté des sorciers, il n'y a personne pour pallier ce manque, ajouta Mallory.

Le téléphone de Catcher vibra, et il le sortit.

— Bon. On vient d'être conviés à visiter le labo médico-légal.

— Oooh, fit Mallory. C'est flippant et intéressant. Je suis partante.

— Pendant ce temps-là, déclarai-je, je vais m'atteler à mes recherches et voir ce que je peux découvrir au sujet de Riley, de sa bande et de notre mystérieux inconnu plein de haine.

J'en eus un frisson d'impatience intellectuelle.

— C'est ton domaine d'expertise.

J'adressai à Ethan un haussement de sourcil.

— *Ou du moins, le seul que je sois prêt à évoquer en public*, ajouta-t-il en silence. *Tu es une femme pleine de talents.*

Voilà qui était bien mieux.

Je m'installai dans ma pièce favorite de la Maison : la bibliothèque sur deux étages. Elle regorgeait de livres, avec son plafond haut et son balcon en fer forgé qui faisait tout le tour du deuxième étage. Je m'assis à une table de bibliothèque, avec un ordinateur et une sélection de carnets de notes et de stylos qui aurait eu de quoi rendre un collectionneur jaloux. Puis je me mis en quête d'un fantôme.

Jusqu'à preuve du contraire, je devais partir du principe que les registres étaient fiables et que la dépouille était bien celle de Mickey Riley. J'approfondis donc mes recherches à son sujet, dans l'espoir de parvenir à établir un lien entre ce gangster et l'esprit frappeur qui avait apparemment décidé de venir hanter la Maison.

Riley avait été une brute dotée d'un goût prononcé pour la violence, le vol et la vie de gangster. Je trouvai plusieurs photographies de lui dans le *Tribune* ; posant avec des acolytes dans des restaurants, se mêlant à la foule près de Capone, se prélassant avec des copines de gangsters dans des boîtes de nuit où le gin et le jazz coulaient à flots. Il semblait ricaner sur chaque image.

Mais je ne trouvai rien qui prouvait qu'il était autre chose qu'un enfoiré ordinaire, ni qu'il possédait quelque objet qui justifiait la profanation d'une tombe. Il n'était pas soupçonné d'avoir dérobé des bijoux, par exemple, et même s'il avait été condamné pour vol aggravé, c'était pour une voiture qui ne devait plus être en sa possession depuis longtemps.

Son sort ne me donna pas davantage d'indices. Il avait été tué par son compagnon de cellule, qui s'était servi d'un couteau fabriqué à partir d'un abaisse-langue en bois. Sachant que ledit compagnon de cellule avait été un rival, ce meurtre ne me semblait pas surprenant dans ce contexte précis.

Je parcourus les biographies des autres membres du gang de Capone – les comptables, les flics et les malabars – et ne trouvai personne qui ressemblait à notre fantôme.

Comme la piste de Riley ne menait nulle part, je tâchai de me remuer les méninges et finis par rechercher d'autres cas de tombes ouvertes ou profanées en dehors d'Almshouse, crânes emportés ou non. Je ne trouvai rien de récent, ce que Jeff me confirma par un bref texto.

C'était bien entendu une bonne nouvelle qu'il y ait peu de tombes profanées, et pas uniquement parce que ça indiquait que nous avions affaire à un criminel qui avait une cible précise plutôt qu'à quelqu'un qui avait pour habitude d'ouvrir des tombes. Ou alors, il venait juste de commencer.

Frustrée, je repoussai l'ordinateur portable et me frottai les tempes.

Peut-être n'y avait-il pas de lien entre Riley et notre fantôme. Peut-être n'était-ce qu'une coïncidence si un fantôme s'était manifesté dans la Maison Cadogan la nuit où Annabelle avait senti que quelqu'un en avait libéré un. Mais pourquoi maintenant ? Si le fantôme que j'avais rencontré dans le tunnel était aussi vieux qu'il en avait l'air, pourquoi choisir de hanter cet endroit à ce moment-là ? Il ne semblait pas avoir de comptes particuliers à régler avec la Maison Cadogan – ou du moins, rien qui revienne à Ethan ou Malik –, ce qui rendait son apparition ici d'autant plus étrange.

La porte s'ouvrit dans un léger bruissement. Je levai la tête et regardai Ethan entrer d'un pas assuré et empreint de puissance. Pendant que j'avais été occupée à parcourir Internet, il avait sans doute examiné des budgets, évalué des rapports de la sécurité, pris des décisions politiques. L'autorité qui le caractérisait transparaissait dans ses grandes enjambées et son air déterminé.

— Bonjour, Sentinelle.

— Bonjour, Sullivan.

Il m'adressa un bref sourire satisfait.

— Est-ce que tu progresses ?

— Pas d'un poil.

Je lui rapportai ce que j'avais appris… Ou plutôt, ce que je n'avais pas appris.

— Tu as éliminé les impasses, dit-il. C'est déjà bien. (Il glissa les mains dans ses poches.) Je vais voir comment se porte Luc. Est-ce que tu aimerais faire une pause ?

Jetant un coup d'œil à l'horloge, je m'aperçus que j'étais assise sur cette chaise depuis près de deux heures. Je me levai, et m'étirai les bras et le dos.

— Volontiers.

Il me prit la main, et nous allâmes à la porte pour descendre le couloir qui menait aux quartiers des vampires qui vivaient au premier étage de la Maison Cadogan.

— J'ai l'impression d'être un chien policier déprimé, dis-je.

— J'ai hâte que tu m'expliques cette comparaison.

— Apparemment, ils s'ennuient s'ils ne trouvent pas de marchandise de contrebande de temps en temps, et du coup, leurs dresseurs cachent des choses pour qu'ils les trouvent.

— Ah, fit Ethan. Tu as besoin de quelque chose qui te motive.

— C'est à peu près ça.

Il porta nos mains jointes à ses lèvres, et déposa un baiser sur le dos de la mienne.

— On finira par trouver. Comme toujours.

La chambre de Lindsey était un méli-mélo de peinture, de posters et de tissus aux couleurs criardes. Même s'ils passaient la plupart des nuits ensemble, ce n'était guère surprenant que Luc ait choisi de récupérer dans sa propre chambre.

Cette dernière était d'une sobriété étonnante pour un homme féru de culture populaire. Parce qu'il était le Capitaine de la Garde, Luc avait une chambre un peu plus grande qu'une cellule de dortoir standard. Il y avait assez de place pour un lit et un coin salon de bonne taille, avec un canapé et une télévision d'un côté, et des portes qui menaient à une salle de bains et un placard de l'autre. Le mobilier était en bois foncé et masculin, les tissus dans des tons sombres et discrets. Une étagère était remplie de livres et d'objets de collection divers et variés.

— *J'imagine que je m'attendais à une reconstitution d'un bordel du Far West*, dis-je à Ethan alors que nous nous avancions vers le lit sur lequel était allongé Luc, vêtu d'un élégant pyjama à rayures. *Je ne le reconnais plus.*

Ethan ne parvint pas totalement à réprimer un petit rire.

— *C'est un joyau aux multiples facettes.*

— Vous êtes venus pour chanter mes louanges ? demanda le joyau, les yeux fermés. Pas pour m'enterrer ?

— Nous sommes venus voir si tu restes le Capitaine de la Garde, ou s'il faut que je lance un appel à candidatures.

Luc entrouvrit un œil, méfiant.

— Sire, je me retrouve en piteux état parce que j'ai encaissé pour tout le monde, et voilà le genre de blagues auxquelles j'ai droit.

— Comment te sens-tu ? lui demandai-je.

Il referma les yeux.

— J'ai mal aux côtes. La migraine est atroce, comme les vertiges. Delia dit que je vais me rétablir, mais pas assez vite à mon goût. Ça prendra peut-être deux ou trois nuits. Et un ou deux autres bacs de crème glacée. Lindsey est justement dans la cuisine.

— La thérapie par le chocolat est une méthode qui a fait ses preuves, affirmai-je.

— J'espère bien, dit-il. Vous voulez bien me raconter ce qui s'est passé en bas ?

Nous lui fîmes un résumé. Ethan loua mes compétences au combat, même s'il n'en avait en réalité rien vu.

Lindsey entra avec un sourire, un bac de glace Ben & Jerry's et une cuillère. Je m'aperçus que j'avais faim, et je lui aurais peut-être arraché tout cela de la main si ça n'avait pas été destiné à un soldat blessé.

Je songeais tout de même à m'en prendre un bac avant de retourner à la bibliothèque.

— Il y a un fantôme dans la Maison Cadogan ! s'exclama Luc alors que Lindsey se rapprochait de lui.

Je remarquai qu'il avait le regard un peu voilé.

— Ce sont les médicaments, expliqua Lindsey. Il en a pris un pour la douleur et les vertiges juste avant que j'aille en bas, et il doit être en train d'agir.

— Peut-être que tout ça n'est qu'une grossière erreur, déclara Luc avec un sourire niais. Peut-être qu'on est juste tous fous.

— Il se peut qu'on soit fous, dit Ethan en fronçant les sourcils, préoccupé. Mais il n'y a pas d'erreur. Un spectre hante nos couloirs, et je veux qu'il disparaisse.

Mon téléphone sonna, et je le sortis pour consulter l'écran. C'était Annabelle. Je fus aussitôt parcourue d'une vague d'inquiétude. Me détournant du lit, je décrochai.

— J'ai trouvé une autre tombe, m'annonça-t-elle.

Nous n'avions pas envie de quitter la Maison. Mais il semblait que nous n'ayons guère le choix.

Kelley, un autre soldat, était en charge de la Garde pendant que Luc était hors-service. Comme Catcher et Mallory se trouvaient au cabinet du médecin légiste, mon grand-père et Jeff avaient convenu de nous retrouver au cimetière d'Almshouse. Encore.

Ça devenait une fâcheuse habitude.

Annabelle se tenait devant la grille, appuyée contre sa voiture et vêtue d'un jean, de bottes et d'un débardeur foncé et structuré. Elle semblait absolument furieuse. Elle était magnifique dans sa colère, avec ses yeux qui étincelaient presque. Si on lui avait mis une épée dans la main, elle aurait fait une vampire épatante.

— Il faut que nous arrêtions de nous rencontrer comme ça, déclara Ethan quand nous sortîmes de la voiture.

Annabelle répondit par un hochement de tête qui en imposait autant que sa tenue.

— Ce type commence à me taper sur les nerfs.

Mon grand-père arrêta son fourgon derrière notre voiture, et Jeff et lui se joignirent à nous.

— Un autre crâne volé ? demanda mon grand-père.

— Pas tout à fait, dit Annabelle. Laissez-moi vous montrer.

Nous nous rendîmes dans une partie différente du cimetière, où l'on retrouvait néanmoins la même combinaison de vieilles stèles, de pierres tombales industrielles et d'aménagement minimaliste. Nous marchions plus lentement cette fois, nous adaptant à l'allure de mon grand-père. Il avait été blessé lors d'un combat contre des maraudeurs antivampires, et, même s'il s'en était bien remis, l'attaque lui avait enlevé un peu de sa vitalité.

— Dans quelle section se trouve la tombe ? demandai-je, essayant de me remémorer la carte des caveaux que j'avais examinée.

— Elle date de la même époque que celle de la dernière fois, dit Annabelle. Les années 1920 et 1930.

Je hochai la tête, me demandant si ça signifiait quelque chose.

Elle s'arrêta quand nous atteignîmes un nouveau monticule de terre, avec une autre fosse rectangulaire à côté. Il y avait le même genre de plaque en métal, sur laquelle était cette fois inscrit « 4-CCNR78-443 ». Les os gisaient pêle-mêle dans leur cercueil en bois mais ne semblaient pas avoir été déplacés, ou du moins pas trop.

— Je l'ai interrompu, nous apprit Annabelle.

— Ça, c'est ce qui s'appelle ménager le suspense, dit Jeff, les yeux écarquillés.

— Tu l'as interrompu ? répéta mon grand-père.

— Je craignais que la magie engendre une cascade spirituelle… Qu'elle rappelle encore plus d'esprits que prévu. Je suis donc revenue patrouiller. (Elle pointa du doigt la crête d'une petite colline à l'est.) Alors que j'arrivais au sommet de cette colline, j'ai vu de la terre et j'ai compris que la tombe avait déjà été creusée. Il était sur le point de descendre à l'intérieur, et je l'ai interpellé. Je me suis dit qu'il s'apprêtait à voler quelque chose.

Mon grand-père hocha la tête.

— C'est bien possible. As-tu vu des complices ?

— Je n'ai vu qu'un homme, dont je n'ai pas aperçu grand-chose. Il faisait noir, et il portait des vêtements sombres.

— Es-tu sûre que c'était un homme ? demanda mon grand-père.

Annabelle cligna des yeux.

— Question pertinente. J'ai supposé que c'était un homme… Il avait des cheveux courts, un pantalon foncé et une veste, je crois. Il avait l'air d'être bâti comme un homme, mais je n'ai pas vu son visage.

Ça rejoignait pour l'essentiel la description fournie par le RAPC.

— As-tu vu son véhicule ? demandai-je. La berline blanche ?

Annabelle secoua la tête.

— Non.

— Que s'est-il passé quand tu l'as interpellé ? demanda mon grand-père.

— Il s'est interrompu, et il a attendu une minute comme pour voir qui j'étais… Puis il s'est mis à courir.

— Il n'aime pas la confrontation, en déduisit Ethan.

— Non, en effet, acquiesça mon grand-père. S'il avait des compétences magiques ou même physiques, il t'aurait peut-être tenu tête.

— Ou s'il tenait vraiment à t'affronter, ajouta Jeff.

Il s'accroupit pour regarder la dépouille de plus près.

— Exactement, dit mon grand-père. Il n'est pas du genre à se battre, et il n'est sans doute pas particulièrement doué ni expérimenté en matière de magie. (Il jeta un coup d'œil à Annabelle.) As-tu senti de la magie, cette fois ?

Les sourcils froncés, elle réfléchit.

— J'étais sous le coup de l'adrénaline, mais je ne me souviens pas d'avoir senti quoi que ce soit. Je ne pense pas qu'il soit allé aussi loin.

Mon grand-père regarda Jeff.

— Jeff a une piste pour la magie que le criminel a pu utiliser.

— Sérieusement ? dit Annabelle.

Jeff hocha la tête et se redressa.

— Il a fallu qu'on aille sur le *dark web* pour la trouver, ce qui a pris un peu de temps. Je veux quand même que Mallory et Catcher y jettent un œil quand ils reviendront du cabinet du médecin légiste, mais je pense qu'on tient quelque chose.

— Le *dark web* ? demanda Ethan.

— En bref, dit Jeff en fourrant les mains dans ses poches, c'est la ruelle sombre et sale d'Internet. Cryptée, non indexée, et presque impossible à trouver si on n'a pas les bonnes informations et les bons logiciels. On a trouvé un marché – un *darknet* – où des sortilèges et des charmes déjà activés sont mis aux enchères. Et celui-ci a été vendu récemment, ajouta-t-il en sortant son téléphone et en affichant les détails.

Il me le tendit. À l'écran, je vis ce qui ressemblait à une page de vente Internet plutôt classique. Description, photo, prix. Mais à la place d'un livre ou d'une paire de chaussures, le vendeur proposait un « Sort pour invoquer un esprit en se servant de son squelette ».

— Ça en fait, des allitérations, constatai-je en lisant la description, qui parlait de déterrer un squelette ou une autre partie du corps afin de ramener l'esprit du défunt dans ce monde.

L'acheteur recevait un objet magique déjà activé, une bougie, et les mots nécessaires pour lancer le sort.

— Ça ressemble beaucoup à ce à quoi l'on a affaire, dis-je en passant le téléphone à Ethan. Je présume que tu ne peux pas remonter à la source, vu d'où ça vient ?

— Effectivement, dit mon grand-père. Même si nous avions un mandat nous autorisant à réclamer les coordonnées de l'acheteur, il est très peu probable que le vendeur coopère, et nous n'arriverions pas à lui mettre la main dessus pour l'y contraindre. Nous allons avoir une discussion avec l'Ordre au sujet de ce marché, ajouta mon grand-père, clairement contrarié. Une très sérieuse discussion.

— Quand bien même il s'agirait du bon sortilège, ça ne nous dit pas à quoi ça sert de réveiller un esprit. Quel est le but, alors ? (Je regardai la tombe.) Que cherche à obtenir cet individu ? Que veut-il faire avec un fantôme ?

— Peut-être que l'acheteur voulait un majordome fantôme, suggéra Jeff. Ou localiser une sorte de trésor caché dont seul le défunt connaît l'emplacement, ou bien avoir un accessoire du tonnerre pour Halloween.

— Des mois à l'avance ? demanda Annabelle.

Jeff haussa les épaules, un sourire en coin aux lèvres.

— Majordome fantôme.

— Peut-être l'a-t-il fait juste pour montrer qu'il en était capable, dit mon grand-père à voix basse, son inquiétude inscrite sur son visage. Ce qu'il y a eu cette nuit prouve qu'il essaie encore de faire de la magie. D'accomplir quelque chose. Il ne nous reste qu'à trouver ce qu'est ce quelque chose.

Avant que ce quelque chose nous trouve.

Nous rentrâmes à la Maison en roulant à des vitesses qui n'étaient pas franchement légales. Ni Ethan ni moi n'avions envie de traîner.

Mallory et Catcher nous retrouvèrent dans le bureau d'Ethan, devant une sélection de pizzas posées dans leurs boîtes sur la table de conférence.

— On a innocenté Mickey Riley ! déclara-t-elle, une part de pizza au pepperoni à la main.

— Et on s'est débrouillé pour avoir à dîner, apparemment, dit Ethan.

— C'est Malik qui a commandé, expliqua-t-elle en essuyant ses doigts gras. Il a estimé que l'équipe avait besoin de reprendre des forces.

Ce n'était pas de la nourriture de chez *Saul*, ma chaîne préférée à Chicago qui proposait ma pizza favorite – fromage frais et double bacon –, mais elle était garnie de pepperoni, et tout aussi chaude et luisante de graisse. La faim me tenaillait l'estomac, et mes artères de vampire qui se régénéraient toutes seules se réjouirent.

— Je suis partante, dis-je. (Je tirai une chaise, m'emparai d'une part de pizza et m'assis.) Parlez-nous de Riley.

Ethan s'installa à côté de moi et prit une part. Mon cœur bondit de joie quand je le vis se passer d'assiette et de fourchette et opter pour une simple serviette. J'avais un peu déteint sur lui, et ça m'allait très bien.

— Ce n'est pas Riley, dit Mallory. Dans la tombe, je veux dire. C'est bien le nom de Riley sur les registres, mais ce n'est pas du tout Riley qui était enterré là.

— Qui est-ce alors, bon sang ? demanda Ethan.

— Pas Riley, répéta Mallory avec un grand sourire, tandis qu'un long fil de fromage s'étirait entre la pizza et la deuxième part qu'elle venait de prendre.

— Il s'avère que Mickey Riley avait une caractéristique physique très particulière. (Catcher leva une main, tous les doigts repliés sauf l'auriculaire.) Il lui manquait le petit doigt de la main droite. Un boucher dans le secteur 19 le lui a tranché lors d'une dispute sur une question d'argent. Mais le corps dans la tombe avait ses dix doigts. La bonne nouvelle, c'est qu'il avait aussi quelque chose que tu vas reconnaître.

Il afficha une image sur son téléphone, qu'il me tendit.

Sur le fond argenté, que je devinais être une table d'autopsie, se trouvait une paire de lunettes démodées, aux petits verres ronds.

— On dirait les lunettes que portait le fantôme qui nous a attaqués dans le tunnel. (Je levai la tête vers Catcher, et passai le téléphone à Ethan.) Qui que soit notre fantôme, il était donc dans la tombe de Mickey Riley.

J'étais soulagée que nous ayons trouvé l'une des pièces du puzzle… Même si le pourquoi et le comment continuaient de me préoccuper.

— L'équipe médico-légale sait-elle à qui appartient la dépouille, si ce n'est pas à Riley ? demanda Ethan.

— Non, dit Catcher. La dépouille ne présente aucun élément qui permette de l'identifier, et il n'y a pas de correspondance dans les archives ADN. Ils présument que ce monsieur est plus vieux que Riley, à en juger d'après l'état des os, des lunettes et du tissu. Avez-vous vérifié en ligne le numéro sur la pierre tombale de ce soir ? demanda Catcher. Peut-être que son dossier et celui de Riley ont été inversés.

J'avalai une bouchée de pizza, plaçai la tablette électronique sur la table de conférence et recherchai les registres du cimetière.

— Bonne idée. Je n'avais pas encore eu le temps de le faire.

— Elle a été obnubilée par la viande épicée, déclara Ethan.

— C'est ce qu'elle a dit, marmonna Mallory.

J'affichai le livre des enterrements, laissant des marques un peu grasses sur l'écran. Et j'eus très vite beaucoup de chance ; le numéro était listé sur la première page.

— Et Tony Lapham est le propriétaire de la tombe numéro deux, annonçai-je.

Mais une recherche d'images rapide – et tout aussi grasse – confirma qu'il n'était pas l'homme que nous avions vu dans le tunnel. Lapham était énorme. Il pesait plus de quatre-vingt-dix kilos, qui semblaient n'être que du muscle, et il avait un cou de taureau et le teint rougeaud.

— Ce nom m'est familier, dit Catcher.

— C'est normal. (Je lui passai la tablette.) Il était l'un des hommes de Dean O'Banion.

— O'Banion ? répéta Mallory en regardant l'écran par-dessus l'épaule de Catcher. Qui est-ce ?

— Le rival de Capone, dit Ethan. O'Banion régentait la moitié nord, Capone la moitié sud.

— Quelqu'un a donc déterré un des hommes de Capone – ou ce qu'il pensait être un des hommes de Capone – et un des hommes d'O'Banion. (Je levai la tête.) Pourquoi ? Pour voir si ça fait des étincelles ? Pour déclencher une guerre de gangs fantôme ? Quel serait le but ?

— Divertissement, suggéra Catcher en me rendant la tablette. Sociopathie. Intérêt intellectuel pour les gangsters.

— Ça pourrait être n'importe laquelle de ces raisons, soulignai-je, puis je fronçai les sourcils. Une petite minute… Le nom de Riley figure donc sur la tombe d'un type qui a été enterré de nombreuses années avant que Riley décède, si l'on en juge d'après ses vêtements. Comment ont-ils pu faire ça sans remonter le temps ?

J'ouvris les autres pages du livre, que j'affichai ensuite sur l'écran au-dessus des étagères d'Ethan. J'avais besoin de plus de paires d'yeux sur ce projet.

— Bon, dis-je en m'avançant vers l'écran, où je fis défiler les pages scannées. Voilà l'identifiant de Riley, ajoutai-je en indiquant la série désormais familière de chiffres et de lettres. Qui s'est donc trompé ?

Je m'étais arrêtée au nombre de Riley dans mes recherches, car je pensais avoir trouvé l'information dont j'avais besoin. Cette fois, je passai à la page suivante, puis nous les examinâmes toutes l'une après l'autre, à la recherche d'un élément qui nous éclairerait sur cette inversion.

— Qu'est-ce que c'est que ça ? demanda Mallory, qui regardait l'écran en plissant les yeux.

En bas de la page, dans un texte écrit à l'encre noire et en plus petit et droit que le reste, il y avait une petite série de nombres.

— On dirait que ça a été ajouté plus tard, commenta Catcher. Ce n'est clairement pas la même écriture que pour les autres.

— Je suis d'accord, dis-je, et je zoomai davantage.

Là, dans une typographie soignée, il y avait le numéro de la tombe de Riley accompagné d'un nom très différent.

Nous restâmes là, les yeux rivés sur l'écran.
Notre coupable n'avait pas réveillé un gangster.
Il avait réveillé un tueur en série.

Chapitre 6

Le grand incendie avait décimé Chicago en 1871. Mais comme une fleur sauvage dans un champ calciné, la ville avait pu renaître de ses cendres en entrant dans le *Gilded Age*, l'âge d'or américain. Le nombre de chemins de fer et d'enclos à bétail explosa, tandis que l'architecture devenait imposante et moderne. Les opportunités dans le secteur industriel attirèrent les travailleurs à Chicago… et dans les villes que les industriels construisirent pour leurs nouveaux employés.

Elles attirèrent aussi un meurtrier.

— Albert Padgett, dit Ethan alors que nous examinions la photographie de l'homme au visage fin et à l'air maussade qui avait été ramené de force dans notre monde et avait semé la terreur dans notre Maison.

» Il a assassiné quatorze personnes dans l'une des villes ferroviaires. Des hommes, des femmes et un enfant, au cours de l'été 1883. Il a tué sans distinction, jusqu'à ce qu'il soit retrouvé et abattu par la police. (Il me jeta un coup d'œil.) Il s'est passé des semaines avant qu'ils se rendent compte que les décès étaient liés, et à ce stade-là, la panique avait commencé à s'emparer de la ville. Nous étions bien conscients que la ville recherchait un tueur, et nous faisions profil bas.

— Je ne comprends pas, intervint Mallory. Pourquoi le numéro de Riley se retrouve-t-il sur le caveau de Padgett ?

Padgett est mort avant, et devait donc être enterré depuis plus longtemps.

Il suffit que Mallory et Catcher appellent leurs nouveaux amis de l'équipe médico-légale pour que nous ayons l'explication. Ils n'avaient ni identifié la dépouille, ni découvert la note ajoutée en bas de page, mais quand Catcher leur fournit ces éléments, ils comprirent d'où venait l'incohérence.

— Albert Padgett a été enterré au cimetière d'Almshouse en 1883, nous révéla Catcher après avoir raccroché. Il a été mis dans le caveau où on l'a trouvé, sous son propre nom. Quand Riley a été tué en 1929, ils ont mis le nom de Riley sur la tombe de Padgett. (Catcher regarda Ethan.) Vous devinez pourquoi ?

— Pas du tout, dit Ethan, visiblement dérouté.

— Je vais vous donner un indice : l'Institut Hudson pour le spiritisme.

Je ne reconnus pas ce nom, mais Ethan comprit et écarquilla les yeux.

— Oh.

Mallory fit la moue.

— Ce nom m'est familier. Comment ça se fait ?

— Les spirites croient pouvoir communiquer avec les morts, expliqua Ethan. Même s'ils n'ont aucune magie. Ce mouvement était populaire aux États-Unis au XIXe siècle. Et après la Première Guerre mondiale, il a ressuscité, si vous voulez bien m'excuser ce jeu de mots.

— Les gens veulent parler à leurs proches, dis-je tout bas.

Catcher acquiesça.

— C'est à ce moment-là que l'institut Hudson a été fondé. Tu y es déjà allé ? demanda Catcher à Ethan, qui secoua la tête.

— Ils n'avaient pas de magie, dit simplement Ethan. Ils voulaient y croire, sans doute, mais ça ne servait à rien sans magie.

— Ou sans *darknet*, ajoutai-je, ce que Catcher approuva.

— Vous pensez que les spirites voulaient réveiller Padgett, dit Mallory. Et que c'est pour ça que le comté de Cook a caché l'emplacement de sa tombe alors qu'il était déjà mort depuis un moment.

— Les spirites voulaient connaître le ciel et l'enfer, souligna Ethan. Ils croyaient que c'était en invoquant des fantômes qu'ils y parviendraient. Ça semble logique qu'ils aient voulu parler à Padgett.

— Le comté de Cook a donc pris certaines mesures, dis-je. Comme Riley était un truand de bas étage, ils ont estimé pouvoir mettre son nom dans les registres, parce que personne n'allait se donner la peine de le rechercher.

— Ironie du sort, dit Mallory. Le comté a mis le nom de Riley sur la tombe de Padgett pour empêcher de pseudo-sorciers de déranger la dépouille de Padgett. À la place, quelqu'un recourt à de la vraie magie pour déranger la dépouille de Riley, et finit par réveiller Padgett. Où est Riley, maintenant? demanda-t-elle.

— Ceux de l'équipe médico-légale l'ignorent, répondit Catcher. Ils vont devoir procéder à une inspection complète du cimetière, qu'ils ne vont pas tarder à entamer. Les registres des enterrements sont traités beaucoup moins à la légère qu'avant, et cette affaire ne passera pas très bien auprès de la presse.

On frappa à la porte. Kelley se tenait dans l'embrasure, avec ses cheveux foncés et lisses qui cascadaient sur ses épaules et contrastaient nettement avec sa peau pâle.

— Ils sont de retour, dit-elle, une lueur dans ses grands yeux sombres.

— Ils ? demanda Ethan.

— Les chasseurs de fantômes. Ils sont deux. Ils disent qu'il leur manque un sac, et qu'ils pensent qu'il est peut-être resté dans le tunnel numéro trois.

— A-t-on trouvé un sac ?

Kelley eut un sourire indulgent.

— Conformément à ta requête, nous avons verrouillé les portes et ne sommes pas retournés là-bas. (Elle me jeta un coup d'œil.) As-tu vu quelque chose ?

Je fronçai les sourcils, m'efforçant de me rappeler.

— Pas que je me souvienne, mais ça ne veut pas dire qu'il n'y avait pas de sac en bas. On est partis en vitesse, et c'était la pagaille. Toi ? demandai-je à Catcher.

— Non, pour la même raison, dit Catcher.

— Comme je l'ai appris grâce à notre estimé Capitaine de la Garde, reprit Ethan, leur équipement est coûteux, et la question de l'argent préoccupait Robin. Ils ne voudraient pas perdre quelque chose d'aussi cher.

— Ou alors, ils veulent juste jeter un autre coup d'œil, intervint Mallory.

Ethan se leva, et hocha la tête.

— Voyons ce qu'ils ont à dire.

Matt et Roz attendaient dans le vestibule, de nouveau vêtus de tee-shirts du RAPC. Ils avaient ramené du matériel, mais bien moins que ce qu'ils transportaient plus tôt.

L'expression de Matt était neutre. Roz grimaçait comme si elle avait mangé quelque chose d'acide.

— Mademoiselle Leary, dit Ethan sur un ton aimable. Monsieur Birdsong. À ce que j'ai compris, vous avez laissé quelque chose ici.

— Un sac à dos gris, répondit Roz. C'est notre propriété, et nous aimerions le récupérer.

Ethan hocha la tête, parfaitement calme et posé, tel un homme qui avait l'éternité devant lui et aucune raison de se presser.

— Où est votre collègue ?

— Il… ne se sentait pas de revenir ici, dit Roz.

Ethan haussa le sourcil, mais il n'insista pas.

— Vous pouvez rester là pendant que nous vérifions, déclara-t-il.

Ils se renfrognèrent, visiblement déçus, mais se tinrent tranquilles.

— Installe-les dans le deuxième parloir, dit-il à Kelley, et garde-les à l'œil.

Nous restâmes tous les quatre postés à l'extérieur du tunnel pendant une minute entière, dans l'attente d'un signe que Padgett était de nouveau actif. Mais il n'y avait aucun bourdonnement dans l'air en dehors de celui, habituel et léger, de la magie des vampires qui venait des étages au-dessus de nous.

— Entrons, décida Ethan en déverrouillant et poussant la porte. Mallory, monte la garde dans le couloir, si tu veux bien, au cas où il apparaîtrait et essaierait de s'enfuir.

Hochant la tête, elle raidit les jambes et croisa les bras, une petite fée qui avait du caractère.

Nous allâmes à l'intérieur. La salle était telle que nous l'avions laissée. Des bris de verre, du vin renversé, des étagères en bois cassées.

Nous partîmes chacun dans une direction différente, inspectant les débris à la recherche du sac à dos. Je m'attendais à moitié à ce qu'on ne trouve rien, songeant qu'ils espéraient juste pouvoir retenter leur chance avec le fantôme et accéder à la gloire en le capturant. Mais je repérai alors de la toile gris ardoise au milieu des décombres.

— Je l'ai, annonçai-je en le ramassant.

C'était lourd, sans doute plein d'appareils électroniques.

— Sortons d'ici, alors, dit Ethan.

L'air parut se refroidir, mais je ne savais pas trop si c'était le fruit de la peur ou bien la réalité. Nous ressortîmes, verrouillâmes la porte et restâmes dans le couloir un moment tandis que nous regardions le sac à dos.

— Au cas où ils auraient des raisons cachées d'être revenus, jetons un œil à son contenu, déclara Ethan.

— Je suppose que je devrais dire que c'est une violation de leur vie privée.

Ethan se contenta de me jeter un regard inexpressif.

— Bon, très bien, dis-je. Vu que c'est ta Maison, je te désigne.

Ethan me prit le sac, le posa par terre et s'accroupit à côté. Il le dézippa et entreprit de sortir chaque objet. Un appareil noir. Un autre appareil noir. Un appareil jaune vif. Un petit boîtier jaune vif qui renfermait un autre appareil noir.

— Ça m'a l'air assez classique, commenta Catcher.

Puis Ethan tira du sac le porte-documents noir dont Robin s'était servi la première fois qu'ils étaient venus dans la Maison.

— Des tickets de caisse, dit Ethan en sortant la liasse de papiers qui était fourrée dans la poche interne. *Starbucks, Giordano, Superdawg.*

— Au moins, ils ont bon goût, souligna Mallory.

Ethan prit une feuille de papier pliée de la taille d'une lettre. Alors qu'il la regardait, il se redressa et sa colère déferla dans le couloir.

— Une facture, dit-il en la tendant à Catcher. Pour l'achat sur un *darknet* d'un sortilège d'invocation.

À nous quatre, nous répandîmes assez de magie énervée dans l'air pour que l'éclairage se mette à clignoter au-dessus de nos têtes.

— Les petits merdeux, lâcha Mallory entre ses dents.

— Il n'y avait pas de voiture, dis-je tandis que ma fureur grandissait. Pas de berline blanche. Pas de coupable qu'ils ont pourchassé à travers le cimetière. Ce sont eux qui ont réveillé le fantôme. Ils essayaient sans doute de rejoindre la clôture quand ils sont tombés sur moi.

Ethan se retourna vers la porte du tunnel, le regard menaçant.

— Ils se croient invincibles et tout-puissants. Vu qu'ils ont blessé deux de mes vampires, je vais leur prouver qu'ils ont tort de la plus sanglante des façons.

— Te satisferais-tu de leur incarcération ? demanda Catcher sur un ton détaché.

Ethan se contenta de gronder.

— Vous allez tous les deux devoir attendre, intervins-je. Robin n'est pas avec eux. Sachant qu'Annabelle n'a vu qu'une seule personne quitter la tombe de Lapham, il se pourrait que ce soit lui le véritable coupable.

Ethan se fendit d'un sourire terrifiant.

— En ce cas, allons leur gâcher la soirée.

Mon cœur s'était mis à palpiter à la perspective d'un affrontement, et de la découverte de la vérité. Pendant qu'Ethan donnait à voix basse des instructions à Kelley, nous faisions barrage dans l'embrasure de la porte du deuxième parloir. Je laissai tomber le sac à dos sur le sol entre Catcher et moi puis croisai les bras, mettant Roz et Matt au défi d'essayer de s'en emparer.

Ethan vint vers nous, et nous lui fîmes de la place au sein de notre barrage.

— Dites-moi pourquoi vous avez fait ça, dit-il d'entrée de jeu pour les déstabiliser.

— Fait quoi ? demanda Roz. De quoi est-ce que vous parlez ?

— Je veux savoir pourquoi vous avez profané deux tombes. Pour vous amuser ? Pour de l'argent ? Parce que c'est excitant ?

— Nous n'avons rien fait.

Mais elle avait ouvert de grands yeux.

— Nous avons trouvé la facture, répliqua Ethan en la brandissant. Vous avez acheté le sortilège. Vous avez invoqué le fantôme.

— Non, insista-t-elle.

Ethan se tourna alors vers Matt.

— Et toi ? Es-tu au courant ?

Quand il ouvrit la bouche, Roz lui empoigna le bras.

— Ferme-la, Matt !

Il ne tergiversa et n'hésita qu'un instant.

— Pourquoi ? Ce n'était pas mon idée, et je n'ai pas l'intention de payer les pots cassés. (Matt regarda de nouveau Ethan.) C'est la faute de Robin. Il s'inquiète pour l'argent. Depuis Sorcha, personne ne fait appel à nous, parce que personne ne veut avoir affaire à la magie. Tout le monde en a peur. On ne gagne presque pas d'argent, et on risque de perdre notre boulot.

Ethan crispait la mâchoire, furieux.

— Et donc, vous vous êtes dit que vous alliez invoquer les esprits de deux gangsters ?

Mallory s'avança, les mains sur les hanches et le regard aussi froid que le mien. Pour une femme à la chevelure bleue, elle en imposait drôlement.

— Écoutez, se défendit Matt en se passant la main dans les cheveux. Les gangsters de Chicago, ça rapporte gros. Il y a des objets souvenirs, des visites de lieux hantés, la totale. Robin voulait une part de ce gâteau. Il s'est dit que si on réveillait un membre de chaque gang, qu'on les installait dans une maison ou quelque chose dans ce genre, on pourrait se faire de l'argent. L'idée, c'était d'avoir une vraie maison hantée, ou bien de mettre en scène une enquête, comme à la télévision. On aurait eu une couverture médiatique de folie, et on aurait enfin commencé à vraiment gagner de l'argent. Il pensait que c'était Almshouse le cimetière où il serait le plus facile d'entrer et de ressortir, et Riley était le seul membre du gang de Capone qu'on ait trouvé là-bas. On a acheté le sortilège, toutes nos économies y sont passées. Mais ça n'a pas marché. Ou en tout cas, pas comme on s'y attendait.

Il avait l'air coupable, mais Ethan avait l'air hors de lui.

— Savez-vous qui est-ce que vous avez invoqué, en réalité ? lâcha-t-il, de la colère dans chaque mot.

— Robin l'a reconnu, répondit Roz tout bas.

— Ça ne vous est pas venu à l'idée de nous avertir que vous aviez réveillé un tueur en série ? demanda Ethan. Que nous avions un tueur en série chez nous ?

Il s'était rapproché de deux pas, menaçant, et ils reculèrent. C'était peut-être bien leur première réaction intelligente.

— Robin va arranger ça, dit Roz.

Les yeux d'Ethan lançaient des éclairs.

— Il en a assez fait comme ça. Où est-il ?

Roz et Matt échangèrent un regard.

— Vous avez peut-être l'impression que je ne vais pas vous faire de mal, dit Ethan. Que je vais autoriser M. Bell à appeler le Médiateur, et le laisser s'occuper de vous comme il convient. Détrompez-vous… Vous avez mis les miens en danger. Et je n'aurai aucun scrupule à vous le faire payer coup pour coup.

— Il est au manoir Malone, avoua Roz en se voûtant, résignée.

— Le bordel ? demanda Catcher en sortant son téléphone, sans doute pour envoyer un message à mon grand-père.

— Notre bordel. Nous l'avions acheté avant Sorcha, avant que les gens aient peur. On va le perdre si on n'a pas de travail. (Elle marqua une pause.) Robin a le crâne de Padgett, et il va essayer de déplacer l'esprit de Padgett de la Maison Cadogan jusqu'à notre immeuble.

— Il est seul ? demandai-je.

Elle hocha la tête.

— On s'est disputés. Après ce qui s'est passé ici, on lui a dit que c'était trop dangereux de continuer sur cette voie, qu'on trouverait un autre moyen de gagner de l'argent. Il a dit qu'il le ferait seul.

La culpabilité pesait sur ses épaules.

— *S'il y arrive,* dis-je à Ethan, *s'il parvient à appeler Padgett, Padgett va le tuer.*

Ethan garda le silence un moment, comme s'il se demandait si cette éventualité valait la peine qu'il intervienne, vu que c'était Robin qui était à l'origine de cette dangereuse situation.

— Vous, restez ici, ordonna-t-il à Matt et Roz sur un ton qui ne tolérait pas la contradiction. Garde un œil sur eux, ajouta-t-il à l'intention de Kelley.

Elle s'avança, les yeux argentés et les crocs découverts.

Nous retournâmes dans le vestibule.

— As-tu contacté Chuck ? demanda Ethan à Catcher.

Il hocha la tête.

— Il va rassembler une équipe et placer la maison sous surveillance. Il ne veut pas encore envoyer les flics. Si Padgett est là-bas, les armes à feu ne seront d'aucun secours.

— En ce cas, allons les rejoindre, dit Ethan. Et mettons un terme à tout ça.

Ethan, Mallory, Jeff, Catcher, Annabelle et moi nous réunîmes à deux pâtés de maisons du manoir Malone, afin de finaliser notre plan avec mon grand-père et les renforts de la police départementale de Chicago.

— Tu enfreins les règles de l'Ordre, fit remarquer Catcher à Annabelle avec un sourire jusqu'aux oreilles.

Le sourire qu'elle lui rendit était tout aussi grand. Composée d'un pantalon noir, d'une veste et de bottes, sa tenue en jetait. C'était une nuit de femmes féroces, et elle hocha la tête avec la même férocité dans le regard.

— Je sais, dit-elle. C'est une sensation incroyable.

Catcher gloussa et lui tapota le dos.

— Bienvenue au club.

— La maison est cernée, nous exposa mon grand-père. Robin est à l'intérieur. Nous avons posté un homme avec une caméra de l'autre côté de la rue.

Il nous présenta une tablette électronique sur laquelle était affiché ce qui semblait être une vidéo en couleur.

La maison était exactement telle que j'aurais imaginé un bordel du Midwest. C'était un bâtiment de style Queen Anne, avec des pignons pointus sur le devant et les côtés, et une tourelle fine et ronde dans le coin au-dessus de la porte d'entrée. Il y avait des balcons à balustrade côté rue, et des frises en bois aux motifs détaillés ornaient chaque angle droit. La maison avait été autrefois peinte en plusieurs couleurs – bleu-vert, mauve foncé, et rouge brique avec des touches de jaune pâle –, mais elles s'étaient estompées à certains endroits, et écaillées à d'autres. La moitié des fenêtres étaient barricadées avec des planches.

La maison était légèrement surélevée par rapport au trottoir, et une bannière blanche avait été plantée sur la pelouse clairsemée : « BORDEL MALONE. VISITES GUIDÉES DU BÂTIMENT LE PLUS HANTÉ DE CHICAGO. »

La bannière semblait neuve. Apparemment, Robin avait été optimiste.

On voyait de la lumière par la fenêtre non barricadée côté rue, et la silhouette d'un homme éclairée par une ampoule suspendue au plafond du salon derrière lui.

— C'est Robin, dit mon grand-père. Nous présumons qu'il essaie de faire fonctionner le sortilège d'invocation qu'il a acheté, afin de faire venir Padgett à cet endroit. Nous présumons également qu'il va y parvenir, et nous nous préparons en conséquence.

— Le sortilège est de toute évidence efficace, confirma Annabelle. S'il est assez puissant, Robin parviendra à s'en servir une seconde fois.

Mon grand-père hocha la tête.

— Si Padgett est attiré ici, seras-tu capable de l'éliminer ?

— Je peux fortement l'encourager à partir, dit Annabelle sur un ton qui ne laissait aucun doute quant à la force qu'elle mettrait dans cet encouragement.

— Ça me suffit. (Mon grand-père regarda tour à tour chaque membre de l'équipe de la mission.) Neutralisez Padgett de la façon la plus efficace possible. Essayez de garder Robin en vie.

— « Essayez » ? demanda Catcher.

Mon grand-père ne portait plus l'uniforme de la police départementale de Chicago depuis de nombreuses années, mais la vigueur et la colère dans son regard ne trompaient pas.

— Essayez, répéta mon grand-père. Soyez prudents là-bas, et méfiez-vous des deux.

— Entendu, dit Annabelle. Et il ferait bien de ne pas nous sous-estimer.

Ça, c'était du slogan en béton.

Nous nous divisâmes en équipes afin de pouvoir nous rapprocher plus discrètement. Jeff et Catcher allaient entrer par l'arrière. Ethan, Annabelle et moi par l'avant. Mallory allait rester dehors, prête à se servir de sa magie au cas où il faudrait qu'elle empêche Padgett de fuir.

— *Fais attention à toi*, dit Ethan en inspectant ma tenue en cuir et mon katana tandis que je lui jetais un coup d'œil, moi aussi.

— *Toi de même. Il y a un mariage auquel on doit se rendre.*

Le soulagement dans son regard me surprit.

— *Même si les membres de ta famille n'apprécient peut-être pas?* demanda-t-il.

Je lui souris.

— *Pour ce qui est de t'apprécier toi, je ne suis pas inquiète. C'est plus pour moi que j'ai peur. Mais il n'y a pas grand-chose que je puisse y faire. Je suis comme je suis.*

— *Et tu es fabuleuse*, dit-il.

J'étais aussi prête à me battre, songeai-je tandis qu'Ethan, Annabelle et moi marchions dans les ténèbres, le bruit de nos pas couvert par le chant des cigales. Quand nous fûmes en vue du perron, Ethan leva le poing pour nous demander de nous arrêter.

La lumière était toujours allumée, mais la pièce principale du rez-de-chaussée était vide. Une lueur vacillante filtrait par l'une des fenêtres de la tourelle au premier étage.

— Il est monté, constata Ethan.

Annabelle hocha la tête.

— C'est la lumière d'une bougie. Ça fait partie du sortilège qu'il a acheté.

— Allons-y, alors, dit Ethan, et nous traversâmes la cour à pas feutrés jusqu'au perron.

La porte d'entrée était ouverte sur la première pièce, éclairée et vide mais jonchée de déchets, les murs couverts de graffitis.

Alors que nous l'avions dépassée pour nous arrêter dans le couloir, à l'affût de bruits, le faible murmure d'incantations que l'on scandait à l'étage nous parvint. L'air ne s'était pas encore refroidi, mais, si on ne se dépêchait pas, ça n'allait pas tarder.

Montant les marches quatre à quatre, nous suivîmes les sons et la lueur vacillante de la bougie jusqu'à la pièce où Robin s'était installé.

Elle était plus ou moins octogonale, avec un plancher usé et de nombreux graffitis. Il avait tracé un cercle blanc au sol avec ce qui ressemblait à du sel. Un gros cierge avait été placé au centre du cercle, ainsi que des bouts de détritus magiques. Accroupi au-dessus de la pile, il feuilletait les pages agrafées de ce que je supposais être son sortilège illicite.

Je m'avançai.

— Robin.

Levant la tête, il jeta un coup d'œil à ma tenue en cuir et à mon épée. Et sa colère éclata sur son visage.

— J'ai presque terminé. Vous arrivez trop tard. Vous ne pouvez pas m'arrêter.

— Si, on peut, dit Annabelle en se plaçant à côté de moi. C'est justement pour ça qu'on est là.

— Je vais faire venir Albert Padgett dans ma maison, fanfaronna-t-il, mais il n'était pas vraiment sûr de lui.

Ethan nous rejoignit.

— Tu es un enfant qui a troublé le sommeil des morts pour ton propre profit. Et à cause de ce que tu as fait, tu as mis les miens en danger. On va t'arrêter, tu peux me croire.

Robin se leva, recula de deux pas… et sortit du cercle. Catcher et Jeff entrèrent dans la pièce. Catcher attrapa Robin par les bras tandis que Jeff se servait d'un collier de serrage pour lui attacher les poignets.

— J'ai fait de la magie ! sanglota Robin. J'ai fait de la magie !

— Passé composé, dit Catcher. Tu n'en feras plus.

Mais la maison se mit à trembler sous nos pieds, et la température de la pièce baissa d'un seul coup.

— Ça y est, murmurai-je tandis que mon souffle formait de la vapeur dans l'air. (Je posai la main sur la poignée de mon épée.) Je crois que ça l'a réveillé.

— Il arrive ! s'exclama Robin. Je l'ai fait venir ici ! J'ai réussi.

— Tu as fait venir un tueur en série dans ce monde en te servant du sortilège de quelqu'un d'autre, dit Annabelle. (Elle recula d'un pas, s'éloignant du cercle.) On ne décerne pas de points pour ça.

De la lumière et de la magie jaillirent du sol, puis des lignes et des ombres mouvantes prirent la forme d'Albert Padgett.

Il avait la bouche ouverte et hurlait des mots déformés par la magie, mais sa colère était très claire.

— … mon pouvoir… !

Annabelle s'avança, sa détermination inscrite sur son visage.

— Albert Padgett ! Je suis Annabelle Shaw, nécromancienne. Tu n'es pas le bienvenu dans ce monde. Rentre chez toi !

Elle abattit son pied botté sur le sol qui trembla sous elle, prouvant sa puissance.

Padgett étrécit les yeux, deux trous d'épingle où se concentrait sa colère.

— … suis un dieu !

— Tu n'es certainement pas un dieu ! répliqua Annabelle. Tu n'es que de l'énergie, et tu es sur le mauvais plan ! (Elle pointa le doigt sur lui, telle la Faucheuse revendiquant une âme.) Tu es un monstre qui n'a aucune place dans ce monde. Tu vas regagner ton plan de ton plein gré maintenant, ou je vais t'y renvoyer moi-même.

Il fondit sur elle, si vite que je n'eus qu'une seconde pour réagir.

Je fis un bond pour écarter Annabelle du passage. Albert Padgett me percuta et nous heurtâmes le sol ensemble, son esprit enroulé autour de mon corps tandis que ses mains m'enserraient le cou.

Le froid paralysant commença de nouveau à se répandre, des doigts glacés qui me transpercèrent les côtes et me comprimèrent le cœur jusqu'à ce qu'il se fige.

Dans cet instant de connexion, il n'y eut plus que les ténèbres et la mort. Je sentais qu'il jubilait de regarder la vie s'éteindre, de voir le dernier souffle rester coincé dans la gorge avant de se dissiper, les muscles tressaillir quand l'électricité parcourait une dernière fois le corps humain.

Albert Padgett se délectait de la mort, et tant qu'il aurait une présence dans ce monde, il continuerait de s'en délecter. Il pouvait continuer de tuer.

Puis des flammes nous recouvrirent tous deux, et l'esprit de Padgett recula d'un bond. Le monde autour de nous s'emplit d'une lumière éclatante, bleue et pure, et ces pensées battirent en retraite comme une vague qui retournait à la mer.

Chamboulée, je sentis qu'on me relevait.

—*Merit! Merit!*

J'attendis que les contours de ce qui m'entourait se précisent, et me retrouvai nez à nez avec Ethan. Il m'avait tirée par ma veste, me hissant presque sur la pointe des pieds tandis qu'il répétait mon nom.

—*Je vais bien*, dis-je, doutant que je sois capable de parler. *Je vais bien.*

Retrouvant mes repères, je vis de la lumière se reconstituer quelques mètres plus loin. Je compris que Catcher avait lancé une boule de feu, me sauvant ainsi la vie. Je le remerciai d'un signe de la tête, auquel il répondit par un clin d'œil.

Les étincelles avaient éparpillé l'énergie de Padgett, mais il commençait à reprendre forme. Je m'écartai d'Ethan et dégainai mon katana.

Padgett m'avait donné un aperçu de son esprit. C'était à moi de le détruire.

Avec un sourire de chat du Cheshire tandis qu'il reprenait forme, il me regarda venir vers lui.

— … sais ce que je suis… Ce que… veux.

C'était assez facile à comprendre, dans ce contexte.

— Je sais qui tu es, confirmai-je. Et ce que tu veux. Et je suis là pour veiller à ce que ça n'arrive pas.

Je fis décrire à ma lame un arc horizontal et le tranchai en deux, puis revins à la charge avec des mouvements croisés qui auraient taillé en pièces une forme physique. Mais ça n'eut aucun effet sur lui. Ça ne faisait que brouiller son image, comme des ondulations à la surface de l'eau, mais il reprenait forme chaque fois.

— … armes… pas d'effet ! s'écria-t-il victorieusement.

Vu qu'il avait raison, je reculai. Annabelle prit ma place.

— Albert Padgett ! cria-t-elle. C'est le dernier avertissement. Fiche le camp de notre ville !

Elle frappa le sol du pied, envoyant une onde de choc énergétique à travers la pièce.

Les lattes du plancher se déformèrent au passage de l'onde.

Mais Albert Padgett ne cilla même pas.

— Ça ne marche pas ! hurla Annabelle, et cette fois, il y avait de la peur dans sa voix.

Je fermai les yeux et me forçai à réfléchir méthodiquement. Padgett était toujours là... Pourquoi ? Parce qu'il le voulait ?

J'ouvris les yeux et regardai le cierge et le cercle de sel autour, toujours intact malgré le combat. Les cercles de sel étaient censés contenir des choses ; il me semblait logique qu'en brisant cette barrière, je libérerais par la même occasion ce qu'elle contenait.

Comme une fille qui s'apprêtait à se jeter au beau milieu d'une partie de saut à deux cordes, j'observai les mouvements du fantôme, calculai mon coup et m'élançai. Je courus sous les bras ouverts de Padgett et balayai le sel d'un pied, ouvrant une brèche dans le cercle.

De la magie fusa à travers la pièce. Des éclairs de pouvoir bleu montèrent vers le plafond, éclatants et nets comme de la foudre.

— Non ! cria Padgett, et son image vacilla.

— Retourne sur ton plan ! hurla Annabelle.

Cette fois, il n'y eut pas d'explosion. Comme la première nuit où j'avais vu un fantôme, il n'y eut qu'une décroissance de la magie, de l'énergie et de l'image spectrale de Padgett.

— ... dieu ! cria-t-il alors même que son image s'estompait.

Puis il n'y eut plus rien que des ténèbres. Au bout d'un moment, les cigales se remirent à chanter dehors.

— « Pas sur un Boum », récitai-je à voix basse, « mais sur un murmure [1]. »

Ethan s'avança à côté de moi.

— Il est parti ? demanda-t-il à Annabelle.

---

1. « Les Hommes creux », in *La Terre vaine et autres poèmes* de T.S. Eliot, traduction Pierre Leyris, Editions du Seuil, 2006.

Elle hocha la tête.

— Parti, comme nous partirons tous. Enfin, ajouta-t-elle avec un rictus, ceux d'entre nous qui ne sont pas immortels.

— La fin vient pour tout le monde, dit Ethan. Espérons juste que nous connaîtrons une fin meilleure que celle-ci.

Épilogue

Nous vînmes avec de la crème glacée… et un cadeau. Luc leva une main quand nous entrâmes dans sa chambre, et agita un doigt depuis le lit.

— Plus de glace. Je n'en peux plus. (Il tapota son abdomen plat.) Je sens que ça détruit mes muscles.

— Je ne crois pas que la biologie fonctionne tout à fait comme ça, dit Ethan. Mais au cas où, on t'a trouvé autre chose.

— Pour moi ? (Le visage de Luc s'éclaira quand Ethan lui tendit le cadeau.) Qu'est-ce que c'est ?

— Un cadeau de bon rétablissement.

Luc déchira le papier, et regarda la boîte qu'il avait déballée.

— Vous m'avez acheté un détecteur de CEM ?

— C'est juste un gadget de débutant, dit Ethan avec un sourire. Mais puisqu'il semble que la possibilité qu'il y ait des fantômes dans la Maison Cadogan soit bien réelle, ça vaut le coup d'avoir un expert dans l'équipe.

Luc avait l'air aussi heureux qu'un gamin qui aurait reçu un vélo neuf le matin de Noël.

— Vois ça comme une motivation pour guérir plus vite, ajouta Ethan. On a besoin de toi dans la salle des opérations.

— Kelley parle de polos avec des logos brodés, dis-je.

Comme je l'avais espéré, son regard s'alluma un peu.

— Je serai en bas dans une heure, annonça-t-il, et nous le laissâmes s'habiller.

— Est-ce que tu penses qu'il est vraiment prêt à reprendre du service ? demandai-je à Ethan alors que nous descendions le couloir.

— Je ne sais pas, dit Ethan. Mais je le soupçonne d'avoir besoin de ce boulot autant que nous avons besoin de lui. (D'un geste vif, il m'entoura d'un bras et plaqua un baiser sur mes lèvres.) Ce qui est loin d'être autant que j'ai besoin de toi.

Je lui adressai un clin d'œil.

— Bien. J'aime quand tu es un peu en manque d'affection.

— Ce n'est pas tout à fait ce que j'avais en tête, me lança Ethan alors que je continuais de descendre le couloir devant lui.

— Je sais, dis-je en lui décochant un sourire. Qu'est-ce que tu comptes faire pour y remédier ?

Cette fois, ce fut le regard d'Ethan qui s'alluma.

Et ça m'allait très bien aussi.